浙江文獻集成

浙江文叢

錢陳群全集

〔第七册〕

〔清〕錢陳群 著
張猛 點校

浙江古籍出版社

香樹齋文集續鈔卷三

御製幸避暑山莊詩跋

每歲孟秋，上諏吉，敬奉聖母安輿幸熱河行宮駐蹕，舉行獮政。今年逢閏七月，秋序稍遲，而啟蹕日期與每歲相例去木蘭行圍將浹月。山莊爲聖祖避暑地，山川佳麗，風土朴淳，草木明秀，飛走馴若。塞外周環數千里，晴雨應時，西成在望。時則蒙古諸藩之瞻戀迎覲者，咸衛周廬，上撫景舒懷，冲和清適。承歡則六時色養，悦志怡愉。視事則萬里情形，按晷批答。每於幾暇，臨眺圖史爲娱。或策馬巡農，或命榜近泛。蒔草濬溪，種松招鶴，皆足以寄天和於遊藝，毖元化於對時者也。又行宫西北獅子園爲世宗藩邸所築，年久傾圮。今重加脩葺，近始落成，爰奉慈遊，敬瞻聖藻。又臣接閲邸抄，喜聞皇上誕毓曾孫，祥占麟趾，慈壽行開八旬，家慶早綿五世。臣仰企宸居，曷勝忭慶。兹頌讀御製新篇五十九首，各體並臻神妙，詩格愈高，詩情愈遠，極自然之氣韻，見正始之元音。臣陳群年衰學淺，每朗誦數過，覺詩思益增，精神頓爽，不勝欽服歡喜之至云。

恭和御製幸避暑山莊詩跋尾

臣父子叨沐聖恩，豢養教誨，生成至德，高厚難名。記臣十六年前，偶感沉痾，荷蒙皇上頒賜醫藥粥糜，幸得再生。至學問一途，談非容易。臣仰承指授，耳提面命，粗識體裁，飲水思源，與生俱戴。年來頒讀御製各種詩文，口誦心維，潛思默玩，得窺涯涘。晚年體認，似較古稀之前更有進境。昨七月間，臣稍感時症，遷延月餘。節届重陽，臣于敏中寄到此次山莊御製詩一單，計五十九首，賦一篇。臣恭讀之下，覺旨趣高遠，由繹尋味，心志爽快，體氣漸平。乃静坐沉思，依韻敬和。浹旬甫脱稿，亦稍自謂如志，則怡然喜，又三復元韻。天趣超邁，則又豁然悟，自是精神亦漸復矣。遂信紙作書爲册五，凡五千餘字，而腕力尚健，則又感六載前，蒙恩有『筆老健』三字之褒，今歲貺詩，有『清虚婉約』四字之賞，實爲終身知遇，夢想所不能得者。臣幸遭逢至此，聞者且爲之感羡，况身受者耶。唐臣張説詩有云『情竭爲知音』，臣之學問未必即過於説，而臣之際會明盛，受知聖主，實更有遠邁於説者。銘心鏤骨，筆所難宣，依戀心切，寤寐以之。自違侍宸顔以來，又經三載。當日爲改歲之時，思再造生全之德，感激愈深，惟以未得仰報涓埃，日深惶悚。兹者敬書拙詩，恭進睿覽，並陳犬馬下悃，伏祈慈鑒訓示。臣可勝歡喜顒望之至。

御製鬬鹿賦恭跋

臣謹疏：孔子論三戒，一曰色，二曰鬬，三曰得。生人血氣之性，其情僞盡於是矣。今恭讀御製《鬬鹿賦》，始言鹿角未就時，有牝牡異路之風。及其鬬也，牝牡相庇，則非特角力，且有争牝相護者然。是居三戒之二。夫鹿一蠢物耳，教化所勿能施，麌麌祁祁，日繁日逐，不至於鬬不止。人則天地予以本然之性，父母予以愛育之恩，君師予以董誡之教，而機械日深，其陰險詭異，有什伯於鹿者。皇上明物察倫，德威互用，而不率訓迪，猶湜其窒昧，愛惡相攻，狡詐百出，幾於含沙射影。恭繹至『鹿鬬可見，人鬬難知』數語，仰見聖心洞若觀火，燭物如神。生當光天化日之下，猶不自悔悟，以洗滌其身心者，亦獨何哉。至賦體雅則，言見於序引，旨歸於訓誥，與孔子論三戒之義，有相發明者。在御製集中尚爲小品，而有關世道人心，良非淺鮮者矣。又臣侍從日久，每奉敕賡和，中有放鹿、羆、漁諸篇，遇物施仁，重申疊見，益徵好生之德，洽於民心，及於庶類，尤非贊嘆所能罄云。

恭録御製生春詩二十首後跋

歲大淵獻，月方在涂。雂雉應律於嘉平，策牛徵早於既望。《月令注》：立春在十二月望，策牛人近前，示其農早。乾來居泰，開鳳紀於三三。貞復起元，運天根之六六。皇上心含元善，福備苞符。凝命敕幾，秉至誠而在宥。對時育物，合庶彙而爲言。爰採唐音，播爲雅律。不賦春深詠春早，乃舍白而依元。即乘春令繪春生，擬吹豳而鼓籥。樂庭闈之豫順，和氣呈祥。第景物之雍熙，太平有象。擷芳鮮而歸典則，薈萃群書。吹化育以遞韶華，包含六幕。廿四番花信，節應陽初。八百顆驪珠，傳來天上。臣陳群盥誦數四，敬録一通，拜颺載賡，繕册以進。

恭進春帖子詞跋

自宋司馬光、歐陽脩、蘇軾諸臣，先後進殿閣位次，春帖至今副墨流傳，猶爲藝林珍玩。我皇上行慶對時，承懽色養。每於歲律初啟，首製睿詞，以應韶令，並許侍從諸臣，傚歐、蘇故事，各裁帖子進御。臣夙趨禁近，獲與斯典。記壬申夏，予告歸里。十八年來，遇獻歲發春，輒以土鼓葦籥，上和韶韺。昨既循例裁帖，恭書以進，而葵藿微忱，瞻依傾嚮。復仿蘇軾，副本金書，另呈一册。案軾在元祐間僅五十餘歲，臣今遭際昌期，年登大耋，猶覺腕力未衰。叨再造之深恩，樂舒長之化日。敬跋帖尾，竊深喜幸云。

御製嚴光論恭跋

光武以白水兆祥，赤符應讖。自是而降，偶拜三公，亦徵之符命。議興郊祀，皆考諸讖圖。延至明、章，仍循斯轍。臣每讀東漢史乘，未嘗不廢書而歎，而莫能究所由來。皇上於《子陵傳》中『客星犯座』一語，輒悟當時史氏推測迎合之意。傳寫如繪，此實大聖人周知庶物，察邇覩遠，燭理於既往，審機於至微，非儒生讀史捫籥扣槃者，所能望見萬一也。至論以足加腹事，尤爲發前人所未發。帝誠好賢，光誠高尚。咄咄，子陵狂奴故態，寧遽至若是耶？

恭和御製巡幸天津詩跋

臣案《虞書》：『九功惟叙，九叙惟歌。』遐想中天之世，朝廷行政有關於府事者，莫不形於聲詩。又曰：『勸之以九歌，合六與三爲九，義煩條賾。』人君賡作於上，一時廷臣，依永和聲，颺言於下，以鼓吹休明，風示天下。光天所燭，海隅黎獻，共戴尊親，古之道也。我皇上御極三十餘年，翠華所至，登岱瞻嵩，渡江臨浙，恩膏沾被，不可究極。畿輔爲首善重地，府脩事和，形諸篇什者，實與虞廷作歌之盛，同條共貫。臣藝謭珪璋，質同蒲柳，敬效蠡測，依韻矢音，仰祈指示。臣曷任感激依戀之至。

恭跋御製題耕作蠶織二圖即用程棨書樓璹詩韻

易原耒耨，禮備公桑。依古人君，首勸敦俗。或繪豳風於扆，或寫無逸於屏，甚至刻木爲耕夫織女，置之禁中，顧未有一一圖其事者。宋臣淮東安撫樓璹當南渡之初，嘗令於潛，念農桑作苦，究訪始末，爲圖四十五事，事各繫以五言，頗稱雅令。經進紹興事，詳從子參政樓鑰後序。繼此畫院多有仿爲之者。如慶元之劉松年，延祐之楊叔謙，雖題署不同，其出藍於璹一也。國朝列聖相承，莫不厚本抑末，治臻上理。聖祖仁皇帝命作《耕織圖》，各題七言絶句。世宗憲皇帝繼題五言詩。我皇上丕承家法，洞悉民依，曾依聖製，按圖和詩。既已風行海寓，至鑾輅時巡，省方問俗，夏畦寒女，荷耒提筐，畢獻其忱，豫傳休助。兹蒙頒示御題《耕作》《蠶織》二圖，即用璹韻，共四十五章。臣恭繹之下，道合風詩，則《七月》有所未備。義該訓誥，則三宗有所未知。蓋民間勞苦，一經天藻，縷析條分，曲曲寫出。圖所不能到者，詩能傳之。耕夫織女所不能陳者，詩能達之。又復酌經準雅，體格渾成，衣食爲億兆之天，睿篇與升恒俱壽矣。

恭進辛卯春帖子詞跋

歲在庚寅，長至後六日，臣陳群既恭製明年辛卯春帖子，繕摺以進。因案立春帖子，在趙宋以前，或云春詞，或云宜春帖子韻語，未爲大備。至宋初始分殿閣位次，詞載名家集中，壽之貞珉，行世者不可勝數。皇上養志承懽，順時錫福，每於歲籥方啟，輒掞毫摛藻，以集祉迓祥，申紀天庥，益彰慈豫，並許禁近詞臣俱得遵旨敬擬。臣自引年林栖，遇始和令節，猶以里諺村謡，藉伸葵藿，仰答英莖。今者迎新冒卯，忻際聖誕週甲再編之歲，又爲慈寧八旬大慶之年，恩既被於九垓，祚永綿於萬禩。屈指御極以來，布德行慶，重熙累洽，薈萃於兹。臣以耄耋餘齡，受恩最渥，遭逢盛際，占驗協符，形諸吟咏。譬之時鳥報春，候蟲啟户，其爲榮幸，又視有宋諸賢循例抒詞者，不可以倍蓰計矣。竊効華封之祝，附識册尾云。

御製小春説恭跋

臣嘗考《大易·坤卦》，爲其嫌於旡陽也，故稱龍焉。節《集説》載蔡氏淵曰：『十月爲純坤之月，六爻皆陰。』然生生之理，無頃刻而息。聖人爲其純陰，或嫌於旡陽也，故稱龍以明之。《易》義至精至大，然其意旨，總歸於扶陽抑陰。古聖人考時正日，協律同風，於陰陽進退消長之故，必兢兢乎慎之。要使四時之内，元氣流通，天地之間，生機不息。故於《姤》之初六，則繫以金柅，而使陽剛貞正之道常吉。於《剥》之上九，則比之碩果，而見不食復生之理常存。何其警切而昭著也。俗以十月爲小春，習焉不察，叩盤捫籥，傅會因循，從未有鑿然能言其所以然者。我皇上察璿璣而齊政，秉玉燭以調元，凡夫名物器數，無義不搜。偶以《小雅》歲陽之義，詮釋十月小春之名，而爲之説，於先儒愛陽惡陰之理，賅括無遺，曲暢旁喻，皆發前人所未發。而於陰陽進退消長之機，尤三致意，使《大易》坤、剥二爻精義，推闡引伸，同條共貫。所謂其稱名也小，其取類也大，非大聖人，其孰能極深研幾，以至於此？若夫語探朱、程之奥，詞兼匡、鄭之長，則又我皇上游藝之餘事，臣何能更贊一詞云。

御製學詩堂記恭跋

《詩》固包藴六義，綜括衆言者也。而義之所在，言以宣之。言之所未能達者，惟圖繪足以傳之。是故上自郊廟朝廷，下逮於里巷歌謡之什，大之興觀群怨，細而及於昆蟲草木之微，作會彰施五色，皆有精意流貫於其中。善學詩者，考圖觀理，即象見道，使貞淫美刺，懲創風勸，犁然心目，而權衡各當其宜。此詩之所以作，而圖之所以可傳也。恭惟我聖皇時敏遜學，左圖右書，天藻日新，穆如雅頌之奏。宸章雲焕，淵乎正始之音。本之性情之微，樞機之動，凡脩身齊家、平均天下之道，皆有以式型萬方，垂訓來葉，而聖學虚受，隨時隨地，必取鑒於古。流覽所及，妙契淵衷，若馬和之所圖。毛詩傳世日久，多所譌缺。高、孝兩朝，其於風雅之旨，亦多所懷慚。所書經文，何足以當宸賞，而一經睿裁，釐定删别，薈萃一區。又錫名顔堂，製記以尚論曩昔，復概想於三代淳龎忠厚之遺，俯仰揖讓於其際，遂使懲勸之理益彰，而美刺之義大備，斯真所謂風人之微旨乎。臣盥誦大文，頫首欽服，恍如依永和聲於温柔敦厚之教已。

御製抑齋記恭跋

皇上秉生安之睿質，念典學於緝熙。聖德懋乎淵微，治功昭夫巍焕。洞徹於天德王道、心法治法之源，執簡御煩，舉一統萬，而以抑名齋，且凡可以供卷阿甜賞者，皆以是榜之座右，用識勖勵。臣敬繹鴻篇，仰見聖天子躬行篤踐，雖古稱在輿之規，位宁之典，盤盂几杖之銘，無此箴警。臣謹案抑之名義，唐、虞、夏、商以前，書缺有間。自周公《無逸》一篇，將陳王業之艱難，以明肇造開基之本。則以太王、王季『克自抑畏』一語先之，抑之爲言，實始於此。然而堯欽舜恭，夏之祗合，殷之寅畏，禹謨之謙受，丹書之敬勝，垂諸典誥者，語或互殊，理無二致。則是抑之一言，自二帝三王以迄於今，聖聖心源之默契，千古道統之相傳，不外乎是。大哉皇言，實爲萬世垂訓。至文中引據經義，闡發抑字，體大思精，舉民喦之畏，顧諟之嚴，載舟馭馬之是欽，履泰持盈之交儆，胥於此統貫矣。然則抑之時義大矣哉。仰惟聖主臨御三十六年以來，兢兢業業如一日。兹恭遇綺甲重開，慶延寶籙，從此而億萬斯年，凜抑抑之思者，猶是重華權輿之始，則侯包所稱衛武行年九十餘，使人日誦《懿戒》於其側者，又詹詹何足以云。

御製乾清宫五屏風銘恭跋

臣謹案：自古帝王繼天立極，内聖外王之學，代有心傳，故六經皆言治之書，而執簡馭繁，緝熙宥密，則《易》《書》《詩》所傳，至爲純粹。我聖祖仁皇帝冲齡踐阼，臨御六十餘年，兢兢業業，海寓乂安，唐虞從欲之治，未有盛於斯也。

乾清宫御座屏風正中，左右共十有二則，揭《書經》《易經》《詩經》粹語，懸於座間，惕目警心，用垂法守。惟天眷佑我祖宗，篤生我皇上，生秉聖哲，蓋自志學之年，侍憲皇帝在潛邸時，鑒上器宇，默契於心，乃於承歡之暇，特奏御名，即蒙召見，愛育有加。付託之重，實基於此。皇上御極以來，敬天法祖，以天地之心爲心，以祖宗之志爲志，累洽重熙，化臻上理。於乾隆三十年，製《紀恩堂記》，以遡眷鑒所自。今三十六年，上綺甲重開，製乾清宫五屏風銘，立言簡要，樹義湛深，彙群聖之心傳，裕萬年之治統。臣恭讀之下，仰見聖學高深，治愈隆而敬益躋，業日廣而德愈進。以經疏經，如文言之作，所以發乾坤之精藴，以範翼範，如敷言之訓，所以闡河洛之淵微。臣尋繹數四，贊歎莫加。《易》曰：『天行健，君子以自强不息。』誠者之事也。故曰：『至誠無息。』皇上以至誠奉天祖，即以至誠御臣民，其於『行健』『無息』之旨，有同符焉。臣陳群可勝欽服禱切之至。

恒上人詩序

吾郡詩僧，近代得兩人焉。黄葉老人智舷，持律精苦，息心數十年，一夕了澈，隨手爲五、七言，翛然有塵外致。同時李太僕竹懶、董尚書香光諸公，視爲畏友。康熙初冬關通，復搆半齋初地菴，勤讀儒書，如治經生。其詩風格高老，獨宗少陵，吴江徐松之爲較定其集。予嘗論次兩人，於詩學亦有頓漸之分。恒上人明中，少負慧性，業儒未成，棄去，投楞嚴寺爲僧。梵誦之餘，兼習書畫，嗜爲詩，無蔬筍氣，蓋頓漸兼資者。主净慈講席，往來楞嚴之法雲山房。適予予告里居，笋輿過訪，茗話移時，出詩稿相質，清軟絶俗。經錢唐堇浦、山舟兩翰林芟定，予讀而愛之，曾過浄慈遺一聯云：『山閑不厭僧常住，詩好何妨客屢過。』

上四次巡浙，幸寺中，見予所題聯，即問：『和尚也能作詩麼？』上人跽奏云：『臣僧曾學作詩。』上頷之，因賜一絶句。予平生頗不愛與沙門還往，晚交上人，見其意致蕭遠，性情真摯。上人曾與金觀察一齋，同受業於周別駕霽堂。霽堂，醇脩士也，殁二十年未葬。上人裒衣盂之羨，手封其冢，觀察佽成之，屬予作詩以識。乾隆丁亥春，上人示疾前數日，屬其弟子佛裔曰：『山舟居士曾許刊予詩。予詩不足傳，得香樹太傅序之，庶與文暢、秘演輩挂名禪藻，幸矣。』予不能文，重其遊方之外，而行敦在三也，應之，顧衰懶，歲餘未成。佛裔申前請，乃詮次之如此。

贈太子太師大宗伯沈文慤公神道碑

國家當隆盛之時，必有敦龐艾福之臣，或以經術見優，或以文章取重。布在廊廟，則朝多皤皤之良，華首之老。及得謝而歸，則掌其鄉之教法，以興其德行道藝，史稱『推其有餘，足芘當世』者，代有其人。顧未有一生勤學敦行，不苟求聞於時，晚受聖主特達之知，壽近百歲，名動四裔，身膺顯秩，没備飾終。天下宿學英彦，莫不人人奮勵歆羨，如文慤沈公之遇之奇也。公諱德潛，字碻士，自號歸愚。其先吴興人，明初處士壽四公始遷於吴，貫長洲，十傳至公。曾祖諱世烈，鄉飲介賓。祖諱欽圻，邑學生，有詩名。考諱鍾彦，課子有方。公既貴，跽上前，涕泣陳情，上憫之，特贈其三世如公官。公生五六歲，通曉四聲，逾冠補諸生。歷歲科試凡三十餘次，鄉試十有七次。間經學使者洎主司批閱可其文，則欣然有榮色，數被薦不售，亦無悴容。弟子經講畫者，多成名以去，公顧益刻苦自勵，形於詩歌，無幾微怨尤語，其安命類如此。

上御極之元年，徵試詞科，公又不遇。越四年己未，始成進士，入翰林，則公已將七十矣。乾隆七年，授職編脩。上見公年老，詢知爲江南老名士，敕和《消夏詩》十章，稱旨。自是，聖製出，輒命公賡和，多所激賞。不數年，由春坊累遷詹事、內閣學士兼禮部侍郎，直上書房，侍諸皇子讀書。典甲子湖北鄉試，充戊辰會試總裁，俱稱得士，予子汝誠亦出公門下。公素有噎疾，察典自陳，上命解部務，食原品俸，仍在上書房行走，尋念其衰老，許歸享林泉之樂。初公爲閣學時，給假省墓，上賜詩褒其孝思，預讌涵元殿，上手賜大學士以下十一人酒，公與焉。至是，復賜詩寵行，詔朝臣祖餞。稽古之榮，古今罕覯。公歸，上眷注益優，有司以時存問，縑帛、參餌之賜無虛歲。暇日作天都、雁宕遊，各窮其勝。前中丞王公師撫吳，延主紫陽書院講席，造就後學，多知名士。予曩佐秋官，偕直禁籞，會公亦供奉內廷，見公承旨矢音，力追正始。上嘗召公與論詩學源流，諭曰：『張鵬翀敏捷過汝，汝風格故自勝之。』一時同直者，咸心服上鑒裁之精。既與予先後懸車，鮮水鴛湖，過從伊邇。二十年中，遇國大慶，赴闕祝釐，同拜賜杖，入香山高會，圖形禁中。頻歲時巡江甸，扶杖扈遊，同拜渥恩，即家晉秩，畀以里糈宮銜，兩家幼子童孫，亦成年輩。上曾賜詩，榮稱『二老』，每降敕體恤，必聯名綴屬『領袖東南縉紳』。客歲奉詔，以高年戒勿北上呼嵩，更迭勸止，尤爲昇平嘉話。公年長予十三，故予所兄事者也，辱公序予詩文集，稱許溢分。竊欲及身傚司馬光、范鎮互爲銘傳，而公已不及待矣。公薨之明年，孤子種松以狀來，請予碑其神道。予惟上之知公特深，至敘其所著書，爲涑水後所僅見。以經進諸作，原本忠孝，而於求莫達情，三致意焉。上用是益重公，天語褒嘉，一則曰『學有本原』，一則曰『道存風雅』。世徒豔公以詩受知，顧上所以裁成之者，亦復無所不至。嗚呼。公之生平，非困窮積久則無以厚其植，非遭際文思天子則無以發其蘊，後有作者，可以識所嚮往矣。予故略其行事，諸見彭大司馬志中者，不復贅，而大書公之窮不隕穫，達不充詘，足副我皇上眷遇之隆。俾揭於阡，而系之詩曰：

帝紘延攬，天閶四闢。陋彼漢廷，蒲輪束帛。有斐沈公，神仙標格。七十登朝，紆青垂白。乞言者年，陳詩其職。會先九老，歌和八伯。帝曰德潛，予愛汝德。麟趾振振，咨汝輔翼。詔許歸田，青門餞席。黄山赤城，扶藜登陟。公教於吴，士脩允迪。繼志繼聲，咸禀繩尺。友善所資，多聞亮直。望以學崇，慶惟善積。惟帝眷公，騷壇耆碩。造化爲爐，鑄顏作則。用勸來許，過者必式。

祭沈固廬親家文

嗚呼。衰齡朋舊，落落晨星。增既不得，失更何任。念我沈兄，猝傷我膺。兄生苕川，我家長水。族埒門才，居距百里。幼而象勺，以兄以弟。年未弱冠，貢於京師。摩挲石鼓，考評相資。同充教習，官學下帷。兄考吾師，詞林重望。多士傾心，百川手障。群所爲詩，稍端趨嚮。公選國秀，群作與焉。命兄密訂，芸案丹鉛。同郡與者，朱李彭錢。兄來語予，意予私喜。予則瞿然，汗下而泚。自是爲學，差識蹊跂。選人上注，同登賢書。再試不利，各無寧居。我寓瀛鄚，兄歸井閭。三歲不覿，各抱子女。陰陽不差，申以縞紵。媒妁將命，實惟舊侶。兄故碩學，經濟亦優。借才佐幕，歷東諸侯。暫分雈料，庇家是謀。驥子拔萃，謁予京輦。猥就論文，願留執卷。洎登上第，先已注選。牽絲山右，迎養花封。予子侍側，父執婦翁。子登剡牘，聳放南宫。子名書屏，雄州劇郡。聳宰南疆，去浙爲近。唯我與兄，過從稱健。兄袖子俸，我出賜金。從以孫子，而雅而南。叶酒闌吟倦，接枕連衾。歲在敦牂，兄方失偶。覃懷訃至，慰翁善保。叶兄示我書，同患何厚。帝簡良守，金城是治。兄領兒請，熊軾而西。扁舟告别，執手涕洟。帝曰汝昌，參藩關内。子舍新開，昔游所在。敲石居諸，欲養其逮。花飛春暮，言歸緇軿。扶杖走哭，詞寫注瓶。兄兮來格，我言試聽。

與劉繩菴相公

昨接高制軍信，得閣下手椷，牋番無多，而情文斐亹勤拳，有令侍惶悚不敢當者。因思大君子雅好緇衣，每見一行可稱，單詞足録，即素未相識者，猶中心藏之，不啻若自其口出。侍與相公同館同直十餘年，志趣合，業術同，於同直中尤深契焉。自遘沉痾，蒙聖恩再造回生，得生還井里。十七年中，受天家雨露，衰草枯木，猶得向榮。平日讀書，惟主存天理，近人情，存無欲害人之心，行可以告天之事。每有撰述，著紙後多不自收拾。所受病者有二，一曰貧，一曰懶。貧則不能延抄謄之友，懶則隨時失去。家居後，於篋中架上、破甕舊囊所存者，付一二親知清理，共得詩文六十餘卷。其遺佚而不可追尋，如樂府一卷，襍録一卷，大旨歸於脩己、治人、濟物，差有一得者，今其半亦散見拙集中，餘者置之。嘗自笑曰：『安知他生不學房次律遇故物耶？』即如爲閣下題小照一二首，直次、車中、行館，俱不可得。拙脩嵇尚書嘗以『侍散懶切』進規語，今亦未嘗不自悔也。閣下期許逾分，固不敢當，惟益勵餘生，垂訓子孫以忠厚謹慎，庶幾萬石之風。因見閣下家世清慎，嗣音濟美，實堪師法。用敢自豗寸衷，藉報瓊琚耳。

與崔制軍

去秋麾幢臨浙，極荷盛德念舊，情深感銘，何可言喻。入春以來，聞閣下辦理臺境生番逞兇之案，妥協周詳。此時賊渠正法，逸犯盡獲，臺郡肅清，額賀額賀。啟者，先祠表忠觀歲久傾圮，地方當道，正議興脩，緣公事殷繁，稍稽時日，復蒙閣下於辦公之暇，念及先人有保障浙土之功，諄切面諭屬吏，迅速興工。今於清和下澣告竣，弟聞之忻喜感激，乃放棹來省，瞻仰先祠，耳目一新。水源木本，豈敢一日忘之？隨詣各當事叩謝外，惟是閩浙路隔二千，不能踵叩鈴閣，敬脩蕪啟鳴謝。行將問明工作顛末，及所費銀兩數目，敬製《重脩碑記》一通，泐石祠側，以垂久遠。因王分司燧實司其事，此啟即屬其轉寄。不一。

與王白齋司農

新孝廉蔣生，乃僕同年友恭棐迪夫先生之孫。迪夫自幼好學，遊京師，與張文敏天瓶尚書齊名，而散作經學，文敏歎爲不及，守翰林二十年以終。僕每云績學之後必有繼者。十餘年前偶遊吴，訪其家，見生於家塾中，頭角峥嶸，召之語甚明晰，取家課時文觀之，亦頗有思致。適望山中堂、榕門中堂兩公先後訪余旅次，爲言其事，並請兩公念同館之誼，送入書院，則歸愚太傅亦甚喜。如是數年，忽遇孫陽，暗中摸索得之，予不覺狂喜。昨生買舟來叩，僕讀其文，見其受知賢者。思文章之針芥，天道之循環，因切實爲之指示，諭以『務實從忠，識見周到，守身謹慎。每日尋自己過失，作詩文力追雅正，通仕籍不可狂妄』，又諭之曰：『老夫一生只守二語，而時時恐恐然者，「存無欲害人之心，行可以告天之事」十四字。至於居官居家，又有十字箴曰：「我寧甘餓死，周之亦可受。」至於今每跬步不敢忘也。』生行矣，其努力上進，承祖澤，報國恩，使知我成我之明師鉅卿，皆相慰曰『當日所賞識之秀才，眼力尚不走作』，僕與兩相公及座主一爲解頤，幸甚。數行奉寄，且以驗兩相公之留心造士，并歸愚太傅成就譽髦爲佳話也。

與馮柯堂中丞

前月使歸，捧到瑶華，極承垂注，兼惠佳釀延齡，扶老飲之，收益良深，還望知己繼此也。諸甥俱能恪遵庭訓，不與户外事。偶至敝齋情話，弟必披示作文大旨，聞及應世持身，當先立於不垢之地，竟不必存若將浼焉之跡。群自幼讀書，初無把握，成進士後，閲歷垂五十年，始悟古人云『不夷不惠』，君子居身之所珍也。因見老妹丈涵養功深，年來益爲欽服，偶於綺季四甥趨侍之便，信筆及之。宣城紙佳者，可分擘三層，理堅質潤，乞覓便寄來佳墨副之。東坡藏此至富，詩有『殘債應消三十年』句，弟則年已耄矣，或不至即填溝壑，當藉紙墨遺餘年耳。因風代面，不盡依依。

與嵇河帥

閣下駐節濟水以來，豫工安穩，黄、運兩河俱極通順。知重臣經理，國恩家慶，濟美交輝，弟忝契好，曷勝禱祝。惟是弟衰頽日甚，每端居懷友，静言思之。如吾兩人道誼交分，二十年中，會合無多，寒山寺畔，詩仙宅裏，毛直指舟中，僅以詩紀會者三四首耳。最暢者第字五古三首，皆鐫貞珉。前歲坐索題詩，表揚祖澤，此後更不知何時尚能把袂敘情、分牋琢句否也。數日前繩菴相公手劄，詞旨勤拳，且言拙集中未曾有劉、錢之作，可見會合之難。當日同直内廷，劉、錢至爲同志，間有吟咏。弟疎懶遺失，誠如閣下曾規弟云『使香樹半生隨手題識贊跋，不自輕棄，貯之錦囊，則香樹齋詩文卷帙，尚可倍今日也』。此雖閣下賞許過甚，弟固不敢當，然亦切中懶散之病。前歲握别後，又有奉敕恭和詩三四次，將二百首。鈞天高遠神妙，豈巴人下里所能仰窺一二？然衰朽鈍姿，得不至荒殖者，皆聖主啟迪深恩。閣下愛我有素，用敢述及耳。鄙人近狀，五兒口稟，臨啟瞻溯。

與閔方伯

年兄屢膺特擢，良由居心公正，勵行清勤，以精白治身，以和平任事。猶憶六七年前，祝釐入覲，逮辭闕言旋，道經岱麓，承篤念老夫，事殆馬煩，減從枉晤，翦燭夜談。時見閣下事事鞭策向裏，不求名譽，輿論自孚，聖心自契。近有人來言，辦理軍需，惟楚藩清身苦體，甚至匹馬周巡，所過部下不知有方伯麾幢。此與劉寵行部所過州邑，吏人指廚傳曰：『尊官可另覓逆旅舍，此灑掃者，當待劉公也。』寵遂過去。古今人有契合者耶？近知卜宅吾郡，諸郎君曾來一晤，挹其舉止，闇然自脩，試之經學，亦頗明晰。甪里有兩佳公子，一爲中丞家，一爲方伯家，里人有稱其家兒之譽。僕兒子汝誠適望衡連宇，僕數數過子舍，知之最詳，敢以奉復。至僕衰老林栖，荷蒙聖主眷念舊臣，恩禮有加無已，清夜自思，感悚交惕，知我其何以教我也。

汪椒谷詩序

余於邗上諸詩家，曾序汪君恬齋詩。恬齋，澹雅才也，與馬嶰谷兄弟結邗江雅集，人方之顧氏玉山、徐氏金蘭云。恬齋既歸道山，令子椒谷主政，復以詩鵲起。家有園，以九峰得名，聖主南巡江甸，數幸其地，天藻留題，椒谷爲樓，藏弆惟謹。於是四方遊士之以詩鳴者，相與訂攬環結珮之好，其詩名遂亞於恬齋。嘗考古來父子稱詩，代有其人，而詩則不必盡同，要各有其卓然可傳者，正不妨别樹一幟於壇坫間也。椒谷少承庭訓，習聞温柔敦厚之旨，發爲詩，無急微粗厲之音，其於報國思親、憶弟懷友之作，三致意焉。庚寅冬，余舟泊邗江，留數日，椒谷導予過其園，出前後紀恩諸詩示予，述眷遇備至。既又出詩草乞序，且曰：『馨詩不足當大匠評隲，乞訓示數語，可乎？』予讀不終卷，歎曰：『詩境澹雅，何其甚似而翁恬齋也。』予聞古之克世其業者，謂之疇人，志律曆者，往往以爲難。椒谷家業鹺，能保以滋大而不廢詩，詩格亦謹守其門，仞今而後，謂椒谷秉詩教爲箕裘，其非譽詞也已。予歸里經時，歸其詩，因弁其卷端。

御題九峰園記

揚州名園甲江左，而汪氏南園以御題『九峰』得名。庚寅十月，予攜幼子就昏邗上，艤舟數日，訪之城南，則主人椒谷主事，故予世契也，導予遊見。所謂硯池者，池上脩竹千个，水木明瑟，亭館參差，往往有佳石掩映其間。汪氏有此，傳四葉百餘年矣，而天筆留題，則自二十七年壬午上三巡江甸，幸蜀岡，取道於此，御製詩『九峰園畔换輕舟』是也。始有扁聯之賜，椒谷晉階一級，並拜尚方珍物。乙酉四巡亦如之。先是，椒谷得湖嵌九於江南，高以尋丈計，次亦及屋梠。偃仰拱揖，主人各以其狀目之。列者如屏，聳者如蓋，夭矯如蟠螭，怒張如鯨鬣，皺透玲瓏者，曰抱月，曰鏤雲，離其窟如顧兔，傲其曹如立鶴。其閒散獨處者曰紫芝，相傳爲米海嶽菴中物也。好事者據元章石刻一帖，云上皇山樵，人以異石告。遂視八十一穴，大如椀，小容指，製在淮山一品之上。百夫運致寶晉桐杉之間，今證以所得之地，或不誣耳。顧此九石者，米氏有之，遇其人矣，而不甚傳於世。又七百餘年，爲汪氏所有，得其所矣，而未必稱於人。自翠罕來游，寵以宸翰，於是名流騷客之集於此者，莫不低徊吟賞不能去。昔元章得南唐研山石，徑長纔餘尺，而峰有華蓋、月巖、翠巒、方壇、玉筍、上洞、下洞、龍池諸勝，與蘇仲恭學士以易甘露寺下古宅，題曰『北園』，既而悔之，筆想成圖，復題曰『吾齋秀氣當不復泯矣』。後研山流轉數姓，吾鄉朱文恪公得之，至竹垞前輩，出乞名賢題識。今九峰之大，有什伯於研山者，而昔壘北園，祇供顛拜，今植南園，得邀宸賞，豈非奇石之奇遇哉。椒谷出圖及紀恩詩請予記，因書以泐諸壁。

遵旨覆奏劄子

奏爲遵奉諭旨，敬瀝寸悃，據實覆奏事。竊臣世居浙西，幼習舉業，間作詩歌。時臣父母家訓甚嚴，凡有才無行之人，不許往還，悖理傷化之書，不令寓目。臣祗遵恪守，閱今七十餘年矣。每見前人詩文，刊布流傳，稍涉悖謬者，切齒痛恨。至林栖十八年來，受皇上優恤深仁，舉家頂戴，浹髓淪肌，捐糜莫報。前月頒到上諭，查繳錢謙益《初學》《有學集》等，因仰見皇上發奸摘伏，實爲千古立名教之大防。伏思此等詩文，狂悖已極，自宜亟爲銷燬，不令片紙隻字，流布於光天化日之中。至臣家本寒素，所藏書籍本少。又臣自幼學爲詩文，於大節有虧者，屏棄不閱。平時訓子若孫，暨及門弟子、鄉里後進，無不切實告誡，至再至三，不令少染惡習。若錢謙益者，實屬不齒人類，每於他處見其題詠一二，必鄙夷不觀，實臣稟性如此，並非因錢謙益悖逆敗露，始持此論也。兹九月十四日，撫臣永德查驗嘉善等縣城工，取道嘉興，親至臣家，宣揚聖諭。愷切指示，凡有血氣，咸當凛遵。恭讀至上諭：『錢陳群於錢謙益詩文，似非其性之所近，且久直内廷，尚爲經事，諒不致以應禁之書，轉視爲可貴。欽此。』臣當即伏地，叩頭感泣，嗚咽至不能語。前次撫臣永德諭令嘉興府知府李允升到臣家查問有無，臣即據實告知，實無《初學》《有學》等集，隨將家中所有書本仔細檢查，繙至廢書堆中，止有錢謙益尺牘三本，當即面交撫臣所委查收之員、東陽縣縣丞安汎彙繳。至臣舉家父子祖孫叨沐聖恩，至深極渥，焉敢存留悖逆之書？ 夫讀書所以明理，大義既乖，必遭天譴。 臣雖至愚，必不敢自取罪戾，并貽禍子孫也。 所有微臣披瀝下悃，理合遵旨據實覆奏。 謹奏。

諭豫章孫

汝今年力疾應試，我甚挂念，然亦早知汝身子無妨。 及試畢回來，見汝三藝俱清晰妥帖，不落浮泛淺膩諸習氣。 乃額少被遺，在人以爲被屈，此種境地，人以爲難受，而在根氣深厚者，不過於榜後旬日内，昏昏鬱鬱者數日，即猛省，自訟曰：『此正天之所以成就我也。』於是通計應讀之書，未讀者某某種，已讀而未深領其趣者某某種。 至於古文詩賦，奥義紛賾，豈少年登科者所能探索？ 然亦有弱冠登高第而成大儒，此其得於天者獨厚，即古人中亦不數數見也。前日作信諭汝，祇就我《香樹初集》中，爲翰林時答應科目諸生詩四首咀嚼數遍，氣自平，心自清，煩悶自解。 我若幼年，自十五至三十五六，於被放後也學後生輩無聊之態，時見於面，則我之窮途境地，十倍於汝，其尚有今日哉。 孰知望四十而通籍，居然年登耄耋，爲三朝國老中第一人。 願汝等恪遵斯致，爲綿遠步武計也。 端孫今年文亦可入彀，六兒文比上届亦有進境，此諭汝可抄兩紙各付之，并抄一紙還我存稿。 庚寅九月十五日，付孫豫章。

敬書御製東巡詩册子後跋

歲辛卯二月，上延禧泰岱，釋奠孔林，慶禮告成，仁周恩洽。是役也，自啟蹕以至迴鑾，陸路水程，皆欽奉慈輦安輪，怡愉恬適，前後得詩如干首，蒙恩頒示。臣恭讀敬和者計百三十首，明禋展謁，典至隆也。錫復蠲租，恩至渥也。至鑾輅所臨，勤求民隱，訓飭官方，籌度水利、河防，以及輿圖名勝，聖蹟賢祠，莫不形諸詠歌，詳加釐訂。臣盥誦再四，仰見聖敬日躋，學與年進，即事命題，有得之䂓獲者，有賡疊前篇者，詞旨深長，義無重複。凡天藻所敷，山川助色，卉木增輝。臣衰老林栖，何幸得瞻睿製，儼如二十年前，珥筆屬車，傳鈔雒誦也。敬繕三册以進，可勝榮幸云。

恭和御製東巡詩後跋

昨三月下澣，齎摺家人歸自山左，接到此次行在頒示御製各體詩計百三十首。臣祇領跽誦，無體不備，無𡦹不臻，握管敬和，擬仿陸游日課一詩之例，而衰齡淺植，思致艱澀，竭才殫智，凡三閲月而成。脱稿後，每改罷長吟，益覺元韻如英莖韶濩，非臣瓦缶之音所能賡颺萬一。敬繕三册，外恩賜七律一首，敬謹恭和，另繕卷子，一併恭呈御覽。伏祈訓示。

跋自書恩賜御臨米帖恭記詩後

陳群自予告旋里，二十年來，拜賜御筆書畫墨寶甚夥。近因祝釐北上，檢點篋笥，大兒汝誠、六兒汝弼、七兒汝器隨侍同行。二兒汝恭候補京師，部選蜀之珙縣，蒙恩以陳群年老，調任衛地，便道歸省，留信宿即赴新任。因出《御畫橋梓圖》付汝誠敬藏，曰：『此恩賞命意，因橋及梓，汝宜勉之，即守之世世可也。』又檢《御臨米帖》一幀付汝恭敬藏，曰：『汝有志學書，清理案牘之暇，敬瞻筆法。又讀予恭謝詩内有「波磔自赴渾節角，姿態盎發華不腴。南宫習氣盡擺脱，得其神髓遺其膚」數語，可悟學書之法。至人天縱，自非思議可到，而握管仰窺，亦庶有得。』又諭諸子及諸孫，云：『我受恩深重，現在笥中什襲者不少。我留以敬觀，且藉以怡神益智。他日汝輩得之，人懷盈尺，和氏不足多也。況郭外代耕之五十畝耶？』汝恭跪而受之，請予并書恭謝詩於册，爲跋其尾。

香樹齋文集續鈔卷四

金檜門總憲詩存序

古人詩集最富者，在唐惟香山《長慶集》，宋惟放翁《劍南集》，皆手自編訂。其他多不過千數首，少僅三四百首，義貴取精，不見少也。總憲金檜門先生少博雅，宦學吾郡。汪丈鶴桴，郡中老宿也，居范湖，稱藏書家。予官翰林時，奉母假旋，往復過從，見先生於甥館，每出所爲詩，春容奥衍，有古作者風。予一見，以國士遇之，先生亦心重予，引爲知己。歲丙辰，恭逢皇上御極元年，海宇人文，蒸蒸向風。先生以公車來京師，首蒙聖主特達之知，廷試擢第一。松泉汪文端時爲同考，雅器重先生，後先生每言師友中交契最深者，必舉松泉與予。尋入直内廷，同趨禁籞，依日月之光，鳴國家之盛。親近宸章，耳濡目染，作爲詩歌，和平大雅，宫商協應。退食之暇，昕夕討論，汲古虚受，益自淬鍊，故職屢遷而業亦雋上。屢典試事，東歷泰山，華不注之高，南踰江淮，浮洞庭，渡彭蠡，窮三山五嶺之奇。每登臨題詠，人争傳誦，得江山之助居多。先生爲人醇古澹泊，宋元人中，尤愛東坡、梅溪、遺山、曼碩諸家，故其所作，往往相近。顧生平著作，多不自收拾，以故散失不少。丈夫子五，皆能世其家學，員外忠澤、主事潔，綴拾遺稿，得詩四百餘首，編爲四卷，請予名其集。予以詩取足存而已，一二首與千萬首無以異也。先生造詣，固卓卓如是，斯愛斯傳，以視吉光片羽，全豹一斑，不既多乎？惜松泉墓有宿艸，不及見先生有子，能存家集，相與流連賞晰也。因略敘先生生平游歷，虚懷切劘之致，以爲後學趨向云。

武進相公繩菴内外集序

求木於鄧林豐尋以往，所見皆欂櫨棁楶也，而工師曰：『我必得千尋之材，任以桴梁，飾以文采，則參天豫章兼兩而至矣。』采玉於于闐、勃律之間，所見皆璆琳琅玕也，而玉人曰：『我必得徑尺之璧，登以華篋，襲以綈巾，則和朴懸藜不脛而走矣。』爲是言者，以擬國家瑰奇卓越之才，應運而出，謀謨廟堂，其視此矣。

聖祖十七年，詔内外大臣薦舉博學鴻詞，一時耆舊名宿，多出其間。嗣是涵濡浸育，久道化成。逮今上御極之元年，遵奉世宗前詔，復開制科，武進繩菴相公以諸生應試，欽定第一。識者謂制科不數舉，與斯選者，較春秋得雋之榜爲難，而冠倫魁能，欝爲選首。又適當龍飛作覩，天開景運之初，則又儒生不世之殊遇也。公既以詩賦通籍，不數年，由坊局躋列卿，趨走禁籞，昕夕顧問。公益矢勤慎，上益畀倚之，眷注有加，遂參揆席，屢柄文衡。士之遊其門者，咸以爲斯文之的系在焉。海内想聞風采，亦如鳳皇芝草，景星慶雲，先覩爲快。予曩佐秋官，每直次連茵接席，款語移時，暇輒考評所詣，因得叩其底蘊，則淵泫澄深，未易窺測。大要求其原於經，暢其支於諸史百家，佩實銜華，弸中彪外，蒐羅繁富，歸於雅醇，而制義亦復步趨先正大家，有典有則，故所取士往往稱得人。可知學問無二理，根深者末自遂，積厚者流愈光也。予得謝歸田二十餘年，曾郵寄所刊詩文就正。公嘗寓書，謂予曩者直次倡酬之作，何獨遺之，豈不欲某附名以傳耶？顧余懶不收拾，舊作遺忘不復記憶，遜謝之而已。客歲祝嘏入京，公出内外集若干卷，請予序。予謝不獲。既卒讀，益歎前此心賞之不虚也。予惟詞科以待天下挺異特達之士，故代不數科，科不數人，乃僂指一科眉目，其克自樹立者，亦無幾人。昔韓子兩應詞科，皆不得第，其文亦不載集中，而其答崔立之書，辭雖過激，獨惜當時不得其人，一振此恥耳。抑李翺所云『如其有之，雖古人不及』者，非耶？間嘗與公論爲文，大略極言鄉曲習帖括而訾古學之弊，皆由父兄欲求速化，師弟承襲俗學，罕識菑畬經訓本旨，讀公集者，亦可以知所趨向矣。至公自序云『上以誌聖人之依歸』，則陳群與同直諸公遭際明盛，耳濡目染，同爲厚幸云。

長洲程孝廉稻香樓詩序

昔人云：『吴中詩派自高季迪倡之，風華整麗，克兼唐、宋、元人之長。其後劉昌謨輩漸流入姚治，吴原博、王濟之返於理，遂類宋詩。』徐昌穀年二十外，厭薄吴聲，一變遂與漢魏、盛唐作者馳騁上下，自取充棟之草，芟存百一，海内奉如珪璧。而皇甫子循詩凡四變，力矯吴下之靡，自取篋中稿撿閲，凡興寄未深，格調不古，語非絶俗，句非神采者删之。故安定四子各臻妙境，而司勳尤爲白眉。長洲程孝廉東冶，績學有至行，與同志合刊名《白華集》，爲時所稱。所著《稻香樓詩稿》若干卷，介其族弟、予外孫申伯中翰寄予請序。余讀其樂府數篇，格高調雅，音節琅琅，深得騷雅風勸之旨，不徒傚漢製魏，造作優孟、蒍敖也。各體步趨亦正，塗轍可尋。前則北郭十子，後則東莊諸家，方之迪功斷歸，自定一編，非復焦桐五集，將子循所謂有志慕古，心恥時尚者，非歟？吴趨經鑾輅四巡，陳風觀化，詩道盛昌，諸老總持，名流輩出。東冶年學並富，入浸淫卷軸，出復壇坫切劘，不懈益勤，駸駸直上。異日白麟朱雁，芝房寶鼎之歌，薦於郊廟，微斯人，殆莫屬矣。既以語申伯，遂書以爲序。

大司馬芝庭彭公詩文集序

古之論世美者，或曰無忝爾祖，或曰必復其始。大率如孔安國、歐陽生之於經，姚察之於史，董仲舒之於文學，王羲之之於法書，其術業之相承，有足述也。如楊震之於彪，袁安之於隗，漢之荀陳，唐之蕭杜，其名位之相嬗，亦足稱也。國朝百十年來，文治蔚興，宗工輩出，而海内言理學科目者，則必舉長洲彭氏云。大司馬芝庭彭公，幼承其祖訪濂先生，推闡高曾以來居敬窮理之學，藴隆積厚，鍾秀産祥。年二十餘，即以南宫廷對連擢第一，入詞林，科名之盛，與先生後先接武。昔人以鳳皇芝草先覩爲快，而貽於繼世，萃於一家，是則薦紳所豔羨而不可必得者。而公乃處之若忘，抑然自下。挹其貌，粥粥乎若無能也。聆其言，呐呐然如不出諸其口也。論者謂其磨礱浸潤，德器渾成，亦克肖前人，有自來也。既與余同趨禁近，同佐秋官，相於最久。自非奉使於外，持節秉衡，則直次公餘，未嘗不聯茵接席。每承旨賡颺，各蒙激賞，賚予有加，退而考古晰疑，共抒所見，往往心契苔岑。公後校士兩浙，舟行至婺州，攜予集讀之，竟三日不休。至序予詩，謂可與吾禾文苑諸公相伯仲，予媿不敢當，然不可謂非相知之深者矣。猶憶康熙乙酉、丙戌間，聖祖時巡江介，訪濂先生已乞身在籍，特起爲檢校全唐詩官。予甫弱冠，以所業介邗上卞子古山謁先生於里第，辱先生進而教之，爲語以力學持身之要，中心謹識不忘，竊謂宋王文正不志温飽，明羅文恭不榮一第，彷彿遇之也。曾不三十年，獲與公同館稱莫逆交，兩人復以次懸車。予則年臻耄耋，公亦齒邁古稀。當塗延主紫陽講席，士之遊其門者，服其教，兼欽仰其祖考之清芬，相與登衣言之堂，則典型具在，覽東壁之亭，則奎畫重光也。公諸子亦聯翩鵲起，官中外有聲，文孫未弱冠即登賢書，皆恪守庭訓惟謹。公性尤嗜學，居恒書史不去手，所爲詩文，但有先生家法。詩已刊者若干卷，典則恬雅，深得温柔敦厚之旨。近每讀公文筆，與年並進，宗法在昌黎、南豐間。昨歲辛卯祝嘏入都，偕入香山高會，公嘗乞予序。至是，申前約甚殷。予卧痾頹唐，未有以應。獨念公與予還往之雅，徵予無以得公之真，即令祖先生之言論風旨，其親炙而能道之者，亦無幾人在也。予故述其祖孫間所以不媿科名，有以爲世勸，亦足爲世美之一徵也夫。

胡紫弦少宗伯葆璞堂詩文集序

扶輿清淑之氣，磅礴蜿蜒，涣而爲人文，萃而爲理學。閒嘗竊論我朝文治蔚興，名公卿比肩林立，求其有體有用，本末可觀，出處一揆，則於中州得數人焉，湯文正、張清恪其選也，繼之者厥惟宗伯胡紫弦先生。先生幼即有志聖賢之學，鄉薦後浮湛公車幾三十年。洎登第，入詞林，回翔禁近，洊涉清班，未嘗一日廢學。諸經中，尤研精於《易》。語云：『韋編三絶，鐵擿三折，漆書三滅。』殆不虚也。蓋其深嗜篤好，有寤寐義文於千載之上者，故持論不主一家，而出其自得，往往不惜與先儒辨難。嘗曰：『吾背傳也，而不敢背經。』聖祖朝數數召對宫廷，命之講《易》，亘時逾晷，前後數千百言，屢蒙俞旨，有苦心讀書之褒。余少遊京輦，與先生爲忘年友。後爲館後進，每過從考評，得讀先生著作，雖一臠半豹，皆深味義根，足啟蒙穉。至論詩文門仞，則與予有苔岑之契。世宗初年，先生進《耕耤詩》《河清賦》，甚邀激賞，尋躋卿貳，數年罷歸。上御極，入覲京師，特復原官，未幾卒。先生之平生可考者如此。予懸車二十餘年，先生季子季堂秉臬江左，裒舉其所爲《葆璞堂詩文集》寄予校訂，且請予序。予顧何能爲先生元晏哉？雖然，昔東坡序范希文遺稿，有不及見之恨，而深以得識其子仲叔季爲幸。予於先生，雖年輩少後，而親炙其言論風旨。又五十餘年，親見其季幼孤自立，荷聖主恩深念舊，由倅守拔至大僚，將纘先生未竟之設施，以副九重毘倚，復能勉承家學，表彰先生之遺言，不亦較東坡有餘快乎。先生詩文各四卷。詩則自抒胸臆，質直而指深，和平而趣博，若無意於求工者，而繩之法律，不爽銖黍。文則根極理要，宣德達情之作，致爲剴切，而因物明道，從身心體認得來，於宋元前哲中，差近屏山、草廬諸家，洵布帛菽粟之文也。因并次其出處崖略，以復司臬，以告天下之能讀父書者，即以備他日續洛學一編者之採擇，吾知其非溢美也已。

將軍薩寄廬樗亭詩續集序

往予佐秋官時，曾序樗亭詩初集，比諸揚子雲之於賦，王君太之於劍，謂其嗜之篤，而爲之專也。予懸車旋里，與公別二十餘年，而公之詩益富，風格益遒上。辛卯冬，恭遇聖母八旬慶典，予承旨祝釐京師，公以武備院卿授副都統，仍直内廷，偕入九老會，攜賜杖同遊香山。先一日，上命會中諸臣各賦一詩，有不能者，不嫌代作。閣臣以公能詩上聞，因給筆札。詩成，上覽而頷之，詔許曰可。蓋公自束髮受書，即耽吟咏，至是齒逾古稀，稱詩幾五十餘年。同直禁近者皆心服公詩之工，循諷不去口，而仰邀賞擊，受聖主之知，則自此始。公亦以爲生平僅事作詩志之，載續集中。今年癸巳，上廉公矍鑠健飰，出公爲八閩駐防將軍。會公子厚菴中丞填撫江蘇已四年矣，宣播德意，屬吏承流，年穀順成，民氣和樂，上眷倚有加。且椿庭子舍，相距匪遥，江甸閩疆，對秉節鉞，中外尤豔稱之。公自吴過予第，衷所爲續集示予，仍屬爲序。公之詩，予前論之詳矣。至公之爲人，體淳淑之姿，躬謙挹之度，篤於内行，厚於人倫，用是執斗柄，建天樞。趨走省闈，則爲皤皤之良、華首之老，旂幢蓋海，則爲丈人之吉、方叔之壯。抑古人所謂福大而愈懼，爵隆而益恭者，皆公詩之本也。予故述公躬荷主知大略，與公之所以爲詩者。昔晉以郤縠説禮樂而敦詩書，使將中軍，後如祭征虜、杜鎮南輩，儒將風流，悉原於此。漢鄧禹太傅既以武功書之竹帛，兼以文德教化子孫，公諸子皆賢，傳公詩業，更不乏人。他日論我朝右列數大老之詩，當爲公首置一座，復奚疑耶？

丹徒令徐卿石詩序

政與學無二軌，無所飾不可也，有所飾亦不可也。漢廷良吏，皆一時經明行脩之士，使治《尚書》者行河隄，治《春秋》者斷獄，斯其人往往以經術飾吏治，然非悃愊無華者不能也。予嘗讀《唐書·元魯山傳》，至命樂工數十人，聯袂歌所爲《于蔿》者，天子聞而異之，歎爲賢人之言，未嘗不想見其爲人。而史獨稱其質厚少緣飾，真良吏已。丹徒大令徐君卿石，爲予乙丑所得士，歷任畿輔劇邑，皆有治行。其爲政奉法順流，不汲汲於求進，久之，上官亦能諒其無飾也。公餘偶爲詩，亦無廢事，故不同於坐嘯畫諾者之所爲。辛卯秋，予祝釐北上，道出京口，卿石出詩稿請序。予既歸，讀其詩，絶去雕飾，於懷人望古之作，性情流露，歸於優柔平中，亦大類其爲治也。昔少陵覽道州《春陵行》二首，志之曰：得結輩十數公，落落參錯天下爲邦伯，萬物吐氣，而元結稱魯山之質行政術，史家采以入傳，益徵范蔚宗所謂矯飾外貌、似是而非者，微特不可與語政，抑亦不可與言詩也。卿石能以所學飾吏治，而其爲政又安於無飾，予喜而爲之序。至集中西藏諸詩，以書生從軍而直書所見，中有關於風教者，最爲核實，可備輶軒所未及。昔高居誨出使，記其所經，卿石詩殆近之矣。

卜周望藕村詩草序

詩有不盡本於學者，流連光景，陶冶性靈，邱仲深所謂風行水上繭抽絲，原本嚴滄浪别才之説，爲盛時處士一派，未可厚非也。余姻家卜君藕村，少孤，事孀母極孝，早攝家楝，未能竟所學。所居蓮溪，搆水榭數楹，彌望烟波溶濟，與漁莊蟹簖爲鄰。夏月坐卧其間，則日蔭榆柳，風來芰荷，居然作羲皇上人想。嗜爲詩，不屑屑循守繩尺，琢雕肺肝，真趣盎流，託於毫素，有吾鄉前明殷東臯、徐春門之風。嘗衷詩謁予曰：『公大作家，苞孕萬千，事型物矩。某則何能？某惟識字耕夫，幸得於治生暇，與村翁里老周旋豳籥杖咸、凷桴土鼓間，歌太平，詠豐樂，竊比於擊壤之席公，斯可耳。』予嘉其志趨閒適，蓋自蒙恩予告歸田後，與君還往，所見如此。藕村歿，子臺，予從孫壻也，能以孝友世其家，輯遺詩一卷，乞予敘以傳之，俟他日蒐邑乘志隱居者採焉。

跋席氏安定宗賢圖像册子後

有吴笠澤東山席氏得姓之繇，或曰古席老師即席公，堯時擊壤而歌於路者，或曰晉卿孫伯黶司晉典籍，故曰籍氏，後避項籍名，改爲席。斯二説者，安定之子孫皆能道之。雖然，聽遠者聞其疾，而不聞其舒，望遠者察其貌，而不察其形，顧安所得信而有徵者，相與訂一家文獻乎？歲壬辰孟陬，予自京祝嘏南還，道出袁江，郡司馬席君紹蓑手其家藏《安定宗賢圖像》二册，乞予一言。予次第展閲，見有朝服冠纓爲像凡五，曰梁湘西侯威公闡文，曰周昌州刺史固，曰唐禮部尚書文公豫，曁武衛上將軍温，曰宋述古殿大學士旦。而爲之題識者，前後約二十人，内如宋廣平、楊龜山、歐陽圭齋、黄晉卿、薩天錫，其詞翰爲世所寶，册中墨蹟爛然。而唐玄宗集賢殿手敕一通，爲席氏家傳珍物，互證參稽，可與史策相表裏。其餘宗人之紀述世繫支派，里居播遷，與凡名流之投贈，一牋一劄，悉完好如故。嗚呼。覩於此而堂構箕裘之志，敬宗收族之心，即非席氏子孫，均有展卷而起敬者。昔范宣子自數其祖，自虞、夏、商、周以迄於晉，爲陶唐氏、御龍氏、豕韋氏、唐杜氏、范氏，而穆叔折之以保姓受氏、以守宗祊禄之大者，不可謂不朽。唐太宗亦言『太上立德，次立功，次立言，又次則爵爲公卿大夫，世世不絶』，此謂之門户。今按席氏之先，文則宣猷邦甸，武則勒勳旂常。乃自將軍避亂南遁，族益滋蕃，名德重光，簪纓濟美，出吴趨四姓之右。斯册其世守之，比於王氏青箱，魏公遺笏，奚多讓焉。抑予集中曾載爲其家誌墓、表墓數篇，兹又爲武山司馬題其圖譜，他日論安定之世契者，或可附圭齋、晉卿諸人之後塵，幸矣。

明經沈君建偉傳略

君姓沈氏，名大業，字建偉，别字半村。其先世家於竹墩，六世祖竹隱公始遷於禾郡鴛湖之濆。祖諱文彬，太學生，耋年碩德，孝友稱於鄉閭，舉鄉飲大賓。父諱尚傑，字宁瞻，貢生，卜居用里，恤孤寡，賑貧乏，待物以誠，人無賢愚，皆愛而慕之。年四十始舉半村，父母得之艱，極鍾愛，然弱不好弄。初年十五，母氏病廢，卧牀三四年，朝夕侍湯藥，目不交睫。迨卒，哀毁骨立。既免喪，出應童子試，藉藉有聲。不數年，又丁外艱，痛悼幾至滅性。稍長，尤端重好學。初操家政，或意其少不更事，欲加受侮，甚且訟之公庭，亦頗能擘畫周當，事竟得理。困於瑣務，度不能專精舉子業，乃循例入成均。性嗜古，廣購載籍，兼及鼎彝。暇輒焚香晏坐，竟日披吟。遇花朝月夕，邀二三同志銜杯嘯詠，酬唱往來。其爲詩華而不靡，質而不俚，得正始之音。制藝亦古茂，無兔園習氣。癸酉秋闈，已呈薦矣，緣策語小疵見斥，從此義命自安，益陶情於詩酒。乙亥秋歲祲，率同里創議賑濟，捐資若干，賴以存活者不少。當事咸重其義，列章具奏，奉旨議敘，以明經待用，誠曠典也。壬辰正月，偶以瘡疥微疴，卧十許日，竟至不起。易簀時神氣清明，灑然而逝，春秋四十有五。所作詩文，都不自收拾，故存者無幾，僅遺殘詩一册。配褚氏，賢而有德。生子三，長炎，即予之孫壻也，人謹飭有文，乞予作傳，爰述其大概，以副其請云。

趙文敏書金剛經石刻題後

予性不耐探尋釋典，雖詩家有佛語、菩薩語，各擅勝場，取資吟料，非所好也。辛卯秋，再以祝釐北上，舟次姑胥。方伯紫庭吴君出新刊趙文敏行書《金剛經》搨本見貽，且請題識。予喜其筆法遒媚，審爲佛跡院真蹟。曾見東坡寫本石刻流傳，此其嗣美已，篷牕棐几，一再轉誦，頗於經中理事之門、性相之義，與夫六如生滅、四相鍵關，微有領會。至京師，奉敕矢音，筆墨尠暇。陛辭日，蒙發《御製詠金剛十六首》命和，歸舟盥諷天章，次第和訖。自謂於金經大旨，不甚紕繆，則皆從方伯見示後，由繹得之，不可謂非文字因緣也。昔耶律文正爲李屏山序《金剛別解》云：『何止化書生之學佛者，至無因外道，皆可發藥。』今方伯以名蹟壽石，俾臨池與證性者，皆將求筏於此，津逮之功，不既溥歟。因綴數語，并刊於後云。

誥贈朝議大夫原任刑部陝西司員外郎魚亭汪君傳略

君諱憲，字千陂，號魚亭。先世居上江黟縣之雷岡，七世祖文宇公始遷於杭，貫錢唐。考諱光豫，字介思，妣施太恭人，以君貴受封。君天性純孝，幼偕弟容谷侍兩親，不蹔離左右。弟蚤世，服勤益專摯。未冠補諸生，出予同年宗伯鄧公東長門，公司衡兩浙，文行並重，特器君。逾年登甲子賢書，乙丑聯捷，爲予主試南宮所得士。榜後來謁，儔衆中德器温純，予尤愛重之。顧年少澹於榮進，南歸侍養者十五年。戊寅赴京，以貲補刑部陜西司員外郎，奉職勤慎。明年，以父母俱週甲，復請急歸，自是一意循陔，無復出山志矣。里居定省，暇與鄉鄙晉接，退然常若不及，未嘗言人小過，人有一善，輒極口獎成之。尤樂緩急人，知交中有匱乏者，不待其請，每先事周之。凡嫁娶不以時，喪葬不能舉，事畜之艱窘，行理之乏困者，無論戚疎，皆量力資給之，無德色，無倦容。雷岡族屬既繁，君躬詣祖祠，謀諸宗長，創捐義田，以成父志。耽蓄書丹鉛，多善本，求售者雖浮其直，不與較。集同志數人，昕夕討論經史疑義。詩文不多作，作必精詣，一字未當，往往沉想經時，必愜意始脱稿。歲庚寅夏五，封公遘疾，君侍疾過勞。及疾革，哭踊過毁，食糲服苴，逾期不變制。君居恒自奉澹薄，體素羸，至是僅以骨立。明年，施太恭人抱病幾危，君悸甚，苫次强起，多方療治，病少痊。而君遂嬰疾不起，卒以辛卯八月九日，年五十有一。君遊予門將三十年，予懸車以前，還往亦不數數，晚始熟。君之爲人，蓋篤行淳備，而誼敦在三者歟。回憶西泠文酒之娱，與君父子杖履周旋，曾不數年，相繼淪逝，不自知其重哀而累欷也。君諸子並有文，庶幾能振其緒。冢子汝璣，以京秩邀恩晉贈君官，踵門涕洟，請爲之傳，因次君行實如左。

論曰：晉傳玄論孝，謂『內盡其心以事親，外崇禮讓以接物。孝子仁人，君子之儀表也』，又曰『存盡其和，事盡其敬，亡盡其哀』，予於潁昌侯見之矣。陳謝貞哀毁羸瘠，尚書右丞徐祚、左丞沈客卿俱來候貞，愴然太息，徐喻之曰：『弟年事已衰，禮有恒制，小宜引割自全。』貞因感慟。祚謂客卿曰：『信哉。孝門有孝子。』客卿曰：『謝公家傳至孝，此恐不能起，如何？』今汪君終身孺慕，不忍須臾離親，卒以毁殉。荀何謝貞，殆其人也。予嘗察其生平，家稍裕好施，而自養儉薄，名挂朝籍，對人嘗抑然自下，學富典墳，而貌益樸訥。生長吾浙，而齊魯質行諸儒仁有所不及，孰謂斯人而不永其年。康成三命之説，其信然耶？

胡少宗伯韻玉函書序

上古無韻書，聲成文而韻生焉。不斤斤於反切通轉，謂之天籟。蓋本軒轅氏感鳳鳴，命伶倫截取嶰谷之竹爲筒，凡十二以應雌雄各六，而陰陽律吕相生不已，爲韻學鼻祖。六經中固多韻語，獨《易》與《詩》純以韻纂組成之，而《易》爲尤古，其用韻多後人所不能通。唐玄宗改《洪範》『無頗』爲『陂』，引《易》『無平不陂』爲據，不知《易》鼎象義，與何叶也。自是范諤昌改陸爲逵，孫奕改誅爲昧。斯其人恐未足與言《易》，又何足與論《詩》之韻乎？光山宗伯滄曉胡先生邃於《易》，以其餘力成《韻玉函書》五卷，辨字之陰陽，即《易》之卦畫奇偶也。別音之剛柔太少，即《易》之九六老少也。陰陽判而剛柔分，立天之道，立地之道，備於此矣。剛柔分而太少見，兩儀生四象之序，有所循矣。標以三十六字母，即《易》之重爲六十四卦也。分繫諸一百六部，即《易》乾之策二百一十有六，坤之策百四十有四也。每部計若干字，即二篇之策萬有一千五百二十，當萬物之數，所謂孳生之謂字，同於生生之謂易也。腭舌脣齒喉，以配角之腭音居首，即《易》之復卦之一陽始於冬至子半，而萬物棣通族出於寅，必屬乾之九三也。參伍以變，錯綜其數，而切韻領於各標。故必依吴棫《韻補》，次以字母，不嫌於更置舊文也。引而伸之，觸類而長之，而所引《音略》《字牖》諸家，凡古音之通叶，更不必字標各母也。昔釋處忠紐字之圖，五音爲圓，九弄爲方，以擬易圖之先後天，覩先生所排列，善學者衍爲圖，即前人等韻、切韻各圖，皆其薈萃，洵非善《易》者不能有此會通。先生得《易》之藴，此非其緒餘歟。令子雲坡臬使善承先志，既爲刊《易學函書》，復出此編，屬予發凡起例，且乞一言。予惟韻書行世至賾，不可僂指，大率泥古者，不能越孫愐、陳彭年之臼科，狥時者又不悟神珙、陽寧公之反紐。欲求審音考字，宜古宜今，邵氏《韻略》而外尠矣。顧邵氏考核精博，而於切韻之學，未暇兼及。《通志》謂韻圖之類，釋子多能言之，而儒者皆不識起例，以其源流出自西域耳。又云：『梵有無窮之音，華有無窮之字。梵人長於音所得從聞入，華人長於文所得從見入。』得先生之書，俾字與音各有統系，相爲比附，州次部居而不可紊，亦繩聯絲貫而不可紛。正律吕則萬寶常、李嗣真之以人聲爲主，而笙鏞絲管可以取協也。通象數則李之才、邵康節之以聲起數，以數發占也。要皆從易理涵泳咀嚼，汩汩乎其來，琅琅然其吐，《易》之爲書也不可遠，其若此哉。我朝聖祖纂脩《佩文韻府》，程式多士，復欽定《音韻闡微》一書，爲律爲度，度越古今。皇上聖製詩辭聲諧韶濩，近復敕纂《音韻述微》，行且布爲官韻，嘉惠方來。雲坡持先公遺書以應當宁，旁求其於當世之和聲而鳴盛者，夫豈小補也歟。

華亭王硯亭先生七十壽序

古之欲壽其親者，必乞當世聞人之言，而文之出於祝嘏者，即少溢焉莫之靳，亦莫之距也。獨王澄宇觀察則不然。觀察爲前任衛輝郡守致仕硯亭先生令子。歲壬辰九月五日，爲先生懸弧之辰。明年二月七日，德配陳太恭人亦届古稀。會觀察按節河北，治日有聲。余次子汝恭、第五子汝豐俱忝屬吏。觀察先期寓書予子，徵余文，且諄諄以直敘生平行誼，而不溢一辭爲屬。予聞而韙之曰：『是真能養志者也。爲能敬其親之美者也。』雖然，予豈其人而又將何以壽先生哉。先生系出華亭右族，與寒家荀、陳世契，申以嘉姻。予曩佐秋官，先生尚徊翔牧守，賢名最著，予耳之熲悉。方先生幼時，恪守庭訓，敦孝友，攻苦嚮學，無幾微膏粱紈綺之習。試舉場，屢薦不售，由國子生考授州判。爲海昌相國陳文簡公所器重，奏請揀發河工，築高家堰。工竣，錫山相國嵇文敏公題敘縣令，授安徽鳳陽府靈璧縣。縣瘠難治，且歉歲頻仍，先生悉心撫字，彫边以蘇。值水維偶弛，淮黄弗寧，上游廉先生諳練河務，檄先生督要工，興水利，歷數十晝夜，殫其勞瘁。制府楊公超曾首列剡牘，尋擢知六安直隸州，調河南汝州。值前次金川用兵，軍書旁午，先生奉委辦理臺站，并運送騾馬至關中，籌度合宜，公私稱便。庚午，擢守衛輝府。治西門逼近衛河，河水時溢出爲患。先生治郡五年，脩築隄防，部民至今德之。旋因太夫人春秋高，仲兄分守覃懷，左右無人侍養，遽乞歸。格於例，乃引疾還里。既終養，先生遂無意進取。時觀察已通籍，登仕版，先生曰：『可以佚吾老矣。』脩知止山莊，與恭人挽車奈園，課幼子及諸孫以次成學。恭人即文簡公從孫女、主政邦懷女，相夫婉嫕，治家賢明，先生歷官數十年，無內顧憂，得內助之力居多。夫壽之爲言酬也，脩德者不必求諒於人，而轉可責償於天。昔先生之先祥覽友于，門施行馬，子明之父手植三槐，皆若可以爲之券者。今先生內行醇美，所至以勞績著，所未究其施者，將於觀察觀其成而食其報焉，豈非君子之穀之所詒者乎。予言不文，不足以備閭史，而三朝柱下，相與引導輔翼，以祈黃耇，介景福，當亦不虛觀察乞言之意也。夫抑予聞之南陽酈縣有甘谷水，左右生甘菊，花漬水中，飲此谷者，壽過期頤。觀察行部所及，采菊汲水，爲二親壽。其於《宵雅・白華》潔白之義，亦庶幾乎。

第五叔父八袠壽序

吾郡長水名還鄉水，凡士大夫之仕於朝者，引年歸老，莫不優游化日，歌詠昇平。前賢於此講耆英之會，結瀛洲之社，致足嘉也。而萃於一族，同被渥恩，懸車里門，逾二十年如一日，則予與叔實有厚幸焉。叔爲予叔祖資政公少子，宮保恭恪公弟，年十九領癸巳恩科鄉薦。時恭恪公方官黃散，予以教習留京師，明年亦舉京兆。至辛丑館選，則叔亦來就選人。後先京邸，樂數晨夕，情好之密，蓋自少壯已然矣。叔既綰符楚中，歷尹鄖西、南漳、黄梅，秩滿遷中翰，仍攝黄梅，尋擢隨州牧，調保安州。宦蹟所至，以循良稱，大吏咸倚重之。顧叔澹於榮進，旋賦遂初，歸田後杜門静寄，頤養天和。性嗜臨池，工八法，於第舍旁開獨樹軒，軒外拓地數畝，徧莳名花珍木。叔時滴露研朱，揮毫染素，翩翻杖履，嘯傲於藥欄花徑間。會予亦蒙恩予告里居，鴛渚魏塘，近祇一舍，每還往過從，郡人有仙侶之目。予嘗贈叔詩得『一疏而後兩閒人』之句，論者謂工於紀實。叔令子兩弟金殿、金輿並敦學行，克世其家。金殿嗣恭恪公後，早踏仕籍，歷任兩江令牧，有聲，擢守大郡，屢膺卓薦。今年癸巳九月，爲我叔鹿鳴重賦之期，適金殿以江寧守報最入覲，給假抵家，爲翁稱八十觴，請予致辭以侑。予惟國恩家慶，非徒侈閭里美觀也。抑詩書之澤，清白之傳，其來有自。壽之爲言酬也，予以望九之年，祝八旬之叔，皆盛世所希逢，清門所罕覯者。亦願與我叔俱崇令德，共保遐齡，謹質言之，以爲異日互介期頤之券，我叔當樂聞而頷之也。敬繕以爲序。

王母鄧太夫人八十壽序

方伯臨汾王味隞先生自山左臬使來蒞吾浙，下車甫三載，旬宣浙東西十一州郡。人吏浹和，年穀順成，比尤以屢豐大有，連牘告慶，循例入覲，眷倚有加。歲癸巳七月，爲太夫人八十設帨之辰。浙右三郡屬吏紳士，以余忝鄉耆之望，先期請余文介壽。予與先中丞公契分垂三十年，今與方伯交在紀諆間，且稔知太夫人相夫教子崖略，不得以不文辭。

太夫人爲諸生鄧公次女，幼嫻壼則，處室時即以孝著。年十四，來嬪中丞公。時贈公已解組里居，中丞方爲高材生，授徒以養太夫人，克循婦道，操作而前，竭力營甘膬以奉尊章，而茹荼餐糲，獨安之若素。撫小叔如弟，視四小姑如妹，嫁則撤釵鈿、鬻簪珥佽之。以其餘力贍宗人之貧者，勸令就業，爲之授餐授室，俾有成立。中丞登癸巳賢書，迨庚戌始成進士，中間躓公車凡十八年。顧文譽日起，名士争就納交，户外趾相錯，太夫人治具款讌，造門者忘其爲寒士。又嘗友教遠遊，太夫人親教三子四女，俾中丞無内顧憂。疊遭大故，襄治盡禮，一切必誠必信，弗之有悔。既中丞筮仕劇邑，擢大郡，歷監司，屏藩兩浙，節鉞三吴。太夫人皆隨任之官，資内助力，宦蹟所至，得民心，用是受主知最深。余於雍正乙卯間，兩次奉使視學畿輔，時先中丞公方令元城，公餘商榷，相得甚驩。有因試事牽連須庭鞫者以畀公，咄嗟立辦，輿論翕然。既公調保陽首邑，亦如之。余嘗述其事於制府李敏達公暨尚書孫文定公，莫不交口稱循良吏恐後，並卜公器識可大受也。

中丞開藩吾浙，宣播德意，官屬承流，政務具舉。上初次巡幸南邦，簡撫吴中，方隆毗倚，騎箕之日，江浙人民追慕不已。太夫人由吴旋晉，課子甚嚴，嘗誡諸子以報國恩，光門緒，必發憤自勵，無廢先人。曾不二十年親見方伯科名鵲起，皇路騰驤，而節幢蒞止，乃即先中丞甘棠茇憩之區，一時父老，猶能道昔日攀轅卧轍情事。則凡中丞未竟之業，皆將於方伯觀其成，而亦何莫非太夫人之壽之所貽耶？客秋，方伯於召對後請急歸省，時長君文山中憲侍養在籍，季君敬父自連山大尹告歸，一堂朱紱，次第稱觴。適次孫肅方賦采芹，太夫人顧而樂之，命繪《勞逸圖》見志。趨方伯治行，拔耀首金範爲佩，鐫『忠孝』字以授，且錞于勉之，曰：『吾家世受渥恩，汝行矣，吾猶善飯，毋以我故，少弛夙夜。』方伯奉命惟謹，以故浙人士頌方伯之政，皆推本賢母之教，相與祝難老無已也。余嘗讀史，見唐河東節度使柳公綽在公卿間最名有家法，其子仲郢，一遵其法，蓋公綽妻韓氏爲相國休曾孫，家法嚴肅儉約，爲縉紳家楷範。宋呂滎公德器成就，大異衆人，亦賴其母申國夫人性嚴有法。此皆福備箕疇，慶昌枝裔，因歎善人之後，天必胙之。始爲令妻，繼未有不爲壽母者，於太夫人尤券合焉。請書之，以當張老之誦。

誥封恭人汪母陸太恭人七十壽序

古賢母之獲享其壽者，亦賴子之賢達，而後養期其備。是故居則有甘毳之奉，遊則有山池之娱，而且褕翟以榮其身，綵衣以適其志，猶未已也，則必求當世之健於辭筆者，爲之祝難老焉，而後賢子之心即安。邗上汪椒谷主政，以詩名繼其尊甫恬齋司馬，予嘗序其稿，許其能似續先人矣。歲甲午孟陬，爲母陸太恭人七衮稱觴，前數月，走使渡江，寓書徵予文爲屏幛之飾。予辱與椒谷兩世稱文字交，又稔知太恭人淑德懿行，不得以耄耋無文辭。太恭人幼嫻壼範，來嬪司馬公爲箴室，即能左右中閫，治世疇，勷家楳，簠簋飷滌，條理秩如。既育椒谷昴季，每衣韜蓋之，不少姑息。就傅後，必使交接勝己，得與氣類相似，有陶孟之風。迨爲未亡人，見椒谷兄弟以次成學，復令出事父執，結交老蒼，此邗江雅集之所爲有嗣音也。家在城南，饒竹石之勝，聖主三巡江介，蹕路所臨，賜名『九峰』。太恭人祗迎慈輦，頻拜尚方珍物，揚人豔之。予於辛卯冬祝釐北上，蕆禮南旋，椒谷曾導予一憩其地。語予曰：『馨不敏，得世守此園，仰邀天藻寵題，俾海内名公勝流，多留芳躅。微奉太恭人教，不及此。』予嘗讀束廣微補著《南陔》之詩，益歎人子之欲壽其親者，必備其養也。其首章曰『罔或遊盤』，夫有名園以娱其親，即所謂循陔采蘭，而非徒爲人子遊盤之所也。三章曰『以介丕祉』，夫人子爲親介祉，孰若乞言以介親祉者之爲大也。繹此詩者，椒谷有焉。予故樂爲敘述，以彰笙雅之義。

顧孝廉月滿樓詩文集序

往王漁洋先生司李邗上，老輩如吴梅村、袁葉菴諸公，詩筒酬贈，牋劄紛綸，一時才藻之士，如陳檢討、盛珍示輩，或分其席，或出其門，論者謂其晝了公事，夜接詞人，方之劉穆之不愧也。宋綿津山人撫吴日，總持壇坫，文教蔚興，幕下士邵髯子湘爲之職志，集樓村、荆山、匠門、俠君諸君，稱江左十五子。經其揚拂，聲價日上，後皆歷金門，登玉堂，有入卿相者。人文之盛，固由熙朝百餘年來，治化日隆，江左爲才彦淵藪，抑亦當塗者先後之倡導之，乃有此耳。予懸車後，往來吴門，歸愚尚書每向予稱顧君景嶽詩文爲後來之秀。壬午乙酉，景嶽兩應南巡召試，兒子汝誠奉敕閱卷，選入優等，亦以額溢見遺，詢知爲吴中績學士，扼腕者久之。歸愚既歸道山，景嶽以選貢舉京兆，南宫試未利，歸授徒里居，益著書有聲。會光山胡雲坡臬使莅吴之四年，政簡刑清，公餘手輯先公滄曉先生遺書，延致賓席，與名士數輩校讐篇第，以應當宁之求。臬使以予與先生同館有舊，郵寄商搉，因并示景嶽所爲月滿樓詩文諸集請序。予病起眊眩，讀未數卷，輒歎所見與所聞久乃券合也。顧其詩文，歸愚序之詳矣，予愧識塗老馬，忍靳一言，虚景嶽殷殷請益耶？　夫養之邃者氣愈醇，本之深者末必遂。韓子曰：『和其聲，則非急徵廣賁之音也。』周子曰：『篤其實，則非鞶帨輪轅之飾也。』景嶽詩體製大備，波瀾老成，文亦根柢槃深，綽有史漢八家風範，其克嗣正始之音，而分屬斯文的系無疑。昔東坡薦少游於半山，以所作《黄樓賦》有屈宋才，半山答劄云：『公奇秦君，口之而不置。我得其詩，手之而不釋。』又聞秦君嘗學至言妙道，無乃笑我與公嗜好過乎。』以半山之愛才不及東坡，而猶譽之若此，且必因所至以進其所未至焉，斯則前輩之獎成用意略同也已。予故樂爲之序，以應臬使之請，俾知大雅扶輪，即漁洋、綿津之風流未沫，而歸愚尚書曩者齒芬所及，爲信而有徵也。

復胡雲坡臬使書

久未奉覆者，非敢稽所委也，祇以先集前後寄到，須手爲繙閲，而詩文序中，未便遺去易學。既言易學，則必核其宗旨，序中持論不主一家，而出其自得，不惜與先儒辨難。嘗自云：

『吾有時背傳，而不敢背經。』此即不刊之論。至詩文，須亦從源頭上説，本立而文皆枝葉矣。朱子讚伊川文曰：『布帛之文，菽粟之味，可爲切要。』其餘各體，俱純正仁者之言藹如，真不虚也。函書一部，見委大小兒删訂，渠固不敢當然，却勉力盡心，前後費月餘工夫，據其所見擬定，尚可採取也。惟先生自爲詳酌，或與大小兒面析之可耳。令嫂甘夫人苦節懿行，已爲德門孝婦，至撫鞠八齡幼孤之叔，顧復教誨，飲食提攜，視唐昌黎退之嫂鄭氏駕而上之。讀《懇請貤封》一疏，直與《陳情表》《十二郎文》《高妹妹碑》並垂不朽。弟每讀必下淚，然又愛讀之，讀已垂涕，涕已復再，讀亦不自知其情動也。因念周晬，患痘不治，蒙先外王母抱歸其家，百計救活。又患鼠瘡者五六年，相依爲命。後得成立，命名以陳，所以志母德也。官學士時，恭逢上御極之初，即具疏請封，蒙恩允准，並著爲令。今讀尊疏，事雖不同，而受恩思報之心則一也。且弟所沾恩典，在皇上誕登寶籙之初，去今所請相距三十六七年，弟承索詩，紀事人生受恩之處，能無棖觸耶。且拙詩中『雨施物滋浹族親』一句，已將兩家受恩之處對舉並提，想詳味之下，自能鑒作者之苦心耳。至拙書手卷，聞將合壽貞珉，俾讀者起發孝弟之心，益欽服大聖人孝治之隆，沾溉不又多乎？拙書雖劣，或足醫學者寒俗杜撰之病也。

與沈景崔茂才書

每接手牋，詞義斐然，循覽之餘，令我情移神往。年兄於忙勞撥遣中，猶有一種學人本色，此從書卷中浸溢而出，非獵取者既可自怡，亦足持贈。吾輩針芥在是矣。僕與賢昆玉相知之深，全非世俗所能知者。蓋因學問必本於中正，心地必由於和平，絶不雜以一毫虚假，自然投分，但須益加自勵，毋自矜詡。行百里者半九十，僕每逢斯語，所以年過八十有五矣，而居心措履，日甚一日，所謂一息尚存，不容稍懈者也。年兄苦志自愛，學品兼優，僕尤所深望焉。屬定京豫各稿，諸體就班，具見所詣日進。追和古人詩，要用獅子搏象之力，而又行所無事，愈淺愈深，愈奇愈穩，能使古人讀之，覺當日尚未寫出此一段況味，便是必傳之作。稿中音調風致尤佳者，僕逐爲指出，他日大徹大悟，當益知老友之苦心也。家鄉得臘雪，可爲三白之占，而天氣甚寒，滴水成冰者七八日，今日頗有春意，是立春第三日也。

香樹齋文集續鈔卷五

御製重脩文廟碑記恭跋

京師國學文廟剏建於元，由元及明，代有葺治。本朝百餘年來，列聖相承，尊崇巍焕，始爲大備。皇上御極之三年，詔易黄瓦，躬詣釋奠，禮隆極則。三十二年丁亥，特發帑金重新。工竣，上親製文立碑以記。臣陳群耄耋餘生，皇上念臣侍從三朝，生成訓迪垂五十年，略識文字繁難之數，特命侍臣録示，因得拜手恭讀而繹思之。贊曰：懿哉孔子，道德高厚，垂教萬世。自史遷作贊以來，二千年中，后王君公，賢人彦士，服膺宗仰，各抒所見。闡明至教，莫不竭才盡智，而識囿方隅。如以寸莛叩洪鐘，非不發聲。以庾秉入太倉，非不得粟。彼如林之傑構，亦若是耳。皇上以嶽瀆高深，喻道德仁義，而同滙於海，同傅於地，有不期然而然者。聖道之高深，聖教之廣大，分量洽，體段備，親切高妙，即起端木諸子，恐不能更贊一辭也。子思子形容不顯之德，引《詩》至『上天之載，無聲無臭』，曰至矣，臣今恭贊御製碑記，亦曰其至矣乎，苟不固聰明聖知達天德者，其孰能與於斯？信夫。

御製龍馬歌恭跋

昔人謂養馬要得馬性情，臣以爲畫馬、咏馬亦然。趙孟頫畫馬，常張燈自作馬形，各狀其態，然後下筆。杜甫《畫馬行》，韓愈《畫馬記》，皆曲盡其妙。今恭讀天藻，變化靈奇，絶不拾其餘慧，而神明天縱，高出杜韓之上，臣不勝欽服云。

御製聞浙省今年蠶繅甚盛喜而有作絶句詩後恭跋

清和之初，蠶事將成，適恭讀御製詩初集，有《聞浙省今年蠶繅甚盛，喜而有作》四絶句，詩境安雅，詞致冲恬，閔寒女之辛勤，喜蠶功之成熟，播諸歌咢，式勸村娃。集中詠蠶織詩不下數十首，體分古今，無不各臻神妙。兹四首，韻新調古，與禾詞略同。敬書箋頭，奚啻《無逸》《豳風》，畢陳黼座也。

恩免各省應征錢糧恭謝奏摺

乾隆三十五年正月初一日，奉上諭：『朕寅承丕緒，撫有萬方。申旦求衣，無日不以勤恤民依爲念。今年爲朕六十誕辰，明歲恭逢聖母八旬萬壽，普天懽忭，祝洽頻年，是宜更沛非常之恩，以協天心而彰國慶。著自乾隆三十五年爲始，將各省應征錢糧，通行蠲免一次。欽此。』

欽惟我皇上治隆熙皡，恩洽垓埏，三登茂集於純釐，九賦胥歸諸大賚。固已延洪錫羡，流祉祚之綿長，吮液含甘，沐綏豐之盈衍者矣。際天庥之滋至，届國慶之駢臻。啟流虹貫昴之昌期，增華渚洽陽之洪算。洵貞符之會，爲亘古所希聞。斯德普之施，亦有加而無已。念八政以農爲首，期吾民共享農天。思九疇惟壽居先，欲斯世咸躋壽域。視民如傷而愛必徧，命相布德而慶始行。免庶邦惟正之供，至於再，至於三。帝曰推仁究澤，除任土時徵之額，餘以九，餘以六。天其申命用休，福惟在乎養人，道彌光於益下。朔南所暨，十行下而億萬通䌶。掛扐可推，一閏交而循環遞匝。令處處户臻康阜，步豈章豎能週。仰元元室富京坻，數非隸首可算。父老侈談前事，疊逢昊歲犧年。黨州觀象始和，倍樂虞風唐日。臣等鄉同合穎，海近添籌。感雨露之無涯，争頌農夫之慶。仰升恒之久照，常依天子之光。所願玉衡正而泰階平，効萬禩之嵩呼，長此候佽分於南極。從知被潤澤而大豐美，嬗一元之華祝，又將頒春令於東皇。爲此合詞恭謝天恩，臣陳群等不勝感激歡忭禱切之至。

御製生夏詩二十首仍用元微之韻恭跋

歲惟元黓，夏曰朱明。際萬彙之蕃興，暢一人之茂對。炳離光於炎帝火官，令繼夫木官。申巽命於伊耆義叔，肩隨乎羲仲。前則按期三月，發五政於丙丁。後則寄旺四時，留十干之戊己。仙毫遞掞，曾邀數典於春秋。睿藻遄飛，復綴賡吟於元白。矧鳳紀祥，開乎週甲。正扈耘候，協於由庚。陽之所取於生事，生育而長養。夏之爲言乎假物，假大乃宣平。元氣爲爐，衍箕疇而年徵時燠。玉衡在管，添禹晷而晝報日長。舉要月而歲省賅，四韻推於四序。歌熏風而天下治，五絃播諸五言。始自平訛，訖於結制。遡龍星之辰見，逮鶉火之西棲。祭禴祭雩，宸敬比隆於祈穀。薦櫻薦麥，孝思並重夫明粢。推之菜把藥欄，悉是阜昌之象。鷺聲魚沫，無非咸若之休。蓋以攄帝王蔭暍之仁，每克勤於小物。而若咨保介決芸之務，更不憚夫長言。臣體沐炎風，神遊昊歲。斂納涼於三徑，欣裁榮木之詩。思避暑於九成，願上醴泉之頌。盥書抃報，矢和滋慚。

御製題鄒一桂花卉山水小册各二十四種恭跋

欽惟我皇上天縱多能，幾餘遊藝。既對時而成咏，亦遇物而肖形。興趣所流，溢於楮墨。化工之妙，併入丹青。宋臣蘇軾謂王維詩中有畫，畫中有詩，一時歛手之言，遂成定論。顧使東坡得生於今，覩宸章之瓌麗，瞻賓繪之靈奇，其爲悦服，又當何如？大内向弆鄒一桂花卉、山水小册各二十四種，上重加鑒裁，分題首幅。晤行生於卉木，會流峙於智仁。詩聖畫禪，同條共貫。昔孫紹遠輯古今觀畫題畫之詩，爲《聲畫集》。國初宋犖、王士禎輩，並刱論畫絶句，膾炙藝林。兹尋繹元韻，如展東絹生綃，快覩寫生設色，而斯畫轉屬筌蹄矣。

御製熱河各體詩册子恭跋

臣於九月初，自浙起程北上。舟至丹陽，摺使從熱河行在歸，恭接到頒和御製古今體四十首。喜遠徼之來歸，紀濬塗之就涸。皇仁普氾，睿慮周詳，一一見諸吟咏。至於秋獮展期，杠梁巤治，安舒豫適，竝塞恬嬉，聖心愈益淵冲，詩境愈益高遠。恭讀至《出古北口》一首，末云：『宣命罷重爲，庶免紛更屢。如云弛禦邊，禦邊豈繫此。』仰見皇猷赫濯，文德誕敷，遠至邇安，久道化成之治云。又臣蒙恩賜，和疊欽字韻七律一首，臣跪誦之下，慚感交并，敬繕於册，恭呈睿覽。

御製土爾扈特全部歸順記恭跋

臣嘗讀《書》曰：『歸其有極。』言德之至者，人自來歸。又嘗讀《易》曰：『天之所助者，順也。』言非人力所致，而天與之者，乃臻大順。《虞典》來格，適當其時。《商頌》氐羌，《周書》王會，亦庶幾焉。下此如漢單于稱藩三世，唐頡利入居萬家，或術出招徠，或功成威力。雖班超、傅介子、李靖、魏徵之倫，亦得炳於史册。顧未有里踰萬千，户盈數萬，擾義馴仁，敬闢款塞。而且輕去託芘之國，不與咨謀。挈攜負㥼之人，不相疑忌。亘時閲歲，率屬偕來。我皇上廓兼容普覆之量，涣炳燭幾先之謨。舉十七萬衆，勞頓飢疲之部屬，一一爲之籌食息，計久長。如土爾扈特之歸順者，豈非聖治之顯融懿鑠，與夫至誠所格，盛德所孚，不期而致者歟？我皇上昔定伊犂，拓地二萬，盡入版章。繼平回部，屬國數十，莫非臣庶。彼土爾扈特者，尚阻殊域，未效梯航，實由聲教隔閡，莫能自達，當亦久抱遺己之隱，而俄羅斯之征調師旅，又適有以毆之思。適樂土以得所歸，其人億萬，咸一其心。人之所助者信，實天之所助者順，不信然乎。仰惟我皇上恩浹寰區，澤施覆幬，聖孝格天，潛孚默契。昊綍眷篤我皇，乃以億萬祼所未臣服於我中國者，俾其來歸。適際聖母皇太后延洪錫羡之辰，即以愉慰慈懷，以彰至德。所謂聖人之孝，通於神明，光于四海，於斯爲至。又非僅紀重譯之來賓，通象胥於鞮鞻，所能仿佛其盛已。顧冠古未有之事，必得冠古未有之文。勒崇垂鴻，昭示永永。皇上紀實摛詞，不事鋪繪，而日朗雲輝，大文炳爛，推原所致，顛末畢該。臣於北上塗次，盥讀詳繹，歡喜欽服。至夫山莊錫宴，克篤前光，所以顯祖烈也。謙鞏自凛，持盈自矢，所以承天貺也。當其始來，受而弗辭，至斷也。宥其既往，推以至誠，大度也。憐其憊甚而援之，至仁也。而皆於晷刻濡毫，包舉呈露，使薄海内外敬讀者，咸抃服贊歎，蕩蕩乎莫能名已。臣陳群拜手稽首，敬識管窺於萬一。又臣入直之次，復得拜讀《御製優恤》一篇，凡授衣給食，分地安居，悉由睿慮。且頒爵有等，錫賚有差，恩禮備至。所以休養生息、爲善後計者，義無不周。又數日，復敬誦《御製記略》一篇，考其世繫譜乘，更正訂訛，至詳至悉。載之方略，當與《準噶爾記略》大文參觀互證。於是屬蒙古者，無不爲我大清國之臣僕矣。臣年近九十，忝爲舊史官，敬謹綴述，以誌聖朝盛事云。時乾隆三十六年，歲在辛卯，十有一月朔日。

御製詠金剛七律十六首恭跋

臣謹案《金剛經》大旨以無相爲宗，以净六根、斷三際、脩十波羅蜜爲工夫，以無所住而生其心爲究竟。前人謂與《心經》相表裏。蓋《心經》以明心爲主，《金剛經》以見性爲歸，而横説豎説處，其旨尤爲曉暢。唐、宋、元、明注疏不下數十家，考亭朱子以經中不應住色住法，種種生心，即《中庸》盡己之性。若卵胎濕化，皆令入無餘，涅槃而滅渡之，即《中庸》盡人盡物之性。故謂《金經》大義，不出『云何應住』『云何降伏其心』二句。了翁陳氏亦謂『何耨多羅三藐三菩提』九字，即《中庸》誠字。綜兩家之説，此經在梵夾中最爲精粹。皇上幾餘轉誦，理窟禪關，悠然來會，偶拈經中『四相四生』『六如二事』等題，各成一律，發明無上菩提，指示大乘正覺，而於儒釋同源之旨，尤推闡無遺。且檃括典謨，垂訓深意，覺朱、陳諸儒，無此妙悟。此經經黄梅提唱，千餘年間，今得聖藻敷揚，益歎唐人集《般若》六百卷，而以《金經》爲教髓，洵不虚已。臣敬繕一通，竊爲合十讚頌，歡喜無似云。

恩賜人參恭謝奏摺

奏爲恭謝天恩事。本月十五日，蒙恩賜人參一斤。臣以耄齒，恭逢慶典來京，蒙恩仍直内廷，豢養備至，銜感難名。兹復仰荷深仁，頒上藥以扶衰，恩同載造。拜靈苗以益壽，候近履長。從此優游舜日，不須劚仙窟之苓。蹈詠羲年，無事餐酈山之菊矣。所有感激下忱，理合繕摺恭謝天恩。謹奏。

恩賜紫禁城騎馬恭謝奏摺

奏爲恭謝天恩事。本月二十日，内閣奉上諭：『尚書銜錢陳群，現在來京恭祝聖母萬壽，着加恩在紫禁城内騎馬。伊原係内廷行走之人，年逾大耋，需人扶掖，准令伊子錢汝誠隨侍出入，以昭優眷。欽此。』竊臣蒲柳餘年，駑駘下質，恭逢鴻慶，祇覲闕廷。瞻有喜之天顔，頌無疆之純嘏。聖慈優渥，天語三接而加温。恩意周流，綸詔疊頒而曲體。許禁中以策騎，諭同直以假驂。矍鑠據鞍，耄耋自忘其馬齒。從容緩鞚，依戀藉展夫葵忱。更因扶掖之需人，俯念侍隨之有子。觚稜曉直，感同鳴鶴于和陰。丹陛晨趨，寵倍攜鳩而安步。所有感激下忱，謹率臣子臣錢汝誠恭詣宫門，叩謝天恩。謹奏。

欽定重刊淳化閣帖恭跋

臣謹案集帖至宋始盛，如雪溪、寶晉、澂堂、秘閣諸名，傳者絶尠，獨淳化祖刻，自南唐昇元帖而後，鐫集最爲美富。宋太宗時，侍書成都王著名在周越右，尤善雙鉤，能奪真本。相傳智永《千文》其所補，小字《樂毅論》即其所書也。下此則蔡京所摹《大觀帖》，姿媚稍多，古意寖失，遠不逮矣。顧王著工於仿古，昧於察書。編次既繁，所在舛陋。當時米芾、黄長睿、秦觀各有專書，以糾其失，其他見於古今詩文及説部筆記者，指摘不勝枚舉。我皇上幾餘游藝，時及臨池，集字學之大成，訂書流之盤錯。前此三希堂、墨妙軒二帖，石渠所輯，悉以津逮藝林。兹復取内府所藏閣帖，遴其初搨最精者，爲淳化四年賜畢士安本，選工摹勒，俾還舊觀，特命内廷諸臣于敏中等詳加考正，欽定諸家世次，分識卷端，史論書評，相爲表裏。其有闕疑，悉令仍之，並敕蒐採諸家釋文，依字旁注，一一析其異同，折衷至當，用嘉惠海内操觚之士。刻成，砌石於長春園之含經堂後，脩廊蜒蜿，羅列璆琳，適如其數。復親灑帝鴻之墨，製爲《淳化軒記》，發明因帖命名之意，而於上法唐虞，化成天下，諄諄三致意焉。一翰墨之考稽，而法戒昭然，大聖人即藝見道之深衷，有默契乎羲畫禹書之表者矣。臣以祝嘏來京，蒙恩頒示，仰見我皇上闡微往賾，則篆真並列，發矇承學，斯鈎趯不遺。若卷首降晉宣帝洎會稽王於臣列，《春秋》大旨凛然。至鑒裁之精，摹勒之妙，萬世學書者所當奉爲繩尺，臣無庸贅一辭焉。臣林栖耄齒，樂觀厥成，得挂名於石，曷勝榮幸之至。

御製幸避暑山莊各體詩恭跋

皇上順時省斂，舉行獮政，歲以孟秋諏吉，敬奉聖母安輿至避暑山莊。鑾輅啟行先導，式遵家法，養志承歡，而近藩之世受國恩者，皆得就光瞻仰，以慰依戀。是地峰明水秀，林木蓊翳，土田豐美，風俗淳樸，齋閣軒楹，不事雕繪，而茆茨土階，自有一種真趣，所謂寰宇之奧區，神皋之福地也。頓宿月餘，時則恭屆萬壽令節，扈從天潢麟趾、藩部諸臣，及鵷行羽衛，以逮塞垣父老，咸嵩呼慶賀。禮成後，遂舉木蘭行圍，率以爲常。

聖主法天行健，宵旰精勤，無間寒暑，雖在帳殿敕幾，無異深宫問夜。況夫山莊距京師纔數百里，閣部所進郵章之遞，朝發夕至，上批答裁決，不逾晷刻，罔弗折衷至當，仍付所司齎發。其他如封疆大吏例應自達之奏，與夫睿算廟謨，聖心燭照所及，密勿勤宣，悉本宸衷之運量。《書》稱一日二日萬幾，無曠庶官，於今日見之矣。顧惟整密之至，乃見從容間得餘閒，仍研前典，披攬之下，每多會心。觀物之中，因之適性。彙智仁於山水，傳藻繪於賡吟。自臨御至今，來游來歌於此者，《卷阿》之什，日富月新。即臣自傫直中秘，以迄林栖里門，所曾奉敕恭和者，已不下數百首。每當下筆之難，即敬繹天章之焕，尋味無窮，不可思議。抑臣仰惟皇上即詩見道，即境寫心，天不言而時行物生，無非道體所發見。聖人有言，而對時育物，即皆化機所流行，夫豈古今詩家所能窺見萬一者哉。臣陳群不揣弇陋，竊以沐浴聖澤、蠡測所及者，敬綴數行於册尾，曷任欽服惶悚之至。

御製幸避暑山莊各體詩册子跋後

灤陽避暑山莊爲三輔神臯，遠軼九成勝地。昔皇祖駠居，以時遊憇。每歲夏五，發軔京師，停鑾塞館。覽山川之控扼，樂土風之清嘉。偶形篇詠，侔迹郊岐。

上御極以來，自辛酉、癸亥，一再臨幸。嗣後二十餘年，每於初秋諏吉，恭奉皇太后駐蹕山莊，歲以爲常。今年壬辰，上酌更恒例，趲展郵籤。緩頓紆程，適慈頤於輦路。迎薰導爽，敦夏凊於那居。徂暑涉秋，得詩盈帙。臣盥讀之下，仰見率祖攸行，娱親尊養。策讓水以治水，惜民勞而蠲罷築垣。即康功於田功，咨民隱而隄成釃潦。用是麥畦禾隴，疊兆豐登。湖月塞花，悉徵咸若。至詩境高老，興味悠長，寫當境之物華，流自然之天趣。有非臣管蠡窺測贊頌所能罄者，敬繕一通，曷勝欽服云。

恩賜欽定重刊淳化閣法帖恭謝奏摺

乾隆三十七年十二月十六日，撫臣熊學鵬差弁齎到《欽定重刊淳化閣法帖》一部，計十卷，賜在籍尚書錢陳群者。臣敬設香案，望闕叩頭，祗領訖。欽惟皇上道隆羲畫，德焕堯文。由志學而考核六書，天成備藝。自幾餘而研精八體，聖又多能。苞兩儀四象之端倪，散作奎光璧彩。藴一本萬殊之變化，蔚爲雲駛霞分。前者堂署三希，陋庾翼致嗟於十札。軒羅墨妙，嗤薛邕珍蓄夫筆精。遡閣本之流傳，變院書之輕弱。刻稱以祖自太清而下，俱屬曾玄。拓繫諸官非二府之登，不蒙賚予。賜來丞相，摹自翰林。但許意存，何嫌減韻。誰嗤肉勝，不礙多肥。惟是王著手擅雙鈎，腹枵萬卷。原無鑒裁，貽舛陋之譏評。縱有糾釐，尚參差於編劃。爰啟石渠之笈，仿希白以精摹。更遴秘省之員，疊硬黄而響搨。俾草賢書聖，沐榮造於昌期。令筆虎墨王，振香名於聖代。別加銓次，仍予標題。稡衆妙於數千年間，堪知人而論世。聚諸家於一十卷内，直整舊而如新。試看合璧而聯珠，豈比一班而片羽。蓋臨本如燈取影，重鐫愈覺其逼真。乃聖人合矩從心，初寫已臻於恰好。覃首作擘窠之字，四字傳神。軒楣揮散卓之毫，萬毫齊力。麗並三辰之炳烺，昭垂五緯之琱璘。臣壯未覃精，老無勁腕。敢夸筆健，曾邀天藻之品題。肯後書耽，總賴聖慈之啟迪。飫廿年之里糈，拜墨寶而衡宇光輝。祝萬壽於闕廷，捧驪珠而歸鞍矍鑠。欣遘貞符之會，樂觀奥瑑之成。叨授簡於螭頭，字隨行押。許綴辭於册尾，名挂貞珉。荷眷篤於林栖，復恩頒夫册府。從此快依光於日月，永附寶跗。藉供養於雲煙，常資健藥。炙背而晴軒展對，光騰鈎珥之昭回。撚髭而棐几賡吟，思發龍鸞之飛動矣。

御製詩三集恭跋

欽惟我皇上文思光被，久道化成，宵旰時幾，寄情篇什，焕然蔚炳，與歲俱增。要皆本至誠無息之一心，發爲大聖多能之餘事。而卷帙之富，亦遂超軼古今。蓋自御極以來，丙辰至丁卯，一紀所作四千有奇，訂爲初集。戊辰至己卯，一紀所作八千有奇，編爲二集。以次刊布，固已漸被海寓，範模藝林矣。兹恭值聖主綺甲初週，疊開昌運，遡自庚辰，閲今辛卯，又十二年，積詩凡萬一千有奇，裒然大觀。協辦大學士、尚書臣于敏中編排壽棗，既成，臣得受而祇讀，敬謹由繹。仰見我皇上對越天祖，敬日躋而德日新。辰告臣民，義愈精而仁愈熟。用是治登熙皞，恩浹垓埏。合萬國之歡心，奉九重之色養。慈寧悦豫，慶典駢敷。七旬而介祉，清涼掖輦，紀出呼之盛。八袠而延釐，泰岱升中，載天錫之純。中間江介兩巡，山川助夫藻翰。津門再幸，瀛海暢以文瀾。抒疏瀹之宜，則支澄燦如指掌。示宣防之要，則茭楗習若躬親。加以德威遐播，絶徼賓將。來歸而嚮化於自然，面内而輸誠於大順。一經天筆摛華，遂使海濱月窟之悃忱，流露於研辭琢句之際。而鴻猷景烈之燦著，昭晰於和聲依永之間。至若思精體大，詞各備夫雅頌風謠。言約義賅，旨實貫乎典謨訓誥。下逮一人物之參訂，一名勝之考稽。即景言懷，諏風書實。亦必盡甄陶之趣，殫墳典之微。蓋無不發前人所未發，而獨標妙藴於天成者，誠千古詩學之極軌已。臣歸田二十年中，承旨和詩，綜計矢音之什，不下千餘。每仿宋臣李昉，得謝無事焚香，日誦御詩。及拜手賡颺，則又傚陸游日課一詩故事。是則御製三集之成，先覩爲快，宜莫如臣，而賡和之多，亦莫如臣。以臣散材荒殖，竊幸藉迪顓蒙，少尋塗轍。顧臣所撚髭吮毫，而彌形其竭蹷者，不過滄海一螺，太倉稊米。若夫聖製之睿敏，佇興而作，寸晷不移。下筆成章，直疏便就。既已風發泉湧，雲委波屬。文鋒乍振，則鈞韶自諧。輕翰暫飛，則天葩競發。矧乃川至不舍，天行自强。學遜志於修來，道從心而大適。故即驗諸浹歲之近，數卷之中，舊題而疊至四三，彊韻而壓凡六七。莫不詞采贍麗，意悟冲邁。自抒杼軸，而高堅莫罄其仰鑽。不假鑪錘，而工巧悉歸於神化。此豈天下文人學士，所能窺測萬一哉。然其喁喁嚮風之誠，則較前此思讀初集、二集者，又不啻倍之矣。自此津梁承學，曷有涯涘。而臣以望九之年，祝嘏面闕，蒙恩命跋，得再預侍從諸臣之列，挂名簡末，其爲榮幸，更當何如耶。

御製幸盤山各體詩恭跋

田盤爲畿東勝區。上春巡玉甸，祗謁珠邱，往往駐蹕於此，得詩前後最夥。兹壬辰二月，展義近畿，復經盤谷，適遇春雪灑塗，麥田優渥，前此所未經相值者。年祥疊兆，翠壁生輝，形於詠歌，蔚爲鉅製。臣恭讀尋繹，伏見聖心於山行喜雪之餘，復寓祈年咨儆之意。省歲劭農，溢於紙墨。山靈滕六，當亦默鑒宸衷，効能獻瑞。臣敬繕一通，曷勝抃頌云。

御製春巡津水各體詩恭跋

臣謹案《尚書·大禹謨》云：『九功惟敘，九敘惟歌。』蓋言六府三事，既已修和，各由其理。民享其利，莫不歌詠而樂其生也。又云：『勸之以九歌，俾勿壞。』蓋言安養既久，怠心必生。則已成之功，不能保其久而不廢，故復即其歌詠之言，協之律吕，播之聲音，以勸相之。使其歡欣鼓舞，趨事赴功，不能自已，而前日之成功，得以久存而不壞也。我皇上時邁勤民，首先畿輔。自丁亥春巡以來，每次乘陽布令，謁橋山以展敬，掖慈輦而臚歡，不憚至再至三。所以爲燕南數十州縣籌水利河防者，洪纖具舉。今年癸巳，甫告蕆功，蒙恩頒示幸津各體詩約四十首。臣受讀尋繹，仰見皇仁周浹，睿慮精詳。舉凡紆直窪隆之勢，節宣堵築之宜，莫不瞭如掌紋，洞中窾要，旁及豁逋蠲賦，校藝育材，恩湛津瀛，形於篇什，以視曩者鑾輅四巡江左浙右、河運海塘所在，亶吏水官，仰承指授，慎固脩防，俾東南資保障之勞，清晏享安瀾之福。雖廣袤遐邇之不同，而其爲履戴平成、鑿耕永賴者，固已合轍也。至詩境如萬派澄波，自在流出，而悉泯其經營之迹，微大聖人財成輔相底成功而不居者，曷克臻此？臣盥寫一通，用敢以一二窺測，敬識如右，伏祈聖訓。

恭和御製春巡津水各體詩跋後

津郡爲近畿澤國，上此次巡幸，觀宣防之功敘，覽民物之阜殷。發爲詩歌，格高意遠。所謂佚能思初，安能惟始，懇懇之誠，溢於毫素。臣奉敕賡颺，彌形蹇澁。惟是賤日，土缶微吟，蒙恩眷舊，三賜和章，較諸扈游矢音，倍深榮幸云。

恭謝恩賜御製詩三集摺

乾隆三十八年六月初四日，摺使自京歸，齎到御製詩三集一部，計八套，賜在籍尚書錢陳群。臣敬設香案，望闕叩頭，祇領訖。欽惟皇上純誠天運，典學日新。勤禹晷於幾餘積時，咸仰敷言之富。焕堯文於光被仍歲，益徵庸作之多。斡璿璣而筆有化工，將藻思自同於轉轂。吹橐籥而辭成元氣，即篇第亦與爲循環。前者自丙至丁十二年，離爲初集。繼此由辰及卯八千首，次以二編。固已字字連城，言言照乘，皆足笙簧乎六藝，豈徒鎔鑄夫百家？閲一紀以開函，正綺甲重週夫蔀首。配二篇而數策，乃後庚又邁乎羲爻。譬元音迭奏夫咸韶，經六變八變而鳳鏘協盛。如列采遞施於繪繡，飾五章七章而龍衮宣昭。況夫法天健以自强，徵以不息。知民依其無逸，觀其所恒。祇此朝乾夕惕之流形，成存存而理析愈精，但覺味長而語重。猶是旰食宵衣之偶寄，達亹亹而境凡數進，大都旨遠而辭文。用是介慈禧於七旬八旬，九重躬効九如之頌。省江甸於三至四至，萬乘親臚萬姓之歡。率祖考而舊韻庚吟，即是嚳歌農詠。訓官民而新綸疊沛，無非雲爛風薰。至若嚮化歸仁，徠烏弋黄支而畢集。重熙累洽，慶三登九稔於屢豐。臣工莫罄之揄揚，燦若昭景而飲醴。史册未陳之懿鑠，儼如含甘而吮滋。循聖製以編年，際昌期而紀事。卷數恰分百琲，珍金鏡於唐宗。集名不借三侯，陋筑歌於漢祖。臣夙慕矢音，老慚荒殖。廿載宮銜里糈，雲門每下賁於丹霄。千篇土鼓凷桴，衢壤亦上賡夫白雪。俾耄齒少窺牆仞，實捫心未答涓埃。踵禁中法帖之刊，寶文又降。當天下遺書之出，秘籍先頒。榮依日月之光，許垂名於末簡。喜覩雲霞之色，叨賜帙於衡茅。從此冠集庫之大成，勝延陵請觀舜樂。標詩壇之極則，同帝所仰聽鈞天。十稔而俟之，濡毫尚冀延期，以瞻鉅製。萬徧而誦之，流沫竊希得句，而學長生矣。所有感激微忱，理合繕摺，恭謝天恩，伏祈睿鑒。謹奏。

恩准第七子汝器在四庫全書處校録恭謝奏摺

奏爲恭謝天恩事。恭遇聖主稽古右文，特命彙纂《四庫全書》。復以在館校録需人，並敕分纂各臣，以次遴舉。所知薄海士林，莫不聞聲鼓舞。臣以老輩翰林，荷皇上非常知遇，里居二十餘年，詩筆賡颺，不殊直次。兹逢曠典宏開，即欲少佐編摩，無能爲役。因遣第七子、欽賜舉人錢汝器到京，向總裁處呈乞收録抄寫。籍伸耄耋嚮趨之志，俾矢駑駘報効之忱。隨經總裁、尚書臣王際華據情奏請，奉旨着照所請行，欽此。恩浹九重，感深奕世。前者玷蕊榜而榮同科目，鑒衰齡課讀難成。今此窺石渠而幸列姓名，慚幼子學書未就。判金銀之三管，勝肄業於成均。分鉛槧之一編，叨依光於禁近。況已溢額而收諸舐犢，暫作胥抄。亦且濫竽而厠以塗鴉，仍邀官敘。斯凡臣子疊沾之澤，皆出聖慈曲體之仁。惟當寄信臣子汝器，勤謹校謄，勉圖寸進。所有臣陳群感激下悃，理合繕摺，恭謝天恩。謹奏。

誥授通議大夫大夫晉贈資政大夫禮部左侍郎胡公神道碑

光山宗伯胡紫弦先生歿三十餘年，少子季堂以蔭蒙恩，由順天通守，歷劇郡，荐擢觀察，秉臬江蘇。遇國大慶，既已贈封其親，念先生暨德配張夫人合窆青龍河阡，亦已二十四年矣。臬使以孤露孱弱，克自樹立，宦蹟所至，以循良著。三吴道衝土沃，獄訟滋繁，而刑政端平明允，屬吏承流，化亦大洽。會詔求遺書，上習知先生爲中州理學醇儒，尤邃於《易》，命豫中大吏即家録上。適臬使屬序先生所著書，悉校以進，因并請予補爲碑文，論譔其美，而明揭諸阡，昭恩榮教來，孝禮也。先生諱煦，字滄曉，號紫弦，先世自豫章遷楚，還豫，占籍光山，代有聞人。父之杞，工詩畫，善岐黄術，有陰德，以先生貴，贈通議大夫、内閣學士兼禮部侍郎。母高氏，贈淑人。先生生有異禀，知嗜學，多深沈之思。幼讀《太極圖》，見有陰陽糾紐、循環抱之勢，剏爲一圖，與圖書卦章，相爲經緯表裏。年十八，志益奮，功益專，凡古人説《易》之書，靡不甄綜，以求融合乎四聖之旨，遂以易學終其身。康熙甲子登賢書，授安陽教諭。戊子，分校山左。迨壬辰始成進士，館選時自陳能通《周易》。時大學士李文貞公易理精詳，廷臣未有出其右者。聖祖命與先生講《易》，無以難也。屢蒙召問，三接於瀶寧居。甲午，同楊公名時召見乾清宫，畫圖講《易》，問答數千言，有『苦心讀書人』之褒，載先生所記召對録甚備。是歲，入直南書房。乙未，充會試同考官。丁酉，典湖廣鄉試。先是試官命九卿保舉，至先生，聖祖問左右，知爲李旭升所保，諭曰：『朕止信得此人。』由是廷議引重。不數年，由坊局遷卿寺。壬寅賜宴老臣，奉旨年六十以上許乘輿至景運門，燕坐乾清宫月臺，先生與焉。尋陞内閣學士兼禮部侍郎，典甲辰順天武鄉試。丁未，進《耕耤詩》《河清賦》，世宗極賞之，陞兵部侍郎，署户部侍郎，閲會試迴避卷，充殿試讀卷官，教習庶吉士。次年，協理都察院左副都御史，又署刑部右侍郎，再與己酉順天武鄉試。庚戌，命在上書房行走，兩知文武貢舉，充明史總裁官。辛亥，轉禮部左侍郎，罷職歸。

今上御極之元年，先生入覲闕廷，詔給原銜回籍。疾，卒京邸，賜賻賜祭，恩禮有加。蓋先生騎箕時，年八十，有二三子，俱早殁，無嗣。季即臬使，纔八歲，蓄無長物，親無期功，手澤遺書，未有所付託。先生之宗祏，且不絶如綫，卒賴先生冢子長壆妻節孝，甘茹荼集蓼，鞠之育之，掊就衰之門緒，啟未墜之家聲。論者謂天之所以報績學善人者，如此其不爽。嗚呼，可以爲世勸矣。先生立朝風節，具見所存奏疏，皆有裨國計民生。其他著述，推闡易學，出其緒餘，皆卓然可傳。顧治《易》尤深，博無涯涘，今所有函書，多至百十卷，往往深造自得，不屑屑蹈先儒臼科。我朝經學昌明，宗工輩出，一洗前代纂修《大全》，廢註疏不采，專攘宋元人成書之陋。御纂欽定諸經，以次程式藝林，而國初説經之家，如孫退谷少宰鈔周藩灌甫遺籍，成《五經翼》二十卷，納蘭容若侍衛取温陵曾氏、隆山陳氏一十八家易義，合訂成書八十卷，較之先生，其所詣淺深，必有能辨之者。予後先生數年入詞館，辱先生有忘年之契。又五十餘年，得見令子臬使季堂能讀父書，善承先志，將必益大其施，以仰副九重眷倚，用推原所以章顯先生之學者，皆足徵聖朝孝治之隆，俾其子孫世世仰之。而系之詩曰：

伊洛淵源，苞符奥秘。經師人師，道隆聖代。維嶽降神，闕公之裔。國重老成，鄉稱早慧。獨抱韋編，敦心默識。静觀象材，日思爻繫。自漢以來，鄭王同異。二百十三，部分宋志。其在於今，十存一二。上遡故微，下該傳義。以象弗理，久而融會。月窟天根，周情孔思。晉有阿蒙，形諸夢囈。唐則遯叟，恍傳符契。五音九弄，六甲八節。叶妙悟天然，引伸觸類。甲子將週，纔登上第。論易殿中，畫圖瑶砌，聖祖領之，相臣面試。眷注有由，嚮用不次。入箋月卿，出奉星使。玉尺是持，樞衡是畀。嚼然生平，出處一致。卅載公車，十年卿貳。始教安陽，以經造士。叶晚佐秩宗，寅清著美。叶天咫如環，賞延於世。薪續將熸，俾爾昌熾。孝婦令子，顯揚終遂。物蒙必亨，道屯必泰。我作詩辭，更申易旨。叶世禄之家，勸善無怠。叶

何氏再捨田拓墓并捐各房僧香火碑記

前太守、族世父晴山公卜葬吾郡茶禪寺後，公子經文洎孫熠捨田二十餘畝施寺僧，俾守封域。陳群既爲文泐石以記，熠時方官兩淮都轉，兼攝江南河務。又十數年，由監司遷方伯，尋奉命填撫中州，仍攝河東河務。熠感上知遇，枋用封疆，推原所自，實祖、父爲清白吏積累所貽。顧公墓獨在禾中，距原籍山陰稍遠，間歲必遣子裕城來寺展掃，閲勘墓界，屬寺僧勿爲他

氏侵越而後去。壬辰冬，裕城扶母櫬還越，過寺，以塋地偪仄，商於住持静宗，復捨田十畝，盡得墓傍餘地三畝有奇，請諸當塗，納租賦，禁樵採，蓋距公葬又二十年矣。裕城來，再以記請予。惟是舉也，住持易瘠土而永得膏腴，中丞捐俸入以稍恢墓域，贍僧守冢，皆出自天家禄糈錫類之恩，亦何莫非天之所以報良吏者，爲不爽也。古者冢人蹕墓域，守墓禁，墓大夫巡墓厲，皆必有邱封之度數，而鄉師執斧以莅窆，則微特有司當申其禁也，予亦與有責焉。記成，將硎石矣，中丞遣役齎俸百四十金寓函於予，曰：『熠既續捐田十畝，易墓傍隙地三畮，可樹松楸。地係方丈所易，因歸方丈，以多易少，於心安矣。惟是寺中各房僧衆，切近先壠。凡民居必有鄰，墓亦有鄰，願置田十畝，以助各房僧衆供贍，亦仰推先人睦鄰之義，何如？』予曰：『體先志，推君恩，廣施濟，其何可以勿記。』何氏捨田於寺者凡三，計田四十餘畝，屬方丈者，住持僧静宗主之，後十畝捐助各房僧香火者，各房主之，並各呈於當道，取有收領存照云。

餘姚張氏禮輿山莊記

禮輿山莊者，姚江張明經德改葬其考上舍紫筠公、妣杜孺人於兹山之麓，墓左構丙舍一區，爲歲時展祀地也。上舍僑於吴，用貿遷起家，益治生好施。予往來吴越間，交推長者，教諸子並敦文行，明經尤有聲鄉校。先是，元配杜孺人前卒，明經奉匶歸，權厝於蘭風鄉。歲庚午，上舍考終胥江寓宅。越三載櫬歸，明經將謀合窆，謁長州尚書沈文慤公，豫爲志銘。顧厝地瀕海卑濕，乙亥秋，潮汐特盛，附近廬舍俱淹。明經急刺船往省，水已及階基，遂定改卜之志。躬親攀陟，相度有年。去舍十餘里，有余支湖，循湖而東，一水支分，前環後抱，中央天然一邱，則禮輿山也。原筮協吉，堂斧就封，乃從事於山莊之役。明經以圖來請予作記，其言曰：『始德之卜宅地，私願有三：一先世幽宫，咸依山厂，必得高壤，厥土燥剛。一辨方正穴，兆必面離次，亦向甲乙以就生氣。一遠歷深巖穹谷，拜埽崎嶇，近則舊冢毗連，勢多侵越，妨人利己，所不忍爲，必得封塋展拓，俾他日以次族葬，昭穆秩如。三者備，而我親之體魄安，即德之私願償矣。』按圖，山僅土阜，微露石骨，狀類魚，鬐額丙腴畢肖，土人名鯉魚山。地寬平饒，桑麻果竹之屬，四遠田疇如罫，溝塍刻鏤，脉絡分明。西南隅一峰，曰牟峰，蜿蜒而東，曰徐韜嶺。又東曰扈駕嶺。衆山匼匝，綿亘擁護，如屏如藩。水激沙瀠，青停黛蓄。土堅且潤，木美而豐。繞墓岡巒迴合，而莊屋適當其闕。南向三層，層各五楹。前堂曰思順，爲群從子弟祭飲飲胙之所。後寢奉考妣栗主，翼以兩廡，周以繚垣，藏祭器，置庖湢。餘屋給守冢者，司其管鑰，買田供祀，并以代耕作之廬。落成，壘土疊石，移古梅、老桂、玉蘭、海棠雜蒔其間。於是露旦霜晨，僾聞愾見，瞻望佳城，松楸葱鬱，與山莊花木，襲蔭流芬，庶幾靈爽之陟降於此也。予嘗讀元遺山爲《范陽張公先德碑》，述三水漂壞廬舍，湮没邱隴，其父珪乘船筏訪求得之，改卜其陰，乃在所居之西南原。珪子子良仕及通貴，其廟碑必得文之見信於人者。予聞上舍勇於爲義，如黌宫祠宇，義冢官橋，捐貲繕葺，他如濬湖陂，設隄堰，剏家祠，立鄉塾，凡有裨於井邑者，靡弗爲。

今明經善承先志，既定新阡，復營莊舍，於克家肯構之餘，而又思其居處如此，予益歎明經能子，上舍爲猶生矣。張氏所以起其宗者，將在是乎？遂不辭而爲之記。

遺摺

奏爲君恩未報，臣病垂危，伏枕哀鳴，仰祈睿鑒事。竊臣以浙西寒素，由康熙六十年進士，蒙聖祖仁皇帝拔置詞垣，教養生成，恩同覆載。世宗憲皇帝御極之元年，除授館職，備歷清華。旋以宣諭，奉使西秦。仰邀議敘翰林，以文章爲職業。臣每奉敕撰擬，敬謹屬稿進呈，疊邀世宗憲皇帝逾分褒嘉，遷擢不次。數年之中，由宮坊洊授侍讀學士，兼畀以畿輔衡文之任。臣惟日矢冰淵，豈敢自謂稱職？乃蒙憲皇帝特達之知，恩遇優渥，復命入直內廷，體恤周至，有非小臣所敢冀望，并非筆墨所能形容者。至今每一追念，捐糜莫報，哀感難名。

恭逢我皇上龍飛御寓，旋由侍讀學士擢副通政司使，備員卿寺，仍簡任文衡。乾隆七年，蒙恩擢授內閣學士，未逾匝月，命貳秋卿。皇上欽恤庶獄，化媲協中，臣以駑駘之資，莫由策勵，所幸趨依禁近，時獲親領訓言，俾得遵循奉職，而愆尤叢集，屢邀皇上格外矜全。顧臣職未效涓埃，而聖慈倍叨稠渥。既邀佐理秩宗，復荷疊持衡鑒。聆經筵之謨典，莫贊高深。侍祕殿之清嚴，惟嗤弇陋。悚慚交集，竭蹶時形。乃於乾隆十七年夏月，遽遘反穀沉痾，萬無生理。屢蒙召見便殿，察臣體氣，日就尪羸，聖諭慰恤，至再至三，賜藥賜醫，仍許告歸鄉里，俾服習水土，於調攝爲宜。不年餘間，霍然痊愈。是臣自壬申迄今甲午，二十三年之歲月，皆我聖主特賜之年華。天地能生全之，而不能再造於成形之後。父母能鞠育之，而不能回蘇於既槁之餘。清夜感銜，淚痕常濕，而雨露高厚之恩，彌復有加無已。恭際舜巡疊舉，慶典頻開，臣曾三度敬迓鑾輿，兩次趨承闕下，祇期與黎獻共效嵩呼，何敢復妄希榮寵。乃蒙晉秩刑部尚書，並加銜太子太傅。

賜杖於朝，而殊榮優被。食俸於里，而醲澤獨霑。鑒幼子之穉，蒙先蕊榜而名登逾格。慶耆英之隆，盛會香山而寵遇再膺。加以馬賜禁中，喜扶持之有子。鹿馴巖畔，拜圖畫之自天。參裒之栽培，味兼仙品。蓬瀛之晉接，座擁冰嬉。至臣長子臣錢汝誠，由翰林蒙恩豢養訓誨，擢侍禁籞，尋貳卿班，浹髓淪肌，舉家頂戴。復荷俯念臣年已八旬，晨夕需人照料，於乙酉之夏，令其歸養膝前。數年以來，臣眠食得資頤適，即今卧病床第，全賴長子臣錢汝誠在家侍奉醫藥。仰惟皇上錫類之仁，無微不至，凡微臣夢想所未經，皆聖主鴻施所必逮。若夫墨寶頻頒，天章屢賁，俯賡之作，雅什駢多，命和之章，郵筒遠遞。禮遇之渥，獎許之深，千古詞臣自拜颺而後，未有際斯隆遇者。臣何人斯，遭逢之盛，至於如此？

臣自維衰庸殘齒，即更邀皇上噓植培扶，再得苟延喘息，亦復何能裨補聖朝。而際此星雲糺縵、光華復旦之時，尚思於頹暮餘齡，蹈德咏仁，以彰盛美。此固螻蟻戀生之心，實亦犬馬圖報之願。何意災生福薄，竟至病中膏肓，以癸巳年十月二十九日，胃氣舊症復發，遷延兩月，漸至不能納穀。醫藥罔效，至本年正月初七日，氣微脈弱，一息僅存。念三朝知遇之恩，感聖主栽培之德。曩者屢荷綸言，鑒臣愚悃，許以頌不忘規。臣聞命悚惶，敬銘五内，受知愈重，而圖報愈難。兹當長辭聖世之時，益矢言善鳴哀之志。伏願我皇上常體日中之義，永持天健之心，則敬日躋而德日懋，治益治而安益安矣。撫膺瀝悃，依戀莫申，世世生生，銜結無盡。惟有訓囑臣長子户部侍郎侍養在籍臣錢汝誠，次子現任安徽安慶府江防同知臣錢汝恭，四子現任甘肅平羅縣縣丞臣錢汝隨，五子現任河南中牟縣知縣臣錢汝豐，六子生員臣錢汝弼，出嗣臣弟、原任湖北施南府同知臣錢界爲後，七子欽賜舉人、現在四庫館校録臣錢汝器，讀書砥行，黽勉勤職，以圖報効國恩，以繼臣未竟之志。伏枕哀鳴，語無倫次，伏祈皇上垂情鑒察。謹奏。

翰題幼侍先淑人歸省，外大父孟廬老人每舉鄉先哲遺聞軼事爲訓，而於錢文端公嘉言懿行尤稱尊不置口。猶記丙申冬，族人以祭田逋賦不完，議廢産之半輸課。翰題甫遭大故，煢煢銜恤，懼貽先人羞，決從違於老人。老人力疾復書，更檢公集中《與族人公札》示曰：『看公處事，何等嚴正，何等精詳，而事關宗族，則又如此委宛。汝深思其故，當識所向。』他若教子孫，則以《與孫懿齋尚書》一書爲誡，而以《示姪汝鼎》一書爲法，蓋又無時無事不以公之訓爲訓也。公《香樹齋詩文集》版向藏里第，庚申寇亂，六弟詒穀避履仁鄉東周里，依母氏依竹堂以居。是年秋，有沈果老者，自郡城載薪木至，將以易米。詒穀見雜有書版，曰：『此豈可摧爲薪者。』檢得八百數十版，則皆公詩文集也。詒穀習聞老人廣諮之訓，喜甚，亟就版刻目録一一勘對，存者什已得八九，遂贈之米，且與申後約。歲將除，果老負版至，又益得百有數十。于是，通計先後所存者已一千一百有奇，其佚者以葉計，僅二十有二而已，乃如約而厚與之。越癸亥三月，詒穀挈妻孥渡江至淮安，出手寫全集卷葉存佚目録，并告余得之之故。余嘉其於流離蕩析時，能使鄉先哲遺著散而復聚，然非公之靈默爲呵護，其不與劫灰同盡幾希。又明年夏，郡城克復，詒穀歸里，乃屬其以堅木爲匭四度藏之。翰題奔走風塵，每思補栞闕佚，卒卒未果。去秋，謝太湖丞篆事，稍閒，爰檢公集影付劂劂，將以其版歸公孫子密京卿。迺手疏得失顛末，并補栞歲月于卷尾，俾後讀公集者有所稽焉。同治九年歲在庚午，九月望日，嘉興新豐鄉後生唐翰題謹書。

五世祖文端公《香樹齋詩文集》板藏禾城老屋壽萱堂中，兵燹遺失，爲唐蕉庵司馬翰題所得。司馬於同治庚午補刻二十餘葉，以板歸叔父，庋藏於海鹽鄉柘蔭丙舍。十餘年來，欲刷印而未果。今歲兒子振聲歸試里門，返棹時命將板四匭載與俱來，細加檢校，重佚二十八葉，而字跡漫漶者又數十葉，影寫重刊，並補綴其蠹蝕，先公全集，庶幾無遺憾云。光緒十一年歲次乙酉，十一月冬至後一日，來孫志澄謹識於青溪官廨。

文端公行述

錢汝誠述

何貴四 洪武中，貴四何公坐事戍黔（貴州都勻衛），長子何瓊隨行，以次子裕屬其鄰錢翁富一公，撫以成人。裕始改姓錢。

瓊

錢裕 字如淵，又字孟寬。

實 字養素，諸生。

達 字樸菴。

琦 正德戊辰進士，南京刑部郎中。

珍 字雨涯。

著 號新塘，處士。及其子二世同葬海鹽黄泥堰。

薇 字懋垣，號海石，又字采之。嘉靖壬辰進士，禮科給事中，以星變陳言，請斥方士，削職歸，隆慶初贈太常寺少卿。《明史》有傳。舊屋承啟堂，在半邏村南中錢巷。祠名顯忠，在海鹽縣城内。

與映 字魯南，嘉靖甲子舉人。

周（與映長子）——字巨源，内閣中書。

嘉徵——字孚于。以貢生疏劾魏忠賢十大罪。《明史》有傳。官松溪知縣，擢御史，明亡，居半邏村西馬家廨中以卒。

泮——字雍頌。崇禎丙子舉人，爲復社名諸生。娶譚氏，太僕卿名昌言之孫女、官生貞和之女。

槱初——字又宦。諸生，入太學。

炌（槱初之第六子）——字穉光，又字乂三，又字蘗房。居嘉郡城内干河街，今老屋尚存，朱竹垞檢討題額，曰『回溪草堂』，又聯云：『拔山傳諫草，遵海重清門。』

載——字坤一，號籜石。雍正壬子副榜，乾隆丙辰薦舉博學宏詞，壬申春順天舉人，是年秋中進士，由編修累官禮部左侍郎，休致歸。薨於乾隆五十八年九月二十一日，壽八十又六。

世錫——字慈伯，號百泉。乾隆戊子舉人，戊戌進士，官編修。

昌齡——字竇甫，號子壽，又號恬齋，又號夢榆。乾隆甲寅舉人，嘉慶（己未）進士，官編修，辛未會試同考官，京察放雲南澄江府知府，調雲南府。

敏錫

善揚——字順甫，號几山。善畫。

善建

載甲戌散館，授編修。丁丑會試同考官，戊寅署日講起居注官，己卯廣西鄉試正考官，庚辰會試同考官，是年陞右春坊右中允。辛巳陞翰林侍講，又陞庶子。乙酉陞侍讀學士，是年江南鄉試副考官。丙戌會試同考官。丁亥陞詹事。辛卯武殿試讀卷官。癸巳陞閣學。甲午江西正考官。乙未南書房行走，是年武會試正考官。丙申放山東學政。己亥四庫全書館總閱，是秋江西正考官。庚子祭告西嶽西鎮江瀆及歷代帝王陵，陞禮部左侍郎，是秋爲江南正考官。辛丑會試知貢舉。癸卯原品休致。

載歸田後買宅於城中百福巷，其廳事懸皇十一子所書『寶澤』二字。

容錫 行五

善兼

善膺 行三。字德甫。

善時

善章 號味耕。

善膺子聚仁，字本之。嘉慶戊寅順天鄉試舉人。

陞 與映次子

字西齋，號紫芝。萬曆戊午舉人。

瑞徵

字野雀，號雀莽，又號髯公。康熙癸卯舉人，官衢州西安教諭。配曹氏。

綸光

太學生。字廉江，號珠淵。配蔡氏，繼陳氏，即南樓老人，名書，善繪事，上邀宸賞，定爲神品。廉江與父兩世俱葬海鹽莊坊之蘇家圩。

陳群

字主敬，號集齋，又號香樹，又號柘南居士。康熙二十五年丙寅五月二十九日亥時生。甲午以五經中式順天鄉試。辛丑中進士，列二甲十六名，選庶吉士，分習國書。壬寅十一月，

汝誠 長

字立之，號東麓。乾隆甲子舉人，戊辰進士，由編修歷任户、兵、刑部左侍郎。又自號清怡居士。

端

字履正。玉田、溧水知縣，降補清河外河縣丞。乾隆庚申生。

臻

字潤齋，官直隸佈政司使、江西巡撫，降湖南佈政司致仕。娶方氏，又娶方氏，浙江巡

東麓少司寇，康熙六十一年壬寅三月十日午時生。二十歲舉甲子科京兆試。戊辰成進士，出沈文慤之門，與馮孟亭同年。改庶吉士。辛未散館，授職編修。壬申河南正考官，是年六月大考列優等，南書房行走，是年文端引疾，東麓隨侍至家，旋入都供職。乙亥陞翰林侍講。丁丑陞翰林侍讀學士。戊寅大考一等三名，擢閣學，時年三十七。己卯授兵部侍郎，是年即調刑部左侍郎。庚辰典江南試，解元仲素德。

聖祖仁皇帝升遐，世宗登極。雍正元年散館一等，授職編修，丁未充一統志纂修官。己酉湖南正主考。辛亥奉使陝西宣諭化導使。次年陞贊善，又陞庶子、掌坊事，又陞翰林院侍講學士，充日講、起居官。乙卯放直隸順天學政。是年八月，世宗憲皇帝龍馭上賓，高宗登極。擢通政司右通政。丙辰丁内艱。戊午服闋

汝恭

字雨時，號甈齋。乾隆丁卯順天舉人，歷任沭陽、丹徒、興化、贛榆、江寧、高淳、新鄉等縣知縣，江南海州直隸州知州，安

撫方受疇之胞妹。臻，乾隆甲戌年生。

俊

字益齋。乾隆庚辰年生。乾隆丙午舉人。現官山東青州府知府，調濟南府。娶汪氏，尚書汪文端公孫女、户部郎中旭初之女。

豫章——希意

字培生，號漁莊，晚號艮齋。乾隆丁酉舉人，丁未進士，户部員外郎、順天乙卯鄉試同考官。葬海鹽之莊坊沈家浜。

復——泰吉

辛巳兼管順天府尹，調户部左侍郎。壬午再典江南試，解元吴珏。乙酉充經筵講官，是年五月歸養。甲午正月丁文端公憂。丙申服闋，補刑部左侍郎。以乾隆四十四年己亥五月七日戌時終於任，年止五十五歲。娶史氏，太保、大學士溧陽史文靖公之從妹。

還朝，請謁泰陵，即仍放畿輔學政。己未補右通政。辛酉陞太僕寺卿，補詹事府詹事。壬戌充殿試讀卷官，尋晉內閣學士兼禮部侍郎，甫逾月即補刑部侍郎，是年充會典館總裁。癸亥充經筵講官。甲子葺翰林院落成，賜宴賦詩。乙丑充會試副總裁。是秋扈從多輪諾爾，途中遣祭前明思陵。冬兼署禮部侍郎。丁卯賞十三

慶府同知。己卯江南鄉試同考官。娶沈氏，乾隆丁丑進士、江西督糧道沈榮昌之胞妹。壻吴璥，字菘圃，由編修歷官總河、刑部尚書、兵部尚書。葬海鹽莊坊之南石木。

字蓉裳，大興縣知縣。出繼汝慤。

開仕——**世繩**

開仕：字補之，又字漆林。乾隆庚子舉人，己酉進士。翰林院檢討，雲南學政，壬子貴州副主考，甲寅陝西副主考，乙卯會試同考官。

世繩：字輔宣，號警石。庠生。

福胙——**儀吉**

福胙：字雲巖。乾隆丙午舉人，庚戌進士，由編

儀吉：字藹人，號心壺。嘉慶辛酉舉人。

經、二十二史，是秋典江西試事。戊辰扈從東巡。己巳奉使奉天讞獄。庚午扈從巡幸中州，是秋再典江西試。辛未扈從南巡，至江寧，命閱召試諸生卷，充殿試讀卷官。十一月恭遇皇太后六旬萬壽。壬申扈從謁東陵，賜遊盤山。是夏引疾，恩許歸里，賜詩寵行。丁丑上再舉南巡，得旨在家食俸。辛巳入都，恭祝皇太后七旬萬壽

修歷官侍讀學士、福建學政、甲寅順天鄉試同考官、乙卯江南鄉試副考官、丙辰會試同考官、戊午湖南鄉試正主考。娶戚氏。

戊辰進士、庶吉士，散館改户部主事。娶陳氏。

三 **汝慤**——**復**

汝慤：未冠夭。聘馮氏，守志請旌。

四 **汝隨**——**有序**

汝隨：甘肅平羅縣丞，候選通判。

有序：字煦堂，江寧知縣，捐陞知府。

賞尚書銜，並命與九老會。壬午上三巡江浙，賞刑部尚書銜。乙酉上四次南巡，加太子太傅，並賜汝器舉人。是年夏，汝誠歸養。丙戌，夫人俞氏考終。辛卯入都祝皇太后八旬萬壽，賜紫禁城騎馬，重與九老會，因和詩有『鹿馴巖畔當童扶』句，賜潑墨圖。冬杪歸里。乾隆三十九年甲午正月初七日午時薨於里第，壽八十又九。遺摺奏進，上震悼，贈太傅，入祀賢良祠，賜祭

五 **汝豐** 字芑堂，雲南糧儲道內用郎中。

鴻謨

鴻起 字秋廷，號春州，江西候補按察主事。娶蔣氏、陳氏。

— **謙吉** 字呂泉，號竹虛，聘俞氏。

鴻寶 號拜石。江蘇候補理問。

鴻勳 字壽因。直隸靜海知縣，嘉慶癸酉卒於官。出繼汝器。

葬如例。賜謚文端。皇情紆眷，御製詩中時時及之，有句云『江南忽尔失二老，天子原非友匹夫』，二老者，公與沈文慤也，其恩意稠疊如此。

鴻圖 直隸候補通判。

鴻誥 字易齋，直隸武清知州，迴避改河南候補。

鴻逵

鴻猷

六 **汝弼** 繼界爲後，江西寧都州吏目，改捐鹽。

鴻陸 從九品，分發山東。

知事。

七

汝器 —— **鴻勳**

乾隆乙酉南巡欽賜舉人，陝西武功知縣。

峰

字主静。娶任氏。廪貢生，候選訓導。任氏請旌建坊於三塔灣。

汝鼎

字東原，八歲而孤，母任太夫人撫以成立。以胞伯文端公蔭入監讀書，候選同知。娶屠氏。丁亥年東原卒。

濬

字升之，號梅坡。娶程氏，係文端公之外孫女、部郎愛廬之胞姊也。欽褒節孝，梅坡聞父訃奔歸，不旬日卒。

楷 —— **承志**

字宗範，號裴山。八歲而孤，母程太夫人撫以成立。年十二補博士弟子員。乾隆癸卯順天舉人。己酉會元、傳臚，授庶吉士。散館改户部主事、軍機行走，歷任河南佈政司使、安徽巡撫。嘉慶十七年八月十七日薨於位，賜祭葬。

楷，散館改户部主事，補軍機章京。乙卯充會試同考官，陞員外郎。戊午充四川鄉試正考官，是秋放廣西學政。庚申陞禮部郎中。壬戌調刑部郎中。癸亥恩賞四品頂戴。丙寅奉旨以四五品京堂用，是秋補太常少卿。丁卯陞光禄寺卿。戊辰放河南佈政使。次年兼護河南巡撫，秋署理河東河道總督，冬後護河撫，擢廣西巡撫。辛未奉旨以侍郎用，補户部右侍郎，又補工部左侍郎，授安徽巡撫。

淇 字興之，號竹泉。庠生。行二。嘉慶戊寅，年七十。娶倪氏，卒於嘉慶二十二年十二月十一日。

模 改名希憲，字學建。卒象山。

棫 行三 字宣士，號雲壽。嘉慶戊午舉人。娶沈氏，禮部主事沈雙湖之姪女名玨之長女。

逢春 改名承志，出繼楷。

兆基

承芬

樸 行四 庠生。未娶卒。

涵 行三 字宗之，號松舟。

界 字主恒。湖北施南府同知。

汝弼

皇清誥授光禄大夫内廷供奉經筵講官太子太傅刑部尚書予誥在籍食一品俸晉贈太傅賜祀賢良祠謚文端顯考香樹府君行述

嗚呼痛哉。不孝汝誠等孽深怙薄，降割自天，擗踴呼搶，五中摧裂，繼自今長爲無父之人矣！府君自逾八衮以來，耳目轉益清明，氣體彌復矍鑠，人方謂福壽未可涯量，倘護持有道，調攝多方，不難享期頤而彰國瑞，用副我聖主篤眷耆碩、寧乞引年至意，此固人子愛日之私衷，實亦海内所聞風而屬望者。詎謂疴沉綿，遽罹斯酷，不孝等侍養侍疾，種種無狀，上無以仰承主恩，下不能衹服子職，强顔偷息，抱憾終天。鲜民之生，銜卹靡至，椎心瀝血，悔何及耶！

不孝汝誠自乙酉夏五，蒙恩准終養，歸侍兩親，逾年即遭先太夫人之喪，躬視含殮。時不孝汝恭、汝隨、汝豐各以遠宦，奉諱南歸，不孝汝弼、汝器弱齡，業儒家塾，同居喪次，仰見府君雖年高喪偶，不無少損懷抱，於悼亡歎逝外，手狀行實以傳，而精力彌健，尚如六十許人。洎不孝等内艱服闋，汝恭、汝豐分補豫河南北，汝隨赴補金城，惟不孝汝誠率不孝汝弼、汝器，奉侍晨昏者垂五六年。不孝汝器於去秋，府君令入都赴四庫館校謄，不孝汝弼前歲挈婦省外舅楚中，於昨歲歸里。綜計府君自壬申夏在京遘反穀疾得諭，至今二十二年，優遊頤養，常在聖恩覆露之中。不意去冬十月杪忽覺氣虚喘急，不孝等請少息，未幾而頭岑岑然，昏暈欲仆，亟延醫進温補數副，間日少差，神明湛然，而飲食少進，詢之醫，皆曰猶是廿年前胃氣舊癥，但精血消耗盡矣，且非參力所能療也。不孝汝誠、汝弼彷徨無措，凡百祈禱，有可以已疾者靡弗爲。旦晚體察神色，别無寒熱外感，顧病體日益沉重，非復曩時抱痾狀，益彌惴懼，而府君猶時時起做訓飭不孝等，語甚詳。又力疾擬春帖子，遣人恭進，又以不孝汝器經總裁、大司農王公奏補在館校寫，蒙恩俞准，復繕摺恭謝，府君必令扶掖具衣冠，敬謹以將。嘉平望後諭曰：『疏稿當繕矣。』不孝汝誠聞命涕泣，不敢應，率曰：『春回陽後，大人病當勿藥，無亟亟也。』府君曰：『汝意良善，豈知我去來固已了了耶？』遂口授大略，不孝汝誠濡毫謹綴，三易稿而始定，且諭曰：『恐汝一旦荒哀中弗能辦也。』嗚呼痛哉。

蓋府君自去冬抱恙，上廑聖懷，屢於機務諸公進見時俯詢府君病狀，兩次摺中俱蒙温語批示，年内批答云：『聞卿略抱疾，今疾愈否？』春三日批答云：『覽卿奏謝，聞今大愈，殊爲欣慰。』聖恩高厚，冀府君之即日就痊，故頻疊垂眷如此，豈知領到硃批，而府君已辭世旬有餘日矣。嗚呼痛哉。

遺摺上，而撫軍三公亦於是日奏聞，奉上諭：『在籍刑部尚書銜錢陳群，老成端謹，學問淵醇，自康熙年間通籍詞垣以後，久直内廷，洊歷卿貳，奉職恪勤。嗣因養痾予告，優遊林下者二十餘年，爲東南縉紳領袖。前次屢次南巡，疊加授尚書銜，晉太子太傅，在籍食俸，並時以御製詩章寄令賡和。儒臣老輩中，能以詩文結恩遇、備商榷者，沈德潛故後，惟錢陳群一人而已。前歲來京，見其精神强健，爲之欣慰。因賞給人葠，俾資頤養，冀其壽躋大耋，尚可再赴闕廷，益承優寵。昨冬聞其忽爾抱疾，廑念良殷，曾於奏函内温諭垂詢，意其即可調理就痊，以副恩眷。今驟聞溘逝，深爲悼惜。著加恩晉贈太傅，入祀賢良祠，並於浙江藩庫内賞銀一千兩，經理喪事。應得卹典，仍著該部察例具奏。欽此。』蒙御製詩以誌惜，又『江南忽爾失二老，天子原非友匹夫』之句，天藻渾成，褒稱逾分，有非臣子所敢幸邀者。續經禮部具卹典題奏，賜祭葬如制，並賜謚文端，以入祀賢良祠，復賜祭一壇，令還翰林院撰擬祭文，並諭立傳，盛典飾終，優寵逾格，不孝等雖世世生生，子子孫孫，捐靡銜結，曾不足以報稱萬一。

惟是府君少更困窮，後致通顯，出處一節，達塞不渝。平生位業文章，學術品詣，受三朝知遇之隆，爲士大夫模楷，鄉邦望重，朝野交推，異日自當臚載國史，書示後昆，倘不及早戢舂崖略，爲公私史乘底本，則不孝等罪益滋大，用敢和淚蘸筆，逐年隨事件繫條綴，謹泣血而志之如左：

府君姓錢氏，諱陳群，字主敬，又字集齋，號香樹，又自號柘南居士。武肅王十四世孫富一公始遷鹽官，嗣子孟寬公諱裕，傳四世而生海石公諱薇，府君六世祖也，前明禮科給事中，隆慶中卹贈太常寺卿，《明史》有傳。府君高祖孝廉公諱與映，撰有《諸經條解》，聖祖御撰《書經傳説》採入。曾祖孝廉公諱陞，祖孝廉公諱瑞徵，衢州信安教諭，父廉江公諱綸光，三世皆以府君貴，誥贈光禄大夫，妣皆誥贈一品夫人。不孝等王父廉江公，先娶蔡太夫人，繼娶陳太夫人諱書。讀書明大義，兼工六法，懿行具載府君所作行狀。生三子，府君居長。次三叔父諱峰，廪貢生，早世。次四叔父諱界，字主恒，廪貢生，歷官湖北施南府同知，卒於官。先王父性落拓，不問家人生産，時家已中落，隨侍教諭公於信安學舍。府君生二年，多疾疹，外曾王母錢太恭人抱育之，辛勤備至，九年還所居忠泉之南樓，府君方就傅。先王母自課之，受讀於紡車傍。紡績所入，以備饘粥，不足則鬻畫以繼朝夕。

府君性穎敏，讀書輒數行下，先王母督課嚴甚，不少姑息，故自總角遂壹志於學。先王母聞海上有陶先生者，諱日褱，好古，精研經學，延至家。先生教府君日剌經誦詩，俾自出所見，設問答以瑩經疑，學遂有進。先王父間年歸，召與講晰，則大喜。府君既通經旨，旁及漢魏樂府，李、杜、韓諸集，暨諸史百家，亦皆融合貫串。先王父故長於歌詩，好賓客，嘗集郡城諸名流飲讌，府君早歲即與唱和，出語生生驚人，前輩如羨門、竹垞兩先生並奇重焉。年十五試童子場，邑侯南城陳公諱大宏拔第一，院試見黜。益刻苦自勵，盛夏置燈蚊幬中，嚴冬早起乏薪，汲井水掬以靧面，手爲皸瘃。數載縣試，仍置第一，學使桃源文公諱志鯨拔入學。未冠，學使靳公諱讓科試拔取食餼。

康熙乙酉，聖祖仁皇帝南巡江甸，府君獻《時巡詩》，以先王母陳太夫人病，未預召試。是時桐川俞檀溪先生諱長策(字御世，康熙丙戌欽賜進士，授編修，四川、陝西主考)以名孝廉獻頌，邀激賞，召至京，聞府君名，許妻愛女，即不孝等前母俞太夫人也。府君尋充貢入京，肄業太學。會外王父檀溪先生賜進士，入翰林，府君贅婚邸第，奉先生教惟謹，學遂大進。丁亥考授八旗教習，屢試北闈不售，無幾微侘傺意，念益蘊蓄淵原，執雌持下，講求褆身繕性之功。先生故爲安溪相國李文貞公所知，學以師承，益臻粹養，府君飫聞緒論，彌自濯磨，於講學植品，趨向必端，蓋先正典型，一燈未墜，而公卿間雅重先生文望，過從賞晰，倒屣無虛日(是時都下以俞家父子比眉山三蘇)。府君得遍交老蒼，虛心集益，諸公皆延譽恐後，自踏京華，府君屢歸省覲，先王父母亦交喜府君之學之能自成也，命三、四兩叔父受業，府君因其材質，盡心力教誘，數年間並力學自勵，有聲於庠。

甲午，府君以五經舉京兆，房考爲天長侍御董公諱之燧，座主則祭酒徐公諱日烜、侍御田公諱軒來也。是年前母俞太夫人没於京邸。乙未，府君於禮闈報罷後，客遊津水。檀溪先生聞族弟肅瞻公有女而未字，勸令續膠。是冬就婚津門，即不孝等母俞太夫人也。津門爲畿南津塗都會，人物殷阜，四方名士，遊集無間，時有龍東溟、佟蔗村、蔡繡璽，以寓公老宿，稱詩自豪。府君至，則酒場吟席，壇坫一新。因約龍、佟諸君席帽尋詩，篇詠日富，望雲懷土，有作成槖，詩境益老成，而風格高超遒上，力追和平正始之音。蓋府君以詩筆見性真，從此結主知、膺殊眷終其身，胚胎於此矣。

戊戌九月，聞先王父訃，踉蹌奔歸，哀毁骨立，三叔父（名峰，字主静）竟以毁卒。先王母鍾愛特甚，語府君曰：『昨陰陽家言汝弟命未應盡，少需時日，尚可望更生。』府君聞命流涕，曰：『審若是，兒今夜伴弟尸。』遂以身温之。及旦，府君體如冰，先王母痛哭止之，因出篋中裝百餘金爲營喪具。明年，合葬先王父、先王母蔡太夫人於邏村之蘇家圩。府君率四叔父，躬親畚梮，手植松楸，以宿廬次日久，疾大作，逾月始痊。既葬無以爲養，先王母促之北上，仍客津門。舊遊東溟山人邀集安氏古香書屋，安氏精鑒賞古跡，傾貲收藏，檇李項氏、河東卞氏、真定梁氏，所蓄圖書名繪，錦贉繡褫，甲於三輔，聞府君博雅好古，悉出珍秘，求府君辨别真贋，品第甲乙。府君既得流覽籤廚，遇前賢瓌翰，輒心摹手追，至如坡公譚藝，詄宕恢奇，府君間亦仿效爲之，下筆神似，要皆咀古髓液，自成一體，故府君留題行押，世皆藏弆以爲榮，尺幅寸縑，流爲寶貴，其來有自。

府君困公車者六年，康熙六十年辛丑，始捷春闈，名在第七房，師爲錢唐編修傅諱王露，座主則大學士、時爲冢宰遂寧張文端公諱鵬翮，大學士、時爲大司農陽城田公諱從典，大宗伯、時爲少司農儀封張清恪公諱伯行，少司農、時爲副憲臨川李公諱紱，廷試列二甲十六名，選庶吉士，分習國書。府君初入詞垣，風采羽儀，輝應朝宁，人皆目爲公輔才也。

壬寅，不孝汝城（字立之，號東麓，乾隆戊辰進士。刑部侍郎）生。十一月，聖祖仁皇帝陟遐，府君叨被拔擢，感念衷素，痛不自勝，恭逮世宗憲皇帝登極之初，大禮鉅典，例由翰林編檢以上撰文，府君以庶常亦得與選，撰擬屢稱旨，得邀特賜緞疋。是歲，先王母始就養京師，府君左右侍奉，先意承志，備得先王母歡心。雍正元年，散館一等，授職編修。安居王樓山先生爲府君同年，友稱莫逆交，僦居鄰並，以志術相尚。每夜分共燈火讀書，剖晰雅奥，出則同車接茵，有事互相商榷，有麗澤相資之益，以是投契益彌。府君方回翔館閣，雍容大雅著作之林。春秋暇日，輒奉先王母板輿遊豐臺風氏園諸名勝；有一味之甘，即以奉滫瀡。居無何，先王母思念故鄉水土，忽忽不樂。乙巳秋，府君請意侍歸，移居郡城，眷戀庭闈，不欲遽出，先王母再三敦促，始治行。府君跪請曰：『兒他日當奉恩命來迎也。』是冬還京供職。

丁未，府君充《一統志》纂修官。不孝汝恭（字雨時，號蒓齋，乾隆丁卯舉人，安慶府同知）生。是時汪文端公由敦方爲翰林，聲望蔚起，與府君名相埒。公未遇時，府君締交京輦，文章道義，臭味不少差池，至是亦卜居比舍，同館相與，凡有應製雅作，出公與府君手，並推擅場。每自公散儤，荀陳雅集，元白聯吟，稱金石契者，數十年無間。

己酉，不孝汝懿（行三，以汝恭次子復爲子，誥贈奉直大夫、大興縣知縣）生。是年春有旨，命內外官員各舉所知才勝幹局者，各具摺陳奏，交吏部帶領引見。府君以四叔父應詔。四叔父幼篤孝，侍先王父遊姑孰，曾剮股以療先王父疾，年三十，屢踏京闈不售，至是府君以名上。時西陲用兵，羽書旁午，引見日檢發數十人軍前效力，特賞給帑金治行。四叔父與府君懸先王父像於中堂，語之曰：『親民之官，廉幹慈惠，所最重也。「俸薄儉自足，官卑清自尊」十字，汝敬佩之。』並囑曰：『汝此行效力戒行，倘遇敵愾交綏，當思奮不顧身，毋少畏葸。』四叔父涕泣受教。西師平，久任外吏，歷醴泉、盧陵、歸州，以廉惠稱，應卓薦者三，無負府君内舉云。夏五月，川廣等五省考官引見，憲皇帝諭曰：『湖南地方緊要，錢陳群人明白，著爲正考官。欽此。』榜發，得士郭佑達等如額。

辛亥四月，憲皇帝以命將西征，飛芻挽粟，未免稍資民力，恐承辦州縣，或有奉行未善，致累閭閻。又慮愚民無知，易爲訛言所惑，特命總憲史文靖公等赴陝宣諭化導，兼率庶常及貢監生等五十餘人隨往。行有日矣，文靖素稔府君學優才贍，奏請襄辦，遂奉命偕行。

三秦風俗淳良，國家漸被涵濡，民知急公親上，府君復仰體皇仁，愷切宣佈，行部所至，示以西師遠伐，本爲邊民固圉長久計，爾等宜無忘耕鑿之恩，各矢同仇之志。父老拱立聳聽，填街塞巷，至遮馬不得行。復進民之俊秀者，教以孝弟力田，敦詩説禮。有諸生二人日來聽講晝，並請爲弟子，後歷縣令州牧，宦績籍甚南中，爲循良吏，其弟爲學博，有文行，即府君集中黄海州兄弟是也。遠近習知使者樂易近人，嘗集行廨，至暮不得休。有巨猾竄身儔衆中聽講，公察其狀有異，引之前，則慚沮縮恧，語多支吾，亟思兔脱。公已陰使人伺之門，不得出，相持徹夜，而縣令率壯捕跴緝至矣。令感謝，驚以爲神。又一日循行隴右，傔從某偶遺所挾金，遍索不可得，已分飽胠篋者。忽一村氓以拾遺來歸，出諸袖中，銖兩悉合，且曰：『小民雖無知，顧不會負錢使君教也。』明年使事竣，將還朝，秦民之銜感天恩者，扶老攜幼，會送都亭，山谷野人生未入城市者，咸攀轅淚下，府君勒馬慰遣之。

未抵京，陞贊善，奉旨交部議敘。明年春，府君以應製散體，蒙世宗憲皇帝數加褒獎，諭令掌院帶見，隨經召對，温語霽顏，移時始出。諭閣臣曰：『錢陳群不獨文好，人亦好。』遂有嚮用意。尋陞庶子，掌坊事。旬日陞侍講學士，充日講起居注官。

甲寅冬，不孝汝隨生。乙卯，命視學畿輔。召見諭曰：『汝數年來未曾接汝母來京，令給汝兩月假，回浙接汝母來，亦不得誤學政事。』府君免冠叩頭，奏曰：『蒙恩俯見臣烏鳥之私，無微不至。臣現擬於抵任後遣人回浙，將臣欽奉恩旨奉知臣母，臣母必自歡喜即來，如此則於學政事宜無誤。』上喜甚，賜先王母硯一方，並人參、貂皮及內府緞紬等件，命頒於家，誠異數也。府君荷世宗憲皇帝不次拔擢，畀以衡文之任，每巡試屬郡，順道還京，疊蒙召對，屢邀天語褒嘉，並令在內廷行走。府君彌感殊遇，益淬勵官守，振刷精神，凜慎冰淵，矢鑒幽獨，凡有封函入告及晝接夜思所陳，府君歸寓亦慎密不出於口，不孝等無由得其詳也。

八月方按試永平，驚聞世宗憲皇帝龍馭上賓，府君一慟幾絶，移時乃甦，遂連棚併日，凡五晝夜而試事畢，奔馳入京謁雍和宫，恭請皇上聖安，懇請瞻仰梓宫。翌日召見，獎許有加，尋擢通政使司右通政。時先王母由潞河抵京，府君以幼家貧，洗腆缺如，今奉詔迎養，以廉俸所餘，稍申烏哺，心竊自慰。顧先王母春秋高，精神日衰，府君亦既大恐，且惟恭遇聖恩，府君念在繦褓時錢太恭人撫育恩，中夜涕泣，遂瀝情繕摺，請以本身學士任內應得封典，貤贈外曾王父母，蒙聖慈俞允，先王母喜且泣曰：『兒真不食童時言也。』蓋府君童時曾向太恭人許他日仰報如此。後奉部奏准，凡遇戚族黨屬恩撫成名者，皆得援此例陳奏，著爲令。

丙辰正月按試保定，得京信，知先王母在京寓偶感寒疾，府君即據家問具摺請假，不知家問乃先王母自揣病勢尚輕，命筆爲之。既入奏，蒙硃批：『汝母偶感寒疾，當就痊可。』聖諭俯慰，未俞所請。及先王母訃音至，府君哭痛搥胸，星夜匍匐，一晝夜入都。先王母病革時囑不孝等曰：『吾即不諱，殮後勿遽蓋棺，吾子聞此信必兼程奔歸，望一見吾去時面目也。』至是府君撫棺長號，見先王母清癯肅穆，神色不渝，府君生平孺慕之誠，先王母於訣去時鑒及若此。明日制府李敏達公衛奉到硃批：『覽錢陳群前次奏請回京，稱伊母偶感寒疾，朕以其本屬微恙，且離京未久，故未俞允，誰知伊母乃大病不起之症也。是則伊措詞之失，非朕不使伊親視含殮之咎也。將此批令錢陳群知之。欽此。』府君感激天恩，伏地泣血，於百日後詣闕叩謝，扶櫬南歸，以次治喪葬盡哀盡禮。

戊午服闋還朝，仍值内廷。面請世宗山陵大禮，以持服里居，未得隨豹尾末行，同效扈衛。己未聖恩賜臣恭謁泰陵，以展臣子鼎湖之慕，上允焉。於謁陵回京途次，奉旨仍命視學畿輔。己未補右通政。府君之視學也，前後條陳事宜，多有乞推廣教恩、贊敷文治者。如分别已受封典之節婦仍得旌表，俾教子成名之節婦，前此苦節不至湮没不彰，請停科試舉報優劣，俾微眚小過得以改悔自新，並著爲令。又如請頒先賢先儒從祀位數、請整飭洙泗、尼山兩書院諸疏，皆有裨化本，傳誦士林。每按試諸郡，集諸生講《士庶人孝章》，仿司馬文正嗚條山故事，諄切勸諭，又爲刊佈《孝經》善本及《小學》《近思録》諸書，以資誦習，遇生童中有姿禀穎異者，即與講論詩賦源流，爲他日翰苑儲材地，故府君三任畿輔學政，得人最盛，一時輿論翕然，至今躋崇班、擁旄節，官中外有聲者，猶可僂指數也。

辛酉，陞太僕寺卿，補詹事府詹事。壬戌，充殿試讀卷官。有旨命九卿、翰詹科道條陳耗羨事宜，時以府君議爲切中事理，疏入，上嘉覽焉。尋陞内閣學士兼禮部侍郎，甫逾月即擢補刑部侍郎。府君既拜斯命，思比部爲刑名總匯之地，任獨要與諸曹，若部臣於輕重出入纖毫稍有未當，外省因之，援引比擬，漸至揣摩骫法，於國憲所係綦重，況恭遇我聖主，明慎用刑，法司奏獄時，無論案情重大，即一杖責之細，必再三審核，精求其當。膺斯職者，其何以仰佐協中之化？用是夙夜惴惴，惟恐弗勝。日取《律例》一編，手自討論，常若有所默會者。蓋律義至精，一字一義，俱須體認，而究其指歸，無非刑期無刑之義，尋繹反覆，其義自見，府君於此尤加慎焉。

公充會試（典）館總裁。

不孝汝豐（行五，字芑塘）生。

癸亥，奉旨充經筵講官。甲子，不孝汝誠舉京兆。汝誠屢躓南北闈，府君諭以讀書安命，無以科名爲念，公餘輒授以詩古文奥窔，復親爲評點時藝者數年，卒獲售。府君益加敦勵，期以勉繼家聲。十月，重葺翰林院落成，車駕臨幸，賜宴賦詩，用唐臣張説『東壁圖書府』五律字爲韻，府君得講字，並賦柏梁體詩，賞賚特優。上召至席次，手賜一卮，與者十餘人。乙丑充會試副總裁，偕大學士溧陽史公遺直、大司馬茶陵彭公、少宰阿文勤公敦，詳慎考校，得士今少司馬蔣公元益等二百餘人。五月，充殿試讀卷官，是榜一挾三人，少司寇加尚書銜錢文敏公維城，今少宗伯莊公存與，大司農王公際華，皆先後入直内廷，而會元鼎甲，俱躋華要，爲邇來科名盛事。秋七月，上幸多倫諾爾，府君與扈從，奉敕撰《秋郊大獵賦》一篇，彌荷嘉賞，途次奉賜獨厚。輦路回蹕，經由昌平，欽使府君往祭前明思陵，齋明將事，見殿宇傾圮，頽瓦牲醴，無處可陳，歸即具摺據實奏聞。有旨飭所司繕葺。冬十一月奉旨兼署禮部侍郎。是年不孝汝弼（行六，江西寧都州吏目。出繼胞叔界爲後）生。

丁卯春二月，奉旨：『德沛、蔣溥、傅恒、舒赫德、錢陳群亦著賞經史各一部。欽此。』時十三經、二十二史重刊告成，爲藝林鉅觀，大學士、尚書以上，先蒙欽派賞給，至是復於卿貳中特恩加賞，朝列豔之。六月，奉差典江西試事，得士陳奉兹等如額。不孝汝恭舉京兆。府君差竣還朝，不孝汝誠、汝恭迎至良鄉旅舍，府君諭曰：『汝兄弟先後俱列賢書，當互相砥礪，勿懈進修。』戊辰二月，扈從東巡。四月，不孝汝誠成進士，得與館選。府君嘗令汝誠侍讀《宋史》，至向常之大耐官牘，晏元獻自奉清儉，輒舉以示勖，因諭不孝汝誠曰：『汝今已選清華，從此當立定脚跟，束脩、圭璧、官牘，何嘗曾重人也？』

己巳，奉命偕冢宰王文肅公清奉天鞫獄。

庚午，上巡幸中州，奉派扈從。尋命再典江西試事，得士朱能恕等如額。復命嵩陽行在，召對稱旨。既出，上遣中官以御製登華蓋峰長歌，命即賡和。時日已晡矣，府君構思帳殿側，不逾晷奏進，一時侍從屬車者，咸歎服以爲工敏。是年不孝汝器（行七，乾隆乙酉南巡欽賜舉人，陝西武功知縣）生。

十六年辛未春，扈從南巡。至江寧，命閱召試諸生卷，取中蔣雍植等六人進呈，並得旨授中書，還京充殿試讀卷官。十一月恭遇聖母皇太后六旬萬壽，覃恩誥贈三代及本身皆一品，舊有革職留任之案，悉予開復。壬申正月，府君刊《香樹齋詩集》成，上索閱，至府君所題先王母陳太夫人《夜紡授經圖》樂府五解，賜題二絶句，序曰：『所觀錢陳群《香樹齋集》，有題其母《夜紡授經圖》，慈孝之意，惻然動人，且以見陳群學問所自來也。』詩曰：『篝燈課讀澹安貧，義紡經鋤忘苦辛。家學白陽諳繪事，成圖底事待他人。』其二曰：『五鼎兒誠慰母貧，吟詩不覺鼻含辛。嘉禾欲續賢媛傳，不媿當年畫荻人。』皇上孝治光天，推仁錫類，府君身體母教，獲遂顯揚，俾數十年前貧家斷機截髮、午夜篝燈情狀，一一闡發於宸筆，揭孝慈之大旨，標學問所自來，至性至情，流傳翰墨，不徒式訓朝賢，亦以垂示家範，俾不孝等世貽清白，慶衍簪紳，論者謂是母是子，比於賈黄中、蘇易簡，猶有餘榮，自是先王母手跡，蒙天筆留題，定爲神品，襲弆石渠寶笈者，不勝枚舉云。

仲春扈從祇謁東陵。歸途至盤山，蒙恩賜遊，賞覽竟日，府君援筆以紀其事，一時傳爲扈遊佳話。仲夏府君於趨走禁籞、料檢官文之餘，稍覺疲薾，忽胃中氣餡，眠食頓減，逾月未能平復，遂具摺面懇解任，暫行回籍調理。六月初三日奉上諭：『侍郎錢陳群因患病未痊，奏請解任調理。著准其解任，派劉裕鐸前往診視。俟秋涼啟程回籍調理，病痊後奏聞赴闕。伊子編修錢汝誠著隨侍伊父抵家，再行來京供職。欽此。』並賜人參及内府珍藥，以資調攝。是月上於正大光明殿考試翰詹等官，不孝汝誠忝列優等，奉旨在南書房行走，府君力疾率汝誠趨圓明園叩謝天恩。上見府君病久羸瘠，温語憫惜，召對之次，特頒天廚酥粥，味極甘腴，俾調胃氣，府君感激涕零，陛辭日賜詩寵行，有『予告遂頤和，還鄉諺如約』句，蓋嘉禾長水俗名還鄉水，仕宦之在朝者，輒得生還其鄉。上鑒府君老病遺榮，有林泉之思，特爲舉似，又有句云『憐汝身日羸，壯汝神猶鑠。達生有至論，庸醫無大藥，辟穀方赤松，先難後原樂』，恭繹御製數語，則府君蒙恩再造，後廿餘年林棲頤適，賜詩中已全體揭示，知幾其神，有先物者矣。

府君前後任秋官十有二年，所同事者有華亭張文敏公照、錢唐汪文端公由敦、諸城劉文正公統勳，皆内廷舊侶，鄒枚侍從，聯袂趨追者日久，性情心術，夙夜印契。遇案牘有應尚論者，不憚往復析辨，間爲引經援史，灑灑數千百言，聲色俱厲，諸公曰：『先生論事耳，何以激色官聲爲？』府君曰：『此吾性情也，不如是則事理不達。昔韓、范、富、歐陽同爲一代名臣，而論事未嘗黨同，乃所以爲協恭也，公獨不容我無耶？』諸公亦心服府君之坦易真摯，不苟婞阿，故共事久而益敬。歲遇秋讞大典將屆，乃自署册子彙集堆几案間，不下數百帙，先齋心壹志，凡各省案件，有就省分自爲權衡者，亦有統各省情節通爲校核畫一者，其應矜、應緩、應實，或酌改與否，必就所見，辨勘精確，自署册端以識。常夜分披閱，必令不孝汝誠侍側，或有疑而未定者，輒曰：『汝試觀之，當如何乃可？汝曹讀書不知律，一旦遭際，驟膺斯任，其何以將事？法司者以執法爲官守，若一味姑息養奸，曲意全活，爲能迓福計，是朝廷設官分職，專爲吾輩修行地耶？至恭逢聖明在上，如天好生，而爲臣子者，不能仰體欽恤惟刑、法外施仁至意，俾天下無冤民。不亦上負吾君，下負所學乎？』不孝謹識之弗敢忘。

九卿會鞫，多與刑部爲難，所以慎法也，若相持不下，則兩議俱上而取決睿裁，府君於班次虛衷聽受，不豫設成見，惟期其當而已。又嘗推原律意，條件具奏，一以飭倫紀而懲不弟，一以維國體而勵臣節，皆於風俗廉恥有關，非細故也。皇上哀矜庶獄，每以重熙累洽，宣佈鴻施，偶緣水旱爲憂，出宣幽滯，屢奉温綸赦宥，或量予減等，府君檢覈稿案，悉心推比，敬爲昭宣德意，以稱明詔，惟恐或有所遺，其待曹司，如師長之教弟子，殷殷啟誘，於課勤惰、别賢否之中，而有温然可親、樂道人善之意。用是所屬多悦服，相與辨析矜疑，皆得盡言無隱。府君告歸後逾七八年，不孝汝誠忝居斯職，舊時曹屬蓋半有存者，公餘論及府君持法平允，與僚友相接以誠，猶多感懷。曩昔問起居，睠焉不置，恭讀御製詩有『于公門巷豈嫌低』之句，則府君之久於法司而深荷主知，益可見矣。

是年八月買舟南下，十一月抵家。奏進歸途所作諸詩，蒙恩賜和《遊吴氏錦春園》詩韻，有云『故鄉山水佳，藥餌頗易求。頤適冀良愈，待泛還朝舟』，又云『江湖信可樂，廊廟豈忘憂。遲遲有深意，欲邁還停收』，又云『詩筒附奏牋，翰苑傳風流。故知解脱心，疾等浮雲浮。從兹一葦南，遥望心與悠』。府君一棹南旋，舟經瓜步，流連光景，排遣病軀，不過一遊憩之作，乃蒙聖旨俯賡，拈示懷鄉戀闕微忱，眷注深恩，溢於毫楮。府君從此得含和井社，悦志謳吟。或以下里倖邀賡作，或以土缶仰答鈞韶，二十三年，千有餘首，主臣風雅之契，明良遇合之奇，爲八伯和歌、庭堅賡作後，儒臣所未有之盛事，皆於賜和是詩引其端緒也，良非偶然。

癸酉春，不孝汝誠見府君南歸後，稍習故鄉水土，病亦就痊，府君即命諏日還京供職，勖以勤慎趨走。府君與張瓜田外史庚同業暹村，研經考古，切劘最久，先王母憫其孤露，視之如子，暇輒教以畫法，後成通儒，以詞科徵試下第，所作山水詩文，並傳於世。至是遂往唱酬，晚交益密，款洽真摯，仿佛村舍同硯席时也。暨舅祖石塘处士、从兄野堂观察（名元昌），約同里真率數人，菊天梅候，放棹扶笻，相與道故舊爲樂。每歸壟官，謁祠上塚，與耕農溪父，課晴雨，問桑麻，略去形迹，望之者以为神仙中人。間歲或一訪親知，登陟鄧尉、蜀岡及西泠諸勝，亦領趣而已，未嘗有浹旬淹留。客欲强以探幽，則謝曰：『無濟勝具也。』疾見平抣悉毒，浹年始愈。

府君雖歸老棲閒，恭遇朝廷大典禮，必撰擬雅頌諸體，手繕恭進。曩官京師，每進樂府篇章，具載方略館《巡幸盛典》《皇清文穎》中，及家居奏御之作，人仍以燕許常楊，推重爲館閣正宗、應製鉅手，自是益富。是年蒙賜《三希堂法帖》，府君用宋臣蔡襄謝賜御書七言古詩韻，鳴盛紀恩。甲戌，上再巡盛京，恭謁祖陵，恭進《大禮慶成雅頌》。乙亥夏，西師大捷，恭進《聖德遠孚準夷歸化膚功迅奏》四言古詩。

丁丑，上再舉南巡，府君於正月啟程，跪迎山左，道中即蒙召見，存問殷摯，府君恭進《紀恩頌德詩》五古五首。採道里歌謡，又作《時巡歌》四十首奉上。上過嘉興，登煙雨樓，見府君所書趙孟頫耕織圖詩屏，即題七律一首，有『無逸爾知曾染翰，嘉茲金鏡效張齡』句，府君不勝感悚。先是府君於去夏録近藁進呈，内有《放舟至武原，撫景言情，檢得石湖詩選本，有田園雜興詩，分和十首》，上幸浙時俯和並書長卷以賜，有『就中頗喜此人來』之句，蓋府君以禁籞舊臣，歸田五年，依戀更殷，而聖主眷註尤篤，以蹕路早見爲喜也。隨奉上諭：『侍郎錢陳群從前在京供職勤慎，今養疴林居，著加恩在家食俸，以昭眷念舊臣之意。欽此。』是年不孝汝誠以講官欽派扈從南來，便道省親。秋，不孝汝恭奉挑至江南河工效力，尋補沭陽、丹徒等邑，每有家問，府君必諄諄以潔己愛民、奉公守法爲勖。嘉平廿有五日，恩賜御臨米字帖。府君賦長歌恭紀。

戊寅正月，武昌信至，驚聞四叔父曉村公病殁施南郡丞官廨，遺言請以不孝汝弼爲後，即諏日告家廟，易服成禮。府君兄弟三人，友愛甚篤，三叔父殁後，所遺孤嫠，府君存䘏數十年如一日，三叔母節孝任安人，依先王母守節撫孤，先王母就養京師，安人率子隨侍，孝謹端静，戚黨咸取則焉，於其殁也，經紀其喪，從兄汝鼎幼依府君，以教以養，與不孝等肩隨書塾，不異所生。乾隆元年，覃恩予蔭，例得廕一子入監讀書，即以與姪汝鼎。不孝汝誠亦仰體府君友于，所推樂於義讓。從兄殁後，遺孤露子女數人，府君屬不孝等贍給之，歲以爲常。從子濬依不孝汝誠京寓，不幸早世，弟洪、子楷俱遊庠校，皆府君以諸孫蓄之也。至是四叔父卒官，甚清貧，賴同寅贈賻以殮，眷屬不得歸，府君命不孝汝隨入楚，齎鄉俸所餘，扶柩迎奉以歸，又爲置數椽居之。四叔母尚宜人食貧砥節，府君資給之終其身，而以汝弼承祀，成弟志也。

己卯，聞大小兩和卓木二酋授首，府君仿元結《中興頌》，恭進《平定回部武成頌》，以紀鴻勛。庚辰，汝誠於儤直時拜賜御筆仿文徵明畫，並題即用其韻一幀，府君恭和以進，蒙賜御筆橋梓圖，信筆直行，截然兩木，蒼茂葱倩，各具生意，高低俯仰，宛如商子所云。御題一詩，仍疊文待詔韻，幅前識云：『重五日，錢陳群書和賜其子汝誠詩，畫扇以進，蓋欲之而不敢言。陳群老矣，不可使其因此鬱鬱於懷。促成是幅，並疊舊韻賜之，不復計筆墨之工拙云。』其聖慈禮恒老年，教示慈孝，棐彝修紀，有流露於筆墨之餘者。府君家諭云：『父子叨榮，傳諸圖畫，我老自持晚節，汝尤當夙夜匪懈，以答聖恩，勉旃毋怠。』是年秋，恭值皇上五旬萬壽，府君正擬入都，躬效呼嵩，適頒諭旨，念府君衰老，不令遠涉，遂進長律十二章恭祝。不孝汝誠奉使典江南試事，榜發後得假省視。假滿還京，府君買舟送至金閶門，曰：『我明年當入覲，汝毋戀戀也。』

辛巳，府君入都恭祝皇太后七旬萬壽，疊蒙召對，恩禮便蕃，仍槖筆供奉南齋，間日入直，旋奉上諭：『原任侍郎錢陳群，久歷卿貳，兼直内廷，年逾七十，學問優裕。前以養痾回籍，有旨在家食俸，用資頤養。今來慶祝，召對之次，見其神明不衰，而居鄉素稱恪謹，著加恩賞給尚書銜，以昭優眷。欽此。』隨命與九老會，賜遊香山，繪圖禁中，並賜杖於朝。禮成還家，舊寓雙樹軒，爲府君曩時公餘燕憩地，不孝汝誠繕完，以爲子舍承歡之所。府君留都下兩月，不孝汝誠方蒙恩調佐農部，廉俸較優，得供馨德，又際普天同慶，盍簪喜會，冠蓋輻輳，每散直，張筵列坐，綵舞團圞，不孝汝隨、汝豐亦隨侍履絇，及往來經由江國，汝恭祗迎桃源境上，從至沭陽縣署，奉養浹旬，極天倫之樂事。回憶一紀有餘，而音容遐隔，追維往躅，尚忍言哉。

壬午春，上三巡江浙，府君偕尚書沈文慤公恭迎蹕於蘭陵境上，蒙恩賜詩，有『二老江浙之大老，新從九老會中迴』句，自是每荷賜詩，府君必與文慤並稱，如唐之詩人前有沈宋，後有沈□也。後蒙賜額，府君拜御書『香山耆碩』四大字。上過嘉興，再和《田園雜興詩》十首，有『境臨秀水聊心喜，爲晤林居有老生』句，又『便令還鄉頤暮齒，宣傳不許遠迎來』，上之眷懷耆舊、曲體衰老至於如此。三月二十三日奉上諭：『尚書銜錢陳群，原係刑部侍郎，著加恩賞給刑部尚書銜。欽此。』不孝汝誠以辦理行在刑部事務，扈從南來，諭汝誠隨府君先歸省母。是年秋，汝誠再奉使典江南試，請訓，即召見，諭曰：『汝今年南來，曾隨侍汝父，未便請假。汝可傳諭尹繼善，寄信汝父來遊攝山，則汝父子可團聚也。』汝誠免冠叩謝，而制府尹文端公隨遵旨寓書，相約比撤棘而府君已覽眺棲霞諸勝畢，來白門矣，不孝汝誠祗迓行廨，侍奉眠食數日。府君感恩欣遇，敬賦長律四首，付汝誠齎進，以展謝悃。

八月，恭遇萬壽聖節，府君遣家人恭進賀摺，並附寸芹數種，内有天然竹如意一枝，蒙硃批：『未須僧紹之賜，恰致公遠之貢。文而有節，把玩良怡。今賜卿以木蘭所獲鹿，服食延年，以俟清晤。』天蔭下敷，動與古會，雖古帝王批答萬疏，未有如是之情文並茂者，而俯念桑榆之景，美以餌食延齡，聖心之期望者至矣。復蒙賜御筆竹如意一幅，題詩鐫諸柄上，仍識跋以志珍玩，即命府君賡和。是年不孝汝隨援例分發甘肅，以縣佐試用。癸未，不孝汝豐援例揀發河東河工，以縣佐試用。府君諭曰：『我父子受恩至重，汝等宜及時自奮。一命之士，苟存心於愛物，於人必有所濟，慎毋自待菲薄也。』不孝汝隨遠隔七千里，尤所廑念，自是郵訓丁寧，歲必數四。

乙酉春，上四舉南巡典禮，府君仍與沈文慤公奉旨不令遠迎，候於艤舟亭外，蒙批奏明就近迎鑾摺云：『相見不遠，亦爲欣悦。』御舟至毗陵，賜詩有『二仙仍此候河濱，三載相睽意更親』句，後蒙獨賜一首，首句云『王帖一句猶過之』，謂府君時年政八十也。不孝汝誠復扈蹕南來，府君迎鑾，召見後即隨扈行在，上特命汝誠先還家侍母，俾得歡聚庭闈。上三和《田園雜興詩》，所謂『依蹕卻因勤供奉，肯教父子一家圍』，體恤周詳，真不啻家人父子也。不孝汝誠得少展歸省私忱，爲府君八十稱觴家慶，回首十年，曷勝感涕。閏二月十二日，奉上諭：『沈德潛、錢陳群，江浙耆宿也，並以卿貳，予告里居。曩者省方東南，存問所及，特進尚書階，優頒廩禄。兹時巡莅止，二臣咸扶杖迎謁，耄耋而神明不衰，惟國之瑞，朕甚嘉焉，其各加太子太傅以寵異之。沈德潛之孫，錢陳群之幼子，並賜舉人，一體應禮部試。二臣並忻愉怡養，以躋期頤，副朕優高年眷舊臣之意。欽此。』是日又叨賜顔真卿自書告身。府君屢拜殊恩，日侍行殿，上每出入，必顧問慰諭，回蹕時府君恭送至境上，上於蘭舟望見，猶爲霽悦也。途次三月京察本上，不孝汝誠蒙恩議敘，稠疊雨露，浹於全家，府君恭進《皇上四舉南巡盛典紀恩詩》三十首。是歲不孝汝誠奏請歸養，即蒙恩許。汝誠歸里後，構宅於雙溪之西，府君以時燕息期間，自此得常依膝下，皆出自渥澤也。

丙戌春，府君第六壻銅梁（四川重慶府）王名汝璧（官吏部考功員外郎）魁南宫，爲樓山中丞第六子，中丞身後蕭然，遺孤二人，奉母七千里，以諸生來就府君。府君爲賃數椽，鄰近居之，就婚後昴弟並執經請益，將七八年矣，汝璧兄汝嘉（字士會，號榕軒，行五，乾隆壬辰進士，館選）以乙酉歸蜀領解，府君既聞汝璧捷音，悲喜交集，謂可藉手以報故人於地下耳。府君宦遊三十年，年輩寮宷中氣誼投合者，遂訂姻好，歸田後字而未嫁者尚數人，其九壻存者七人，俱叨薄宦，並受府君教撫，蓋皆失祜孤子也。

是年府君以頻年承知矢音，每邀鑒賞，得於耄耋餘齡，藉窺門仞，藉迪顓蒙。前《七十自壽》詩云：『一事平生真厚幸，得依聖主作明師。』蓋紀實也。因具摺請發御製詩文，蒙批：『卿老成宿學，何藉朕詩文然後啟迪耶？但依戀之誠，則不可拒，已命于敏中酌鈔數種寄去。』自是頒和命讀御製詩文，歲必三四至。府君敬謹賡識，每奏進上未嘗不稱善，陳設御苑仙莊，選入祕笈者甚夥。九月，不孝等母俞太夫人考終寢室，不孝等皆沉痛蕉迷，得以少盡哀禮者，皆仰承府君指示，不孝等既營葬太夫人，遂爲營治壽藏。

丁亥三月，上時巡津水，過府君未遇時舊寓，檢閱《香樹齋詩集》，遂蒙賜和《津水早春詞》一首。首云：『香樹齋集偶披翻，清虛婉約真除煩。早春津水詞更美，正值三月停巡軒。』後云：『當年傭書此閱歲，每有佳句無斧痕。自從歸去樂桑苧，直沽塌淀空潺湲。詩筒遐寄俾賡韻，罣然南望紛川原。』郵寄命公恭和。府君祗領循誦，慚悚感激，莫能自喻。恭和詩成，復恭紀一詩，以榮斯遇。

己丑夏，撫軍永公處頒到廷寄，以明歲庚寅恭值聖主六十萬壽，命府君入京祝嘏，以沈文慤公年將望百，不令遠涉津塗，即令府君往吴門敬宣恩諭，諄復勸止。府君亦以寅卯兩載慶典駢臻，得扶杖闕廷，期效封人之祝，私心頌禱忭躍，曷勝覆奏。尋有旨，以府君精力雖健，而八十餘老翁，頻年僕僕，究非所以示體恤，即令尚書沈公就近來禾，向府君更迭勸阻，遂蒙批示優答，云：『汝二老實國家祥瑞，而朕優待之恩，將來定成佳話也。』聖恩眷注高年至此，洵希有之榮遇也。庚寅春，上欽奉安輿，周巡津水，瞻禮淀祠，用答嘉貺。府君恭進《津水迎鑾詞》十首，敬效榜歌，用識盛典。後蒙賜和《津水早春詞》。八月，恭進《恭祝聖主六十萬壽千文頌》。冬，恭進春帖子，附呈《梅雀報春》横卷，府君子識三絶句，蒙恩俯和書賜，有『梅雀一卷詩三首，妙義還因揭道淵』，句末云『江鄉食履應增健，大愜予懷老者安』等句。則聖主廑念良殷，而府君搦管恬吟，亦心馳於玉階金戺間矣。

辛卯，恭遇皇太后八旬萬壽，稠恩茂典，次第舉行。春二月，上奉安輿，柴望泰岱，公恭進《聖主東巡登岱祝釐頌》百韻，及奉敕恭和、恭跋各種册子。上適駐蹕德州，即賜詩曰：『平原此日巡方駐，秀水多時奏牘欽。萬有言餘親手寫，三千里外故人心。可知食履益康健，具見頌揚篤悃忱。冬月定當重晤面，健談興自勃知音。』第七句注云：『陳群於今冬來京，恭祝聖母萬壽，當與之覿面談詩，以慰眷懷。』是秋八月杪，府君挈不孝汝誠等北上，途次雲陽，奏進謝恩詩摺，使歸後蒙賜答一首，仍疊前韻，有『往來筆札如覿面，賡和篇章每託忱』句。未至京，上已數垂問禁近諸臣，知已在途矣。抵京，主總憲補亭觀公第宅。總憲，府君視學時選拔所得士也，款待府君甚摯。次日於宅門面請聖安，即蒙霽語詢慰至再，命御前侍衛五公掖入内廷憩息，隨召見賜坐，漏逾數刻始出。自是屢蒙召對，賜詩云：『祝嘏重來紫禁攀，依然鶴髮晤童顔。枕流漱石家鄉慣，實語真情前席間。不覺六年如一日，更期百歲領三班。鬼神不問蒼生問，吉甫清風補衮間。』隨奉上諭：『尚書銜錢陳群，現在來京恭祝聖母萬壽，著加恩在紫禁城内騎馬。伊原係内廷行走之人，年逾大耋，需人扶掖，准令伊子錢汝誠隨侍出入，以昭優眷。欽此。』冀日命九老等遊香山，依辛巳九老會例，欽派二十七人，班次以府君名列致仕諸臣之首。內惟顯親王、府君及宗伯小山鄒公三人，以上屆九老康强，復得預列，洵爲異數。御製再用白居易詩韻，乃謂『更有三人重寫像，方兹榮幸世真無』是也。先一日，傳旨命府君和韻，詩奏入，大稱旨，內有『鹿馴巖畔當童扶』句，上喜甚，即親灑宸翰，仿梁楷潑墨寫圖以賜，復賜人以助頤養，並命府君依原韻題詩幀間，都下争傳誦，尋復賜杖並上珍諸品有差。府君在直廷奉敕賡颺之作甚多，並命恭跋御製詩三集及《欽定重刊淳化軒法帖》後，府君敬謹屬草呈覽，皆邀賞許。府君雖晨入晡出，酬應紛繁，而神采奕奕，見者有潞公之目。一日召見瀛臺，温語咨詢移晷，命內侍掖坐冰床以出，自是遂有瀛台許騎馬之命，蓋由推恒府君及之。

慶典告成，府君赴闕奏明於年內假裝還南，仍蒙賜詩寵行，詩云：『剛喜談心頻席前，胡爲慶蕆又當旋。幾番笑語消一瞬，重晤風光期十年。雪阻長途仍發軔，冰凝順水未開船。精神健豈妨跋涉，卻是南瞻每眷然。』府君衝寒出都，略不少露衰狀。壬辰春正抵家，即遣家人齎摺奏報歸里日期。上適駐蹕香山，硃批摺云：『香山適接還鄉信，即景因思扶鹿人。』又批云：『批摺即得此二句，餘俟辦事後續成發往，近遊盤山諸作，並發和來。』隨蒙頒賜全詩，前六句云：『就道輕輿發殘臘，高年抵里尚初春。逾三千里强食履，望九旬身超類倫。幅幅書牋仍健逸，章章和句總清新。』府君感上優眷，即按日賡和，陸續奏呈。是年冬，恩賞刊成《淳化軒法帖》十卷，具摺陳謝，蒙批：『覽卿奏謝，可謂文稱其實。』

明年春癸巳，恩賞御製詩三首(集)百卷。春仲，上以永定河堤壩蕆功，幸津臨閲，府君恭進《宣防底績詩》百韻，復蒙御製《三疊津水早春詞》以賜。此詩及《田園雜興》，凡邀睿章疊和者三，在府君當日偶爾感時舒興，一則下第微吟，一則歸田寄意，亦自比諸時樂之鳴太平，乃竊附於天章之垂象緯，實古今詩話中一非常遭際也。顧府君寸縷樸誠，交孚一德。前此恭進張南本《華封圖》，賜題有『終始欽哉吾所企，陳群每頌不忘規』句。自是，訓勉府君『頌不忘規』者凡三四見，如甲申恭進先曾王父手篆印章，蒙恩賜題長律，有『休徵敢謂時斯應，善頌還嘉規不忘』句，乙酉賜和詩云『曰善頌卿思古者，不忘規我廑民生』，辛卯賜和詩云『善頌雖卿頗自許，不忘規更佇佳音』。至府君雖懸車日久，疊遇巡方問俗，召對行軒，輒許面陳民隱，見於御製詩者，如『相逢爲問民蘇未，巡狩寧因問柳桃』，『定當剴切陳民隱，莫飾其辭蘄意寬』，『商榷古今關治亂，咨詢風物度淳漓』，聖謨王言，同垂訓典，蓋府君所以上契主知者在此。

府君爲詞苑舊臣，又久侍禁近，於聖祖、世宗時已屢蒙頒賜文綺、書籍等，什襲敬藏，恭際我皇上眷遇非常，自在朝以及林棲，拜賜御書福字、御製墨刻及朝珠、如意、鼻煙壺、豐貂、蕉扇、緞綢、裝蟒、紗葛、羽毛緞、哆囉呢、藥錠、荷包、幭帙、筆墨、和闐玉子、水晶、象牙、瑪瑙、筠竹諸文玩，至御筵克食、尚方珍品、哈蜜瓜、回部果、麅鹿、湯羊、野雞之屬，多至不可勝算。其非常例者，復荷特賜，謹聯綴以載，尤足徵府君躬被醲澤，特爲優厚云。

府君既仍歲奉敕賡吟贊識，卷軸繁富，而一時求表奏作紀、點竄詩文、碑版屏幛無虛日，每有丐請，必饜所欲，而其晦則接待親知、屏擋零雜，至燭跋不少休。不孝等頻頻勸老人宜節勞靜攝，府君顧樂此不疲，頷之而未許也。是年閏三月，不孝汝豐由縣佐陞授中牟令，自京歸，爲述引見時上垂詢府君近狀，並諭云：『汝父汝兄學問好，如能趕及否？』府君歡喜惶悚，因加切實訓誨。七月，不孝汝恭由新鄉令陞授江南安慶郡丞，亦自京引見歸，爲述上温語向廷臣宣示，皆俯體府君之語。府君愈益感激不自安，先後趣之行，諭曰：『吾老耄林棲，汝等得暫歸覲省，一敘情話，於願足矣。汝等各有地方責，毋久離職守，以重吾過。』扢手定子婦馮貞女請旌事略。貞女，不孝等姑母歸馮氏孺人出也。孺人爲府君同體妹，篤愛尤摯，遂以女許字不孝汝慤，未冠夭殁，貞女矢志靡他，侍養舅姑側，怡愉無間言，府君哀其守貞齎志，亟爲表揚。旌旨下，府君已久臥床第，爲欷歔久之。

府君九女皆歸仕族，歸程氏、姜氏者早寡，府君視之尤厚。程甥維岳（字申伯，號愛廬），府君課督成學，舉戊子浙闈，今官中翰。姜甥淳熙，年當幼稚，府君爲延師課之。甥女一，府君饒愛之，撫如女孫，爲之擇配，前歲入都，道經衡水，許字觀察汪公次子，是秋府君命入贅第舍。又孫男女中年及冠笄者，輒辦婚嫁恐後，皆府君爲之擘畫，蓋比歲心力亦積瘁矣。不孝汝誠、汝弼侍疾凡兩閱月，府君雖自謂不起，不孝等見府君辭氣清朗，談次援古證今，不差絲黍，猶謂可參力維持，冀望萬一。乃不孝等宛轉勸進參飲粥糜，府君輒揮去，至再三泣請，祇一沾脣，了不能下咽。病劇目眊眩，不能閲邸鈔，令人於床頭讀之，輒加額稱頌聖德。一日聞金川奏捷，美諾已復，喜動顔色。今年元日諭不孝汝誠曰：『吾分永辭聖世，今猶得遷延至元會朝正，可取吾朝服加身，以志吾敬。』遂面北作叩頭狀，泣曰：『我此刻神已散矣。所以依戀感激之忱，惟汝兄弟代爲虔達耳。』又謂不孝等以力圖報效，諄切申之，至氣咽嗚哽，復拳拳致意焉，自是遂不復語。嗚呼痛哉！

府君少日鄉居，曾遇日者謂府君名位不可量，年紀亦臻大耋，但不能過米字耳，米字拆之成八十八，府君恒以爲言。而不孝等以府君居心行事卜之，又仰賴聖主栽植培扶，於如此沉疴中，復能起槁回升，從此壽算當不可量，此理之可信者，孰意其止於斯耶！嗚呼痛哉！

不孝汝恭、汝隨、汝豐、汝器先後奔歸喪次，道里遼遠，日月逾邁，悔莫可追，猶抱終天之憾，而不孝汝誠、汝弼親侍屬纊，彌留之際，摧絶肝腸，更不自知其淚盡而繼之以血也。嗚呼痛哉！

府君氣宇春容，度量淵雅，胸無城府，曲盡人情。生平勤苦自甘，澹然無所欲。自奉尤儉約，一衣必敝，每食防奢，嘗以『惜福安分』四字訓示子弟，終身守之不渝。與人相接，殷勤慰藉，和氣溢於顔間。然有以非禮相干者，則瞿然作色，謝卻之乃已。他日其人來，待之如初。秉性好懿，樂道人善，中朝碩德清望，鴻才淹學，每心識其人，時時舉示不孝等曰：『此汝曹所宜效也。』其有鄉曲一節之善，見聞所及，擊節歎賞不置，口中不設雌黄，雅不欲臧否人物，或有持人短長，少涉譏議，府君輒欠伸隱几，若爲不聞也。遇事恪守成法，不以意爲更張，公私鉅細，籌慮始終，務身親涖之，必求於事有濟，而後即安。居恒小心恐懼，不待臨事始然者，尤致謹微眇，出入承明，夙興夜寐，每待漏城闉，城啟率先入，數十年如一日也。清不名一錢，尤肯損己以紓人之急。官京師，每乘暇至全浙會館，聞有流落不偶及抱病逆旅者，必傾橐倡佽，延醫診視。居家廿餘年，賜金里糈所餘，半周貧乏。府君少習知貧士所苦，故體恤寒素，曲鑒隱微，猶恐不至，赴人之困，如拯溺救焚，然無倦容，無德色。至鄉邦偶遇儉歲，有須破例振賙，設法平糶者，不憚昌言，白諸當塗，且申勸里中富民出穀，勿效囤户居奇。親知中有豪於貲者，婉導之，俾力行善事，雖至纖嗇，亦勸以歲入十分之一，斥爲緩急人之需，如此則天必祚之，而貲可常守矣。諄復相告，頗有樂從者。遇下以寬，饒有恩義，出則輿臺夫役，必於給直外，厚於犒賚，以恤其勞。又如奉使包引，所肩負行李，必親爲衡舉輕重，曰：『我能勝者，若亦能勝也。』尋常家人厮雜，臧獲婢僕，亦必時其飢寒疾苦，遇小過輒恕之，不得已小加訶責，猶恐其弗能堪，必徐察其情輸服與否，然後反覆慰諭，冀其速改。

府君雅負倫鑒，頗自矜許，每以九方歅自喻，曰：『吾相士十得八九，非有異術，惟閱人多耳。』親串交遊往來中，一見輒能定其畢生遭際，並及於心地人品，俱歷歷如繪，聞者初若過神，其説久之皆有奇驗。今首揆金沙于公，方爲孝廉，府君器之特甚，喜其年少學識遠大，曰：『此殆如王沂公詠梅花時，安排早定也。』會少司農俞穎園先生爲女孫擇對甚嚴，每向府君誦韋誅語『愛其女，必以爲賢公侯妻』，府君曰：『吾意中有一良聟久矣，當爲婉曲贊成耳。』諸城劉文正公爲王樓山先生門下士，初釋褐，以所業就正府君。府君謂王曰：『吾賀子及門得偉器矣，此他日令僕才也。』後皆如府君言。在朝凡有薦剡，府君夙慕以人事君之義，尤必慎擇其人律身行己、能自樹立者，如京察自代，及保舉三品京堂、鴻博、經學、試差暨面陳奏薦之類，悉秉虛公，不欲人感，亦不令其人知之也。他若愛才汲引，篤於氣類，見相識中抱負未遇，輒致惋惜，提挈造就，情誼纏綿，晚進後生因府君餘論獎成者，指不勝屈。獨不喜士子標榜奔競，亟進取而事妄求。官翰林時，有《答應科目諸生詩四首》，辭旨警切，識者謂與昌黎《答李翊書》、柳州《答韋中立書》相表裏。親族孤貧者，撫養教勵，必底於成。舅祖石泉公遺二子，府君中表弟也，存恤教督之，俾潛心嚮學。外王父肅瞻公殁，舅氏厚菴公名金鼇，年在象勺，府君受遺言，撫之成立。幼嫻武藝，材力絶人，遂以侍衛出歷總戎專閫，屢著邊勞，今任烏魯木齊提督。府君於從孫中，嘗許載、芬桂二人，資學可造，招致塾中，與汝誠等連業相師友，後芬桂與汝誠同舉甲子，載爲汝誠童子師，績學嗜古，以經學詞科徵試未售，府君屬望彌摯。壬申入翰林，爲詞館名宿，數枋文衡。昨聞遷擢閣學，府君爲之喜慰，仍寄言訓勉。府君每言讀書種子不可斷，幼讀《尚書》，即許身稷契，先王母課至《説命》三篇，府君涕下不能語，先王母異焉，公跪而言曰：『君臣遇合至於如此，兒是以感泣也。』平日教人及不孝，必舉石徂徠投書澗（此是胡安定事。不知石徂徠亦有此事否？）及范忠宣燈帳（燈帳事亦是范文正，非忠宣。）事督勵。

爲文章不喜艱深鉤棘，以文從字順、各適職爲歸趨。時藝亦不苟，爲課草數十篇，悉本嘉、隆軌範，以清真雅正爲宗。其他韻語跋識，率取陶寫性靈，絶去雕飾，要以氣韻生動、詞條流逸爲上乘。尤耽吟詠，行住坐卧，未嘗偶廢，興會所至，出口便有佳句，然往往多散佚，或脱稿成什，逾時亦未能記憶。曩直禁廷，大司馬拙修嵇公璜（後謚文恭）愛讀府君詩，能通篇成誦。每以遺忘相叩，便於廣座朗吟高唱，一字不失，府君爲之解頤。書法晚歲益進，於雄厚蒼堅中，時露秀色。嘗自謂：『俗書嫵媚，我不爲也。但能萬豪齊力，自能態度天成，所謂老樹著花無醜枝也。』喜臨摹唐宋諸大家，而於魯公書尤篤嗜，間效松雪體格。然不名一家，不屑屑於規仿，而諸家運筆之妙，悉見指端。嘗誦張伯英臨池學書，池水盡黑，使人耽之若是，未必後之一段，舉示不孝等曰：『能讀千賦則曉賦，能觀千劍則曉劍。純熟之至，乃見精能。』遇有佳紙，輒付裝池，作長卷素册，暇即隨手拈臨。歸田後，所書不下數千百種，有愛而相索者，即與之，又多爲人借觀賺去。府君曰：『我但作吾書，流傳愈廣愈妙耳。何必藏之吾篋耶？』府君所作書，尤宜於上石，鐫搨既成，墨彩焕發，展觀自喜，曰：『以此置閣帖中，亦何多讓。我二十年前無此本領，字學與年俱進，信然。』與人尺素，不苟落紙，緯以文義，辭采斐然，一箋一劄，從不假手於人。性喜勞勩，無一息自暇逸。『流水不腐，户樞不蠹。』府君自言所以爲養者如此。里居日與鄉鄰還往，慶弔必赴，有無相通，款洽敦睦，人人皆得致其情，下至街童走卒，不少忽慢，習處者胥若忘爲朝貴也。

府君究心性命之學，嘗默識而躬行。曾作《九思箴》以訓孫輩。《箴》云：『淑慎爾身，君子其人。思則得之，云何勿思？爾有視聽，明聰則正。惟温而克，惟恭作肅。言忠庶可復也，事敬如執玉也。芻蕘可詢，言疑者愚。忘身及親，忿不可懲歟。逐臭者役，貪利者墨。其目惟九，惟思則一。其敬受之，循循焉聖訓是率。』因手繕屏間，用自觀省。病中令不孝等暨門弟子列坐，聽常所奉格言聯語，如『自下則人莫能踰』、『謙之六爻皆吉』、『内省而心無所疚』、『恕乎終身可行』、『自待重，則一毫不肯苟且』、『爲學勤，必寸陰勿使怠荒』、『知足則遇自安，知不足則學日進』、『惟讓則步不失，惟不讓則仁可當』。每當寢疾，人來候問，輒與誦『啟予足，啟予手』數語。疾少差，則又曰：『吾若未即填溝壑，且仍誦「戰戰兢兢」三句矣。』府君服膺曾氏之學，獨於臨深履薄之訓，篤守弗諼。平日好引范堯夫『惟儉可以助廉，惟恕可以成德』、周元公『淡則欲心平，和則躁心釋』數語，又喜書趙清獻『無一事不可以告天』、司馬温公『無一事不可以對人』。至是，每以詔不孝等。蓋府君一生所得力，故於易簀前諄諄道之，自不覺其言之親切而有味也。

府君所著香樹齋詩文各集，久已版行，而感誦聖恩，涓埃未有報稱，瓣香必祝，一飯不忘，散見集中者，猶可考知大旨所在。今天章敬壽貞珉，賜物襲藏遺篋，且沐優禮褒崇，增榮身後，而遠近聞府君之喪者，無論知與不知，皆爲悲悼，府君之盛德感人又如此。在府君遭際郅隆，疊膺敷錫，哀榮備極，存順没寧，復何所憾，而不孝等迴憶趨庭面命耳提之語，邈不可追矣。嗚呼痛哉。

府君生於康熙二十五年丙寅五月二十九日亥時，卒於乾隆三十九年甲午正月初七日午時，享年八十又九。

配先妣俞太夫人，誥贈一品夫人，内廷行走、翰林院編修檀溪公女。繼配先妣俞太夫人，誥贈一品夫人，贈榮禄大夫肅瞻公女。

子七人：長不孝汝誠，乾隆甲子舉人、戊辰進士，誥授光禄大夫、經筵講官、内廷供奉、户部左侍郎署刑部左侍郎、兼管順天府府尹事務，俞太夫人出，娶史氏，誥封一品夫人，貴州思南府知府慕蘧公女，太保、文淵閣大學士謚文靖公從妹。次不孝汝恭，丁卯舉人，安徽安慶府江防捕盜同知，誥授奉政大夫，沈宜人出，娶沈氏，誥封宜人，内閣學士兼吏部侍郎心齋公孫女，甲午科舉人、候選知府固庭公女，現任河南清軍驛傳監驛道省堂公妹。次不孝汝慤，太學生，早殤，沈宜人出，配馮氏，欽褒貞孝，四川南部縣知縣愚堂女。次不孝汝隨，甘肅寧夏府平羅縣縣丞，署環縣知縣，敕授徵事郎，黄宜人出，原配王氏，户部尚書儼齋公鴻緒孫女，長蘆鹽運使孝立公女，娶王氏，敕贈孺人，户部郎中彤闈公女，吏部右侍郎宗之公妹，繼娶袁氏，敕封孺人，嘉興府知府丹叔公曾孫女，候補州同碧窗公女。次不孝汝豐，河南開封府中牟縣知縣，誥授奉直大夫，黄宜人出，娶李氏，誥封宜人，廣西柳州府知府式凡女，現任刑部直隸司員外郎硯畲公姊。次不孝汝弼，府學增貢生，候補府經歷，黄宜人出，繼湖北施南府同知胞叔曉村公爲嗣，娶方氏，現署湖北安襄隕兵備道、襄陽府知府澄園公女。次不孝汝器，欽賜舉人、四庫全書校録處行走，曾安人出，娶唐氏，湖北巡撫峩村公女，雲南分巡迤東道薌崖公妹。

女九：長俞太夫人出，適户部四川司員外郎程宇明公子、歲貢生國祥（程維岳之父也）。次沈宜人出，適翰林院編修蔣迪甫公姪、候選州同怡亭公子、揀發山西試用吏目日煬。次黄宜人出，適湖北荆宣施道姜賦山公子、貢生廷槐。次曹安人出，適山西布政司使朱浣桐公姪、候選訓導默軒公子、湖南直隸靖州通道縣知縣鑒昌。次黄宜人出，適户部廣東司員外郎蔣謹齋公子、候補郡丞大勳。次曹安人出，適福建巡撫王樓山公子、現任吏部考功司員外郎、記名繁缺知府汝璧。次黄宜人出，適江西鹽驛道李養崖公子、現任江南淮安府山陽縣裡河縣丞秉衡。次曹安人出，適長蘆鹽運使王孝立公子、貢生興元。次黄宜人出，適兩淮鹽運使盧雅雨公子、太學生闇。

孫男十五：長端，太學生，不孝汝誠出，娶查氏，内閣中書樹書公女。次豫章，府學廩膳生員，不孝汝恭出，娶查氏，翰林編修雲在公孫女、安徽池州府知府鳳喈公女，繼聘金氏，都察院左都御史檜門公孫女、禮部主客司主事魯齋公女。次復，太學生，不孝汝恭出，繼嗣不孝汝愨，娶陳氏，知府管濱樂分司運同事省齋公孫女、候選縣丞南臺公女。次臻，太學生，不孝汝誠出，娶方氏，太子太保直隸總督謚恪敏公姪女、原任浙江秀水縣知縣候補員外郎立岑公女。次開仕，府學廩生，不孝汝恭出，娶王氏，候選州同思劉公女。次緒，汝隨出。次增，汝誠出。次福胙，汝恭出。次彬，汝豐出。次榕，汝豐出。次楠，汝豐出。次桂，汝豐出。次虎孫，汝器出。次榴，汝豐出。次檀，汝弼出。

孫女十四人，次汝恭出，適現任南河總河吴嗣爵字樹屏子瑯，即菘圃，後爲尚書、協辦大學士。曾孫女，長許配于文襄公子，端出也。

文端公年譜

錢儀吉初編　錢志澄增訂

平生益友，柘南居士。豈堂拜母，時猶稚齒。同侍南樓，枕經葄史。六十年來，交金終始。寫真補圖，命我弟子。蔣型寫真，陳俞補圖，皆予弟子。把卷怡然，須眉神侶。祝公老健，期頤分祉。

乾隆二十四年春瓜田逸史張庚題，光緒二十年二月長沙後學徐樹銘書。

乾隆四十四年，高宗純皇帝《御製懷舊五詞臣詩並序》云：詞臣退居林下，齒爵、學問足爲縉紳領袖者，惟錢陳群、沈德潛二人。余昔有『二老江浙之大老』句，東南士大夫多欣羡之。陳群，浙之嘉興人。康熙辛丑翰林，雍正九年贊善，洊歷侍講學士。十三年直南書房，尋改右通政。乾隆元年，丁母憂歸。其母陳氏，知書，工繪事。陳群少時，母每勖之學，有《夜紡授經圖》，陳群嘗奏及，余嘉而題之。服闋，補原官。六年擢太僕卿，累遷至刑部侍郎。十七年得轉穀疾，連疏乞解職，准回籍調治。二十二年命在籍食俸，二十七年加尚書銜，三十年賜其幼子舉人，皆南巡迎鑾時所加恩也。再與香山九老會，矍鑠如舊，冀其尚可再赴闕廷，曾賜參以資頤養。三十九年正月，竟以疾卒於家。聞而悼惜，優卹有加，祀賢良祠。陳群深於詩學，書法亦蒼老。家居以後，每歲録寄御製百餘篇命之和。陳群既和韻，並寫册頁以進，册必有跋，字體或兼行草，余甚愛之。詩多不經人道語，而其香山詩有『鹿馴巖畔當童扶』之句，喜其超逸，親爲圖以賜。及駐蹕香山，覽其抵家奏，即得二句云『香山適接還鄉信，即景尤思扶鹿人』，於摺内批答之，仍續成書幀寄示。如此佳話，今不可復得矣，能無追念乎？詩曰：

少年困場屋，賢母授之經。故學有淵源，於詩尤粹精。經濟雖非卓，不失爲老成。以疾賜懸車，還鄉信循名。相傳嘉興有還鄉河，故其地仕宦多歸老者，吾於陳群益信。迎鑾三於浙，祝釐兩入京。倡和稱最多，陳群三次迎鑾，兩次入都，令其和韻極多，如田園詩之類，亦有賜和其韻者。頌中規亦行。林下惟恂謹，文外無他營。優遊登大耋，生賢没亦榮。

諭祭文

乾隆三十九年八月十九日，皇帝諭祭於錢陳群之靈曰：式名卿於大雅，夙聯禁闥之班。徵宿德於耆英，丕重鄉邦之望。惟稽古之殊榮充副，斯飾終之令典攸昭。言念遠徽，特隆錫奠。爾晉贈太傅，原太子太傅、刑部尚書銜錢陳群，禔躬恪謹，積學淵渟。玉署初登，珥筆而承明中選。彤扉入侍，鳴珂而内直勤趨。朕嘉乃淹通，加之簡擢。用寄納言之命，載遷奉馭之司。爰歘歷於宮端，遂洊升於卿貳。法期明允，庶秋典之能諧。職重寅清，更春官之兼佐。方宣勞之是賴，迺引疾之遽聞。期水土之養和，俾尋初服。值林泉之樂志，遂起沈痾。夾道迎鑾，倚鳩笻而尚健。呼嵩赴覲，垂鶴髮以重來。朕用累加晉秩之恩，復厚頒稽之禮。香山會上，喜扶鹿之成吟。紫掖垣中，許乘驄之示寵。每值篇章命和，常通奏事之函。並教珍藥分頒，特重延齡之品。庶冀優游故里，頤壽能躋。何圖奄忽初春，老成竟逝。給帑金而庀事，稽卹典以延庥。贈階加太傅之崇，垂祀永賢良之譽。澤施窀穸，光賁几筵。於戲。西清之故舊何存，尚紀儒林之恩遇。南國之詩郵罷遞，竟虚文字之賞音。思耆侶於東陽，二老之流風並杳。覽遺章於北闕，七言之誌惜良殷。式備哀榮，遥頒享醊。維靈不昧，尚克歆承。

賜謚碑文

乾隆三十九年六月初七日，皇帝賜謚於錢陳群之靈曰：朕惟秋卿階正，林居緬曳履之聲。耆社名高，朝序尚扶鳩之齒。沛榮施於禁近，藝林早播爲美談。端風度於老成，晚節益隆其眷顧。既式圭璋之品，宜流琬琰之芳。爾晉贈太傅，原太子太傅、刑部尚書銜錢陳群，砥行端方，摛才淵雅。鸞坡入直，邀簡拔於當年。鳳掖勤趨，效靖共於夙夜。踐銀臺而冏卿洊長，擢端尹而閣學尋參。迺命分猷，爰襄庶績。明刑克允，聿稱折獄之良。敷教在寬，還贊秩宗之治。侍從常陪乎講幄，書升(生)屢掌夫文衡。當宣力之維殷，會養痾之在告。餘年未迫，惜賦遂初。宿疾旋瘳，喜占勿藥。屬舉時巡之典，迎鑾而迭降殊恩。重聯晝接之情，覲闕而載濡渥澤。賜崇銜於司寇，授厚禄於家園。晉階加宮傅之隆，錫醮紀香山之盛。拈吟箋於幾暇，寄和恒多。頒珍藥於上方，引年倍至。方謂康彊逢吉，獲坐享夫期頤。何圖大耋興嗟，遽驚聞夫永逝。賚白金以襄事，攄長句以述懷。稽舊典而祀重賢良，賁新恩而秩尊太傅。象其素行，謚曰文端。著優崇之禮遇，用昭俎豆於來兹。樹迺豐碑，光於幽壤。庶其永世，以有令名。擅彬蔚之詞宗，洵足楷模於後進。於戲。

賜祀賢良祠加祭一壇文

皇帝諭祭於錢陳群之靈曰：朕惟望重耆紳，養素鄉閭而表範。禮加享食，展儀廟薦以垂馨。惟宿德著於朝端，在國與在家協美。斯厚卹昭夫邦典，崇階與崇祀兼宜。爾晉贈太傅，原太子太傅、刑部尚書銜錢陳群，學濬遥源，履基厚植。始蜚聲於北院，即宣化於西秦。旋進掌坊之銜，洊擢頭廳之列。入内筵而參禁直，司朝匭而佐納言。考牧任夫冏卿，遷秩領夫宫尹。洎乎秩宗，兼貳閣中。仍學士之班，因而司寇。用襄棘下位，刑官之副。慎掄才於鎖院，兩至豫章。勤校士於黌宫，三留畿輔。方且厚期宣力，庶鳳掖之常依。旋因陳乞養疴，遂鴛湖之遄返。既而里居多暇，宿疾全蠲。惟鍵户以著書，時拈豪以流詠。值翠華南涖，晉銜而稍視卿班。迨鳩杖北來，入會而遊追香繖。敕圖形於祕府，寵賜什於耆英。上方之珍藥優頒，中禁之雕鞍緩鞚。爾則入辭丹陛，願祝嘏以重來。歸傍白雲，矢賡吟而弗輟。謂期頤之可致，雖耄耋而愈强。詎省郵章，驟傷寢簀。聿舉飾終之盛制，兼修入祀之隆文。於戲。睠耆舊於江鄉，芳徽未沬。表賢良於京國，芬苾斯陳。靈而有知，尚其來格。

國史列傳子汝誠附

錢陳群，浙江嘉興人。康熙六十年進士，改庶吉士，散館授編修。雍正七年，充湖南鄉試正考官。九年，遷右贊善。十一年，轉左贊善。十二年三月，遷右庶子。四月，遷侍講學士，充日講起居注官。十三年正月，提督順天學政。閏四月，轉侍讀學士。七月，命南書房行走。九月，改右通政，仍留學政任。十一月，疏言各學舉報優劣，請照京察計典例，止於歲試隨棚舉行。蓋歲試文武生畢集，至科試，則武生不與，而文生應試者，亦止十之三四，不能面加奬戒。其歲科並行之地，必有朝報劣而夕褫革，欲自新而無路者，即舉優亦易掩飾，請停科試舉報，下部議行。

乾隆元年，丁母憂，回籍。服闋，命提督順天學政。四年，補原官。陳群母陳氏，知書，工繪事。陳群少時，母勖之學，爲《夜紡授經圖》。陳群嘗奏及之，上賜題以詩，有『嘉禾欲續賢媛傳，不愧當年畫荻人』之句。五年，疏請增順天鄉試南北皿中額。諭曰：『此奏甚屬錯謬。國家育材取士，自有章程，即正途人員應得之缺，亦有定制，斷無因人數衆多，而多設官職之理。目今進士之就選者，已覺濡滯，而舉人之就選者，則在二十餘年之久，已有難於疏通之勢，若欲希圖士子之稱揚感激，再增中式之數，則取者愈多，而用者益覺遥遥無期。彼中年中式之人，至老方得一官。精力衰頹，志氣怠惰，國家何能收科目取人之實效乎？錢陳群身爲學臣，不知政體，爲此沽名之奏，甚屬不合，著交部察議。』尋議銷去加一級。六年六月，遷太僕寺卿。七月，遷詹事。八月，疏請直省學宫從祀先賢、先儒神牌位次悉遵太學，不得因陋就簡，以訛承訛，用昭慎重。部議從之。七年五月，擢内閣學士。六月，遷刑部右侍郎，尋轉左。九年七月，充經筵講官。十年，充會試副總裁。十二年二月，充大清會典館副總裁。六月，充江西鄉試正考官。十五年，復充江西鄉試正考官。十七年，患反穀疾，連疏乞解職回籍，許之，命其子編修汝誠侍行，且賜詩以寬其意。詩曰：『三尸素所滅，二豎胡爲作。予告遂頤和，還鄉諺如約。陛辭意懇款，請詩應允諾。憐汝身日羸，壯汝神猶鑠。達生有至論，庸醫無大藥。辟穀方赤松，先憂後原樂。』

十八年，陳群進途中所作詩，上用其會錦春園和韻，賜詩曰：『北海惟客待，杜陵詎身謀。勝會開名園，新詩步秦州。猶記陛辭時，流火方新秋。何事大江北，閒尋谿壑幽。養痾許謝莊，遁跡非田疇。故鄉山水佳，藥餌頗易求。頤適冀良愈，待泛還朝舟。江頭有錦春，何妨一命遊。几杖兒孫侍，樽核賓從稠。江湖信可樂，廊廟豈忘憂。遲遲有深意，欲邁還停收。況彼五畝間，卷阿我曾留。即是矢音地，扈賡憶從頭。詩筒附奏牋，翰苑傳風流。固知解脱心，疾等浮雲浮。從兹一葦南，遥望心與悠。』二十二年，上南巡，諭在籍食俸。二十五年，上親爲《喬梓圖》寄賜陳群，序云：『重五日，錢陳群和賜其子汝誠詩，畫扇以進，蓋欲之而不敢言。陳群老矣，不可使其因此鬱鬱於懷。促成是幅，並疊舊韻賜之。』詩曰：『南國應嘗穀雨茶，箑頭書自遂初家。貢來恰好臨蒲節，賜去無須寶墨華。教寄北山聊示梓，漫參西土擬拈花。高年已覺多男累，莫逐東風更羡鴉。』

二十六年，來京恭祝皇太后七旬萬壽，蒙恩豫香山九老會，諭曰：『錢陳群久歷卿貳，兼直内廷，年逾七旬，學問優裕。前以養疴回籍，有旨在家食俸，用資頤養。今來京慶祝，召對之次，見其神明不衰，而居鄉素稱恪謹，著加恩賞給尚書銜，以昭優眷。』又諭曰：『今年恭逢聖母皇太后七旬大慶，在籍諸臣來京叩祝，具見悃忱。獻歲之初，朕恭奉安輿，時巡南服，諸臣甫及旋里，復當出境迎鑾。僕僕道途於林下，高年諸多未便。可諭諸臣，今年曾經赴闕者，明春無庸赴省候接。在兩浙者，不必至江南。在江南者，不必至東省。如沈德潛即於蘇州，錢陳群即於嘉興，餘均視此爲例，副朕體恤至意。』二十七年，駕過常州，陳群偕德潛來迎，御製詩各書一通賜之，曰：『二老江浙之大老，新從九老會中回。身體康强自逢吉，芝蘭氣味還相陪。迎隄藹遇以爲喜，出詩命和群應推。更與殷勤訂佳約，期頤定復登金臺。』三十年，上南巡，陳群復偕德潛迎駕，賜詩曰：『二仙仍此候河濱，三載相暌意更親。郭泰李膺一烟舫，沈期錢起兩詩人。飄然白髮都還健，瞭爾清瞳自有神。筆力年華雖共老，載賡知復倍清新。』是年陳群年八十，命加太子太傅，賜其子汝器爲舉人。汝誠適扈蹕，諭至家省侍。三十一年，陳群進其母畫册，每幅有其父綸光題句。上製詩十章歸之，有『子昂題句仲姬畫，頗有今人似昔人』之句。

三十六年二月，上東巡駐蹕平原，陳群進所書《登岱祝釐頌》及御製詩文並賡韻詩册至，賜詩曰：『平原此日巡方駐，秀水多時奏牘欽。萬有言餘親手寫，三千里外故人心。可知食履益康健，具見頌揚篤悃忱。冬月定當重晤面，健談興自勃知音。』八月，陳群進謝恩詩，上即以前韻答之曰：『宣毫端硯常隨側，即景摛詞每寓欽。何必多思甫老句，所無逸緬旦公心。往來筆札如覿面，賡和篇章每託忱。善頌雖卿頗自許，不忘規更佇佳音。』是冬，來京恭祝皇太后八旬萬壽，命紫禁城内騎馬，並賜人參。令其子汝誠扶掖出入内廷，再豫香山九老會。陳群進《和御製香山九老詩》句云：『鹿馴巖畔當童扶。』上賞其超逸，親爲圖以賜。陳群將南歸，復賜詩曰：『剛喜談心頻席前，胡爲慶蕆又當旋。幾番笑語消一瞬，重晤風光期十年。雪阻長途仍發軔，冰凝順水未開船。精神健豈妨跋涉，卻是南瞻每眷然。』明年，陳群抵家疏謝。上時駐蹕香山，賜答詩有『香山適接還鄉信，即景尤思扶鹿人』之句。

陳群深於詩，多不經人道語，書法亦蒼老。家居後，每歲上録寄詩百餘篇命之和，陳群既和韻，必親繕册以進，册必有跋，體或兼行草，屢蒙獎賚。三十九年卒。諭曰：『在籍加刑部尚書銜錢陳群，老成端謹，學問淵醇。自康熙年間通籍詞垣以後，久直内廷，洊歷卿貳，奉職恪勤。嗣因養痾，予告優游林下者二十餘年，爲東南縉紳領袖。前次屢次南巡，疊加授尚書銜，晉太子太傅，在籍食俸，並時以御製詩章寄令賡和。儒臣老輩中，能以詩文結恩遇、備商榷者，沈德潛故後，惟錢陳群一人而已。前歲來京，見其精神强健，爲之欣慰。因賞給人參，俾資頤養，冀其壽躋大耋，尚可再赴闕廷，益承優寵。昨冬，聞其忽爾抱疾，廑念良殷，曾於奏函内温垂諭詢，意其即可調理就痊，以副恩眷。今驟聞溘逝，深爲悼惜。著加恩晉贈太傅，入祀賢良祠，並於浙江藩庫内賞銀一千兩經理喪事。應得卹典，仍著該部察例具奏。』尋賜祭葬如例，謚文端。四十四年御製懷舊詩，列陳群於五詞臣中，詩曰：『少年困場屋，賢母授之經。故學有淵源，於詩尤粹精。經濟雖非卓，不失爲老成。以疾賜懸車，還鄉信循名。迎鑾三於浙，祝釐兩入京。倡和稱最多，頌中規亦行。林下惟恂謹，文外無他營。優游登大耋，生賢没亦榮。』

長子汝誠，乾隆十三年進士，改庶吉士，散館授編修。十六年，充河南鄉試正考官。十七年，侍父南歸。比還職，命南書房行走。二十年三月，充日講起居注官。五月，遷侍講。二十二年，遷侍讀學士。二十三年，擢内閣學士。二十四年，遷兵部左侍郎。二十五年三月，京師穀價未平，命赴德州會勘北上商販船，因請嗣後商船至天津關，毋得留難，回空時概免封提剥船。得旨嘉允。四月，調刑部左侍郎。六月，充江南鄉試正考官。二十六年三月，兼管順天府府尹。十一月，調户部右侍郎，尋轉左，充經筵講官，仍署刑部侍郎事。二十七年，復充江南鄉試正考官。二十八年二月，請將應入鄉、會試外簾官通行開列，無得規避。上是其言，如所請行。六月，文安、霸州、大城等處生蝻，諭嚴督捕，命會勘順天府屬及宣化、永平、遵化旗地，核定租額。二十九年，因刑部擬罪乖謬，部議革職，詔從寬留任。三十年，疏請終養，許之。三十一年，丁母憂。服闋，仍留籍養父。三十九年，丁父憂。四十一年，服闋，署刑部右侍郎，尋授左侍郎，充四庫全書館、三通館副總裁。四十三年，命仍在南書房行走。四十四年卒。

府志列傳

錢陳群，字主敬，號香樹，世居海鹽，陳群始占嘉興籍。少貧苦，父綸光嘗游學，母陳教誨之，事詳《賢母傳》。年十八，游京師，結交皆老蒼，名籍甚。康熙辛丑，成進士。雍正中，以編修典湖南試，爲陝西宣諭化導使。歷侍讀學士，充日講起居注官，督學順天，入直内廷。乾隆初擢右通政，母喪服除，仍視學順天。累官刑部侍郎，充經筵講官、會試副總裁，兩典江西試，以疾歸。高宗純皇帝南巡，加刑部尚書，太子太傅，特予在家食俸。赴京兩祝慈釐，與香山九老會。年八十九，卒於家。賜金，諭祭葬，贈太傅，謚文端，入祀賢良祠。

陳群外和内厚，每以汲引人材爲己任。立朝持大體，而遇事侃侃不少借。在刑部，每事必虚衷詳鞫。有大臣某觸法下獄，上怒甚，吏欲從重擬，陳群持不可，卒如律請。自起家以文章受知遇，致仕後，上巡幸所至，及秋獮行圍，凡有御製，輒寄令陳群和，手録以進，賡颺之盛無與比。而生平忠悃自矢，尤邀天鑒，屢荷賜詩褒奬，稱以『頌不忘規』，蓋其敷陳多在密勿之地，即家人不知也。他如推原律例，條陳秏羡事宜，請頒從祀先賢、先儒兩廡位次，停科試舉報優劣，旌受封節婦，修明思陵等疏，皆其表白者也。著有《香樹齋集》行世。

誥授光禄大夫内廷供奉經筵講官太子太傅刑部尚書予告在籍食一品俸晉贈太傅賜祀賢良祠謚文端錢公神道碑銘

嵇　璜撰

昔在唐虞，有臣五人，在《尚書》之『謨』二篇。而皋陶以明允降德，實爲理官，以贊協中之治。時幾既敕，乃賡載歌，揚喜起，戒惰墮。皇哉，萬古君臣倡續之權輿。史又紀其歷堯、舜、禹，以逮啟時，享壽最久。有子伯益，世濟其美，父子比肩，同爲五臣。自時厥後，世濟臣降，罔克臻備。寂寥數千餘年，乃今復見於公。

公姓錢，諱陳群，字主敬，號香樹，浙江嘉興人也。吴越武肅王二十三世孫。曾祖陞，舉人。祖瑞徵，信安教諭。父綸光。三世並贈光禄大夫。公起家縣學廩生，貢入國子監，以五經中康熙五十三年順天鄉試。越七年成進士，改翰林院庶吉士，授職編修，晉贊善。歷右春坊右庶子、翰林院侍講學士，在南書房行走。我皇上御極之初，擢右通政。丁内艱，服除補原官，晉太僕寺卿，再晉詹事府詹事、内閣學士兼禮部侍郎。授刑部侍郎，充經筵講官，間攝禮部侍郎。以疾予告歸。公既家世通儒，達經史，尤工於詩。少遊京師，以詩鳴。入翰林，習應奉文字。隨大學士史文靖公宣諭陜西，善導，率衆集聽，察辭色以得盜。再督直隸學，廉而能誨。議節婦已封仍予旌，停科試報舉優劣，請頒從祀位數，整飭尼山、洙泗兩書院，講《孝經·士庶人章》，刊布《小學》《近思録》。爲九卿陳耗羨事宜，得其要。慎刑讞，不苟爲弛縱，歸於允。奉使祭明陵，疏加繕葺。典江西鄉試者再，典會試者一，得人極盛。内直十八年，趨朝待漏，謹肅如一日。待僚友，樂易持正，獎進後學，有人倫之鑑。蓋公立朝之善如此。

於戲。維我皇上，聰明天亶，懋緝熙光明之學，以作君師。涵濡海寓，齗齗極盛。時則有長洲沈文慤公暨公，並受特達之知，以文學膺恩眷，始終如一。而沈公在朝日淺，又先公卒，故海内言文章遇合者，公爲特盛。公在禁林，遇典禮慶會，進賦頌，屢蒙嘉賞，賜詩賜和，充衍御集。常奉命撰《秋郊大獮賦》和《華蓋峰》詩，皆頃刻成。洎歸田，御製寵行。歸後上三舉南巡，輒有褒異，命在籍食俸，晉刑部尚書銜，賜一子舉人。兩遇皇太后慶典，祝釐入香山九老會，命紫禁城内騎馬，子汝誠扶掖入直。蓋每迎鑾入覲及朝，辭必有詩，辭去而郵寄篇章，矢音以進，主聖臣賢，更唱疊和。又其盛者，御筆作《橋梓圖》，褒公父子。汝誠典試江南，命遊攝山，以便省覲，曲體備至。公病，賜藥問疾，訃聞軫悼，晉贈太傅，入祀賢良祠，予千金庀喪具。於戲。稽古之榮，重學優儒，真萬世而一遇者已。

公生於康熙二十五年五月二十九日，卒於乾隆三十九年正月初七日，壽八十有九。配贈一品夫人俞氏，繼配封一品夫人俞氏。子七人：汝誠，户部侍郎。汝恭，安慶府同知。汝慤，太學生。汝隨，平羅縣縣丞。汝豐，中牟縣知縣。汝弼，增貢生，出嗣。汝器，欽賜舉人。女子九人，孫男十五人，孫女十四人，曾孫二人。公既葬，諸孤以狀來請銘，謂公老友惟璜，璜自兒童時受公知愛，不敢辭，謹掇其大且共見者，文於碑，而以璜所獨見者爲銘。銘曰：

謂公遇世恩龎鴻，卓爲名臣蔚儒宗。榮其遇者在下風，詎知公德無言中。曩際世廟眷睞隆，見星不及攀遺弓。橋陵雪涕三載終，授經夜紡母教空。吟詩辛鼻天鑒崇，報母之德心無窮。及所自出邀鑾封，捧綸迓母他年逢。齧指知痛一氣通，弟尸抱卧致疢攻。弟賢内舉勖靖共，猶子任子鞠育同。忠愛孝友備公躬，三德六行全中庸。我侍公久質言礱，用告後世知公衷。

誥授光禄大夫刑部尚書加贈太傅錢文端公神道碑

袁　枚撰

今天子優禮文臣，稱爲『江浙兩大老』者，一爲沈公德潛，一爲錢公陳群。沈年雖高，於公爲後進，受知今上，而公則受知聖祖、世宗，贊國家文明之治，先沈二十餘年。故薨後，天子加贈太傅，賅祭葬，謚文端，崇祀賢良。一切恩禮，較沈爲尤隆，非徒眷舊臣，兼以重先朝也。

公爲錢武肅王二十三世孫，生而敦敏，愛讀書，母陳太夫人躬自課讀。公貴後，繪《夜紡授經圖》，皇上題詩獎許。以康熙甲午舉人，辛丑進士，改翰林庶常。世宗登極，召見曰：『錢陳群不獨文佳，人亦好。』遂以編修主試湖南，旋遷學士，視畿輔學政。乾隆元年，擢通政司右通政。丁母憂，服闋補原官。累遷刑部侍郎，充經筵講官。乙丑會試總裁，主江西丁卯、庚午兩科鄉試。壬申病，上命太醫診視，予告歸里。公天才警敏，藻思坌湧。每扈從，賡歌帳殿前，諸黄門環而伺之，晷刻未移，百韻已就。歸田後，上有吟詠，輒寄示公，絡繹往來，至千餘首。凡國家大禮畢、武功成，公必進雅頌數十章，璽書褒美，賞賚不可紀極。辛未南巡，命閲召試諸生卷。丁丑南巡，命在家食一品俸。壬午南巡，晉刑部尚書銜。乙酉南巡，加太子太傅，賜幼子汝器舉人。辛巳，祝太后七十萬壽，命與九老會，賜杖入朝。辛卯，祝太后八十萬壽，命紫禁城、瀛臺騎馬，偕九老遊香山，圖形内府。

上于公若有宿契，每入見，聖心先怡，公亦事君以誠，承顔抗詞，動引書語，頌不忘規，民隱必告。壬午，公子汝誠典試江南，上先諭總督尹文端公招公遊攝山，俾父子歡會。聖壽六十，念公老，難北行，命沈文慤公往嘉禾，互相勸止。公進竹如意，上批劄云：『未煩僧紹之賜，恰致公遠之貢。文而有節，把玩良怡。今賜卿木蘭所獲鹿，服食延年，以俟清晤。』凡此恩意周摯，皆出于尋常控揣之外。龍光湛露，海内榮之。公雖研深文學，而于政治尤通明。雍正七年，爲陝西宣諭化導使，宣講時有姦民某闌入聽講，公異其狀，命遮留之，果邑中捕者至。乾隆十九年，僞稿獄興，公家居矣，密奏姦民主名未立，請緩窮治，以省株連。奉旨嚴飭，俄而諒其誠悃，寵眷如初。

公任天而動，倜儻和易，口汩汩如傾河，汲引後進，酬應翰墨，必躬必親，日不假給，然能廢心而用形，人人滿所懷以去，而體益聰强。構宅雙溪之西，春秋佳日，輒偕故人野叟，遊桑麻間。常至古杭聖湖小住信宿，見者或以爲元老，或以爲神仙。幼有至性，弟死未歛，公抱尸卧，冀温熨使甦。太夫人至，見公身冷如冰，乃哭而止之。官通政使時，以應得己身封典，請封外祖母，上許之，遂著爲令。

公諱陳群，字主敬，號香樹，又自號柘南居士。兩娶于俞氏，皆誥封一品夫人。三代贈如公官。子七人：長汝誠，官刑部侍郎。次汝恭、汝慤、汝豐、汝隨、汝弼、汝器，皆有官秩。女九人。孫男十五人。曾孫二人。薨年八十九，葬某。銘曰：

文思天子張咸英，皋陶庭堅方降生。爽鳩氏代鳳鳥鳴，奕奕錢公輔聖清。肫然明允更篤誠，爲士作鑑文持衡。有茅必拔賢必登，義刑義殺廷尉平。惟公折獄能引經，天牢雖空臣疾攖。昧死上書求歸耕，上帝耆之詩寵行。東門送者車千乘，争羨白鶴翔蒼冥。誰知在野如在廷，堯醲舜薰時和賡。君臣師友相合并，四河入海無河名。五年巡狩鑾輿迎，群臣之中喜見卿。子牟魏闕江湖情，能無銜感涕沾纓。韋孟雖歸王室争，丹忱足照青史青。傷哉積光大耋驚，帝猶批敕期遐齡。龍章雖來臣目瞑，中涓捧祭馳新塋。有睟其容圖殿庭，黽銀後祚隆隆升。實盱實覃多孫曾，公委化矣公永寧。

誥授光禄大夫内廷供奉經筵講官太子太傅刑部尚書晉贈太傅入祀賢良祠謚文端錢公陳群墓誌銘

于敏中撰

宫傅、大司寇嘉興錢公，以三朝舊德，荷聖主殊眷，頤養林泉，海内識與不識，以泰山北斗宗之，翕然有魯靈光之目。乾隆甲午，孟陬人日，考終里第。疏聞，上悼惜彌甚，晉贈太傅，入祀賢良祠，賞藩庫銀千兩經紀其喪，賜祭葬如制，予謚文端，令翰林院立傳，飾終之典，可謂備矣。余爲公年家子，曩自孝廉計偕來京師，辱公獎許殊特，親爲評乙課業。暇輒指授詩學津梁，不憚諄復，示以奥窔。通籍後，復得追趨館閣垂二十年。公顧余益厚，而余親炙公之言論風旨者益深，聞公之喪，感憶平生知己，悲從中來，莫能自已。既爲位以哭，適孤子汝誠等，奉公治命，屬誌墜石。余何可以辭？按狀，公諱陳群，字主敬，號香樹，裔出武肅王後。前明禮科給事中、卹贈太常寺卿諱薇，公五世祖也。高祖諱與映。曾祖諱陛。祖信安教諭諱瑞徵。三世皆以名孝廉，積學敦行，著於鄉。考諱綸光，太學生，有詩名。自曾祖以下，並以公貴，贈如公官。妣皆贈一品夫人。公生二歲，多疾疹，鞠於外祖母。九歲，始還所居邏村。贈公隨侍信安學舍，公方就傅，家貧，母陳太夫人課讀於紡車旁。太夫人故工六法，藝林稱南樓女史者也。紡入僅供饘粥，不足則鬻畫以繼。公性穎敏，讀書輒能貫穿經籍，下筆動與古會。同里前輩中，若羨門、竹垞，一見並奇重焉。未冠，入都與諸老宿論文唱和，砥礪濯磨，學識才品，俱力争上流。於是名噪輦下，人咸以公輔器相期。甲午舉京兆，旋丁外艱。辛丑登進士，改庶常，散館授編修。己酉，典湖南試。辛亥，奉使赴陝，宣諭化導。事竣，升贊善。壬子，升庶子，掌坊事。尋升授侍讀學士，充日講起居注官。乙卯，命視畿輔學政，仍兼内廷行走。

上登極之元年，擢通政使司右通政。丁内艱，服闋，仍命視學畿輔。辛酉，陞太僕寺卿，補詹事府詹事。陞内閣學士兼禮部侍郎，逾月，補刑部侍郎。癸亥，充補經筵講官。乙丑，充會試副總裁，兼署禮部侍郎事。丁卯、庚午兩典江西試。壬申，得疾歸。公之歷官止此。公於事持大體，守成法，不以意爲更張，而講畫事理，洞達人情。奉使宣諭西秦，所至輒與耕氓黎老，敷揚國家涵濡漸被之深仁，導以敵愾同仇之志，山谷野民，咸知感慕，比還朝，皆攀轅淚下，至遮馬不能行。公一生以造就人材，甄拔寒畯爲念，故三任畿輔學政暨主鄉、會試，咸稱得人，而愛才下士之忱，汲汲如恐不及。若疏奏，則有《請旌教子受封之節婦》《請停科試舉報優劣》《請頒從祀先賢先儒姓氏位數》《請整飭尼山洙泗兩書院》諸疏，皆有裨化本。又如《條陳耗羡事宜》《請修明思陵疏》，推原律意，二疏載公集中，具有體要。先後任秋官十有一年，遇事虚衷商論，盡言無隱，而不預設成見。間有疑讞，必剖析得其情，用能仰佐協中之化。公之歸也，遘返穀疾，上賜醫藥，准假回籍調理，賜詩寵行。公歸數年，疾漸平，會公子少司農汝誠繼起，直禁近有聲，公亦不復有出山志，而上之所以眷公者愈篤。丁丑南巡，賜鄉俸。辛巳祝釐，進尚書銜，命與九老會，游香山，繪圖禁中。壬午南巡，加刑部尚書。乙酉南巡，晉太子太傅，尋命公子少司農侍養於家。辛卯恭祝慈釐，命在紫禁城騎馬，再與九老會，繪圖。禮成，仍賜詩寵行。歸二年，卒。

公爲詞苑舊臣，初以文章受憲皇帝特達之知，遭際文思天子，復特邀優眷。自林棲二十餘年以來，以詩筒附奏牋，進御之作，不下千有餘篇。上覽輒稱善，若『鹿馴巖畔當童扶』等句，尤嘉許不置。至邀天章俯和書賜者，歲必疊拜，千古賡颺之盛，未有或斯之隆者。而公以樸誠上荷主知，深蒙恩鑒，見於睿藻中，許公爲『頌不忘規』，凡數四。嗚呼。非公以有本之學，形爲有德之言，烏能遭逢若是哉？曩公在朝，與休寧汪文端名相埒。公没後，上駐蹕田盤，閲公《游盤山詩册》，有『五首吟成錢與汪』句，感舊眷懷，同深太息。及歸里日，與長洲沈文慤齊名，每賜詩必並稱曰『大老』，屢曰『故人』。上覽公遺疏，詩以誌惜，有『江南忽爾失二老，天子原非友匹夫』之句，猶與文慤綴舉，此皆儒臣不易遘之殊遇。而生被榮施，没膺茂典，數十年如一日，則公比於二公，恩禮尤渥云。

公天性孝友，幼乘（承）母教，所繪《夜紡授經圖》，自識樂府，得蒙天筆賜題，世傳其美。色養太夫人備至。以贈公不逮養，終身自奉儉約如寒素。請貤封外王父母，以報鞠育恩。薦同懷弟可縣令，卒爲廉吏。撫孤姪暨嫠居弟媳，推與獨厚，雅負倫鑒，成就戚族暨故人子爲多，尤喜緩急人，存卹甚衆，里中賴以舉火者，常數十家。此在公爲小節，要足爲世勸也。迹公生平，漢鄭均守善貞固，黄髮不怠，賜尚書禄終其身，晉王祥以睢陵公就第，公子肇爲給事中，使常優游定省，公晚年榮遇似之，宋張洎博涉經史，多知典故，每上有著述，洎必援引經傳，以將順其意，上賜詩褒美，有『翰長老儒臣』句，楊徽之能詩，太宗嘗寫其警句於御屏上，以備覽誦，公應制似之。至公所以深契主知者，則固有在。宋仁宗讀歐陽文忠御閣諸帖，篇篇有意，歎曰：『舉筆不忘規，真侍從之臣也。』神宗賜趙概詔曰：『請老而去者，皆以聲問不至朝廷爲高，惟卿有志愛君，雖退休山林，未嘗一日忘也。』循誦數語，豈非公之志哉。若夫康寧壽考，似續蕃昌，則尤文、富諸老後所僅見。嗚呼。如公者，洵無忝完人已。

公生於康熙丙寅五月二十九日，卒於乾隆甲午正月初七日，年八十有九。配俞夫人，早卒，誥贈一品夫人。繼俞夫人，誥封一品夫人，前公九年卒，將葬，爲公豫營壽藏。子七人：長汝誠，户部左侍郎。繼配俞夫人出。次汝恭，江南安慶同知。次汝懿，殤。沈宜人出。次汝隨，甘肅平羅縣丞。次汝豐，河南中牟知縣。次汝弼，候補府經歷，嗣公弟界爲後。黄宜人出。次汝器，欽賜舉人。曹孺人出。女九人。孫男十五人。曾孫男二人。以本年十二月丁酉，合葬于海鹽生坊之南化城。銘曰：

員海東抱牛斗躔，孕靈毓秀祥禾興。叶公生上應文昌垣，穉而秀羸耄多文。胚胎道懿與德淳，發爲文章味義根。執謙持下困彌惇，摶風簉翼翔鵷鸞。筆兼燕許詞揚班，善持大體政不煩。明刑一紀多平反，帝錫嘉詠于公門。養疴得謝抽簪還，眷舊典隆憲乞言。詩筒郵遞紛晱番，帝曰故人大老籛。惟國之瑞模人倫，臯飏益贊明良傳。一經接武光韋賢，穀詒慶衍綿來昴。居則長水窆武原，感公德意銘公阡，我儀圖之公長存。

誥授光禄大夫刑部尚書晉贈太傅崇祀賢良錢文端公墓誌銘

姚鼐撰

刑部尚書嘉興錢公，登朝爲名卿，老而告歸，上承聖人之殊眷，下爲海内文學之士宗仰爲耆碩者。又二十餘年，乾隆三十九年正月辛酉，薨於里。疏聞，上悼惜甚至，製詩哀之，命贈太傅，祀於賢良祠，謚之曰文端，賜祭葬如制，特予銀千兩治喪。其子汝誠以是年十二月，葬公武原生坊南化城，請余爲銘。

按狀，公諱陳群，字主敬。明給事中、贈太常卿諱薇者，公五世祖也。曾祖諱陞。祖諱瑞徵。考諱綸光。三世皆以公貴，贈光禄大夫。妣皆一品夫人。公之少也，讀書穎悟過人。未二十，遊京師，則已與諸名士論文唱和相得，時言才士，即曰錢君。康熙六十年，公成進士，改庶吉士，授職編修。世宗時三進官至侍讀學士，充日講起居注官，直南書房。今上登極，擢通政使司右通政，四進官至刑部侍郎，以疾歸里。公當事持大體，守成法。爲編修時，嘗爲陝西宣諭化導使，在事稱爲能。及久任刑部，讞獄剖晰得情，甚稱職。然上尤愛公詩文之美，嘗樂與考論今古，稱爲『故人』。公之歸也，上每思見之，公以所作詩奏進，上覽之未嘗不稱善也。公歸後五年，上南巡，賜在家食俸。後三年，皇太后慈壽七十，公入都慶祝，命加尚書銜，與九老之會，圖形禁中。後又兩值南巡，加命以刑部尚書致仕，晉太子太傅。至皇太后壽八十，公再入都，年八十六矣，猶健步。上見公益喜，賜騎馬紫禁城，再與九老之會。公子汝誠爲户部侍郎，侍養於家，及是隨公入朝。父子卿貳，持杖扶攜，出入宫苑禁闥之中，觀者以爲榮。其歸也，又賜詩以寵其行。公嘗一爲會試總裁，三典鄉試，再提督學政，及年益高，天下文士翕然趨之。公亦和易，與後進談説往復，論難不厭，吟誦詩章，音節抑揚要眇，説先朝故事，歷歷首尾，如披史傳，聽者每至中夜忘疲。是時，長洲沈文慤公在吴，公在嘉興，天下以爲齊名，雖上亦稱爲二老也。文慤既没，後四年，公亦亡。於是上自九重，下洎朝士以及閭閻，識與不識，莫不歎息悲傷，謂東南耆舊盡矣。

公年八十又九，再娶，皆俞氏，皆一品夫人，與公祔葬。子七：長侍郎汝誠，次汝恭，汝慤，汝隨，汝豐，汝弼。公以汝弼嗣弟界後。幼子汝器，上南巡，爲公賜汝器爲舉人。女九。孫男十五。曾孫二。銘曰：

多士雲興，蔚此昌時。孰爲魁英，備履福祺。秀水之郭，鴛湖之湄。公起登朝，作吏之儀。歸樂太平，爲群士師。上與天子，賡和其辭。衆望哀然，既老不衰。我嘗識之，丹頰白髭。飲酒笑談，寡怒多怡。國有上瑞，匪鸞匪芝。進觀公貌，退讀公詩。詩則永留，貌不可追。刻示後來，吾言不欺。

文端公年譜卷之上

公姓錢氏，諱陳群，字主敬，又字集齋，號香樹，又號修亭，晚號柘南居士。先世本何氏，爲海鹽縣十四都洪字圩人。明洪武中，貴四公以賦役事，全家遣戍貴州都勻衛。次子如淵公，諱裕，生未彌月，不能從行，依吴越武肅王十四世孫同里富一錢翁鞠育成立，遂承錢姓。傳四世至海石公，諱薇，爲公五世祖，前明禮科給事中，以星變上言削職。隆慶初，卹贈太常寺少卿，敕建專祠，賜額顯忠。《欽定明史》有傳。高祖魯南公，諱與映，嘉靖甲子順天舉人，撰有《諸經條解》，聖祖仁皇帝御撰《書經傳説彙纂》曾經採入。曾祖紫芝公，諱陞，萬曆戊午舉人。祖鶴庵公，諱瑞徵，康熙癸卯舉人，衢州府西安縣學教諭。父廉江公，諱綸光，太學生。自紫芝公以下，三世皆以公貴，誥贈光禄大夫，如其官。曾祖妣氏鄭，生曾祖母氏吴，祖妣氏曹，妣氏蔡、陳，誥贈一品夫人。廉江公生子三，公居長。次諱峰，字主静，廪貢生，早世。次諱界，字主恒，號曉村，廪貢生，歷官湖北施南府同知，皆陳太夫人出。

康熙二十五年丙寅，公始生。

夏五月二十五日午時，公生於嘉興縣之白苧村。

謹按：公先世居海鹽縣沈蕩鎮半邏村之忠泉。《年譜殘稿》謂公生於嘉興之白苧村。考公所撰《廉江公行狀》，有『再娶陳太夫人，時家計中落，館於陳，爲秦聟。數年而歸，歸之日，某已在劍矣』數語。陳氏世居郡城春波門外，白苧村在南湖之濱，即今之莊柴圩。

冬，鶴庵公之西安縣學教諭任。

節録《府志》並《海鹽縣續圖經》列傳：錢某，字鶴庵，以舉人授西安教諭，持行嚴謹，訓士必以禮法，尤勤講課，所拔名士皆先後成進士。書得趙吴興筆法，善畫松石，喜吟詠。所著《忘憂草》，朱彝尊爲之序。崇禎鄉賢。《鄉賢事實册》：西安遭耿逆兵燹之後，士風未振，鄉闈無一選者。本賢之任後，訓課有法，文教漸興。在任十三年，先後獲雋甚衆。並著《敦行録集解》，定期講諭，令敦實學。公撰《陳太夫人行述》云：吾族世居邏村，子姓繁衍，衡宇相望。太夫人于歸，甫旬日，見所居樓外有少年責佃户償逋，逋者不遜，毆之殆斃，咯血不止。時大雨雪，雪沾衣皆赤。須臾，逋者之家聞之，率黨戚相報，勢甚猖獗，少年無所措。太夫人遣蒼頭問少年爲誰，則先府君兄子也。母鍾方寢疾，哭泣不能制。太夫人曰：『吾當治之。』乃舁逋者於暖室中，急令蒼頭延醫診治，給其母米二斛，錢二千，仍縛少年跪而受杖。衆大感悟，遂散去，逋者之家償租值如故。先王父率先府君上塚歸，聞之驚歎，曰：『新婦若此，吾無憂矣。』先王父德望族人，素所矜式，行序亦長。每歲時，必集族人於家廟，反覆誥誡。數十年中，子弟相率不敢爲非。將之官信安，族人置酒取別，且請曰：『誰可代翁長吾族者？』曰：『吾新婦陳至孝且慈。吾觀其舉措，家政當出吾右。』族人咸以爲然。

二十六年丁卯，二歲。

是歲，同村幼穉患痘殤者數人。公有兄五歲，亦殤。公痘甚熾，瀕死者數。太夫人謀於廉江公，乃屬公於外大母錢太恭人。太恭人從襁褓抱歸其家，乞鄰婦乳之，不得，則按方書取藥作乳以飼，病遂獲安。

秋，廉江公省親西安。

節録《府志》並《海鹽縣續圖經》列傳：錢某，字廉江，性至孝，工文詞。家貧，藉修脯以養親。父官西安教諭，歲一省視，著《寒江歸棹詩》，思慕悽惋動人，見者謂不減《蓼莪》之什。崇祀鄉賢。

公撰《廉江公行述》云：『鶴庵公之信安，瀕行，謂廉江公曰：「吾垂老一官，豈可使爾等遠離膝下？然春秋蠲潔，必躬親之，其留汝奉祭祀。」廉江公迫嚴命，勿果從。歲一省視，裹糧渡江，十餘歲率以爲常。秋而往，逼歲遺歸，著《寒江歸櫂詩》，即古人望雲陟岵意也。』謹按：廉江公渡江省親，歲以爲常。今繫於鶴庵公抵任之次年，餘不具書。

二十七年戊辰，三歲。

公高祖魯南公，曾祖紫芝公，崇祀鄉賢。鶴庵公假還襄事，旋之任。

《府志》並《海鹽縣續圖經·孝義傳》：錢某，字淵甫，號魯南，嘉靖甲子舉人，通濂洛之學。自奉極淡泊，獨好義施，嘗置田贍族，修橋堰便行旅。歲戊子，大疫，延茗醫淩氏施鍼灸，全活者衆。撫其弟端唤嚴而有恩，弟亦恭而退讓，世並美之。著有《諸經條解》。《府志》並《海鹽縣續圖經·孝義傳》：錢某，字紫芝，萬曆戊午舉人。博學好義，承父命，續置田以贍族，建義莊以勸學，改造文昌橋，至今爲便。著有《壺天玉露》及《西乘庵稿》。

謹按：偶莊先生鎬有《鶴庵五兄省回將復之西安》詩云：『兩載越江隔，今宵兄弟逢。話分霜月白，坐擁竹爐紅。』繫年戊辰。又子大先生瀾《上鶴庵公書》有云：『叔曾祖考、叔祖考兩世崇祀鄉賢，學使者可其議，給假還里，以襄厥典。』是年，公弟主静先生峰生。

二十八年己巳，四歲。

二十九年庚午，五歲。

鶴庵公如杭州。

《半完圃集》：鶴庵叔父以公務到省，詩以遲之，有云：『何妨暫輟臯比座，來醉家中藥玉船。』繫年庚午。

謹按：半完圃者，鶴庵公從子肯堂先生爾復詩集名。見從祖衎石給諫所撰《廬江錢氏藝文略》。

三十年辛未，六歲。

廉江公如湖州。

《半完圃集》有《送廉江游苕上》詩，繫年辛未。是年，公弟主恒先生界生。

三十一年壬申，七歲。

鶴庵公重建西安縣學成。

《甘泉鄉人稿·西安鄭明經文煺上麓八詠詩書後》，中有曰：『爛柯山，固道書所謂青霞第八洞天也。好游覽者往往豔稱之。泰吉所以神往於其間者，蓋獨自在。當康熙三十一年之冬，泰吉五世祖鶴庵府君爲西安教諭時，偕知縣鹿公祐重建縣學。甫落成，竹垞朱先生適至，爲撰碑記。十月既望，偕出通仙門，從石橋寺登山，尋仙人對弈所，摩挲唐嗣江王詩刻者久之。晚飲鹿鳴山，賦詩言别，亦青霞一勝事也。鄭君言傳經五世矣，當是時著録學官弟子者，不知爲鄭君幾世祖，鄭君嘗聞其先人道建學時舊事乎？其後吾祖引疾歸，三衢之士多賦詩贈行，第爲《信安録别》，彭羨門先生爲之序。今家無傳本，又不知鄭君先人與焉否？石橋寺故有六唐人詩碑，竹垞先生歎後之修志乘者，盡删其詩以爲恨。今《西安縣志》尚能採録吾祖及朱先生之詩，不遺棄否？

三十二年癸酉，八歲。

《甘泉鄉人稿》曰：『公姿性過人，八歲讀四書，日四十行。九歲讀《尚書》，日百二十行。皆數過即成誦。』

三十三年甲戌，九歲。

公歸自郡城。

公在郡城，錢太恭人愛公甚，不忍暫離，相依以居者八年。至是，以所居里中無博通經籍之人，乃遣歸太夫人自課，時主静先生已七歲，主恒先生已四歲矣。公復患鼠瘡熾甚，百藥皆試，僅以骨立。太夫人撫育備至，禱於神，感異夢，翼日而瘳。迨辛丑年公登第，太夫人敬繪關帝聖像，以答神貺。

廉江公省親西安，遂留侍。

是歲，公祖母曹太夫人病於信安官舍。廉江公渡江省視，將行，謂陳太夫人曰：『吾親老，不能咫尺離膝下，諸子學業成敗由汝矣。』太夫人敬諾。時公授《春秋》，主静先生授《孟子》，主恒先生授《小學》，太夫人手録《朱子讀書法》榜於座隅，置字學諸書於紡車側，曰：『是吾師也。』夜篝鐙課讀，太夫人躬自紡績，晨遣蒼頭入市易米。而先世所遺祭田、義田，歲按所入給族之人，以本身及公兄弟應食米，積之以周貧乏。十指不給，常至斷炊，借鄰人粟以作飯家人，指困中公田所入米曰：『是不可借也。』比月輒録所授課寄衢州，屬廉江公壹志親側，毋以公兄弟失學爲念。迨鶴庵公歸里，每召公兄弟，示以難義，輒應聲對。鶴庵公喜甚，作《孝婦行》遺太夫人，族黨榮之。

太夫人少工繪事，筆力老健，風神簡古。鶴庵公謂用筆類白陽，而遒逸過之。時居貧，亦嘗賣畫以自給。廉江公嘗有句云『讀嫌儉腹添兒課，飲拔釵空讓畫圖』，又『山妻手裏尋供給，賣幅青山佐讀書』。少宗伯撵石先生載題太夫人畫，有云『喬木半邏村，祖澤遺忠孝。賣畫米斯買，養先後則教』，皆紀實也。

三十四年乙亥，十歲。

《陳太夫人行述》云：『是歲歉收，里人乏食。太夫人指所居屋質於郡中富家，糴米以濟。又嘗捐資施棺，戚族有以急難告者，無不竭力以應，於是貧益甚。』

公與東原先生汝鼎書云：『我十歲時，祖父於課餘教我讀《四書備考》全部。此書卻能啟發顓蒙，且與四書貫穿。雖與經史多重見，亦不妨，汝亦可讀之。』

三十五年丙子，十一歲。

公始學古今體詩。

是歲秋，朱檢討彝尊、彭侍郎孫遹、李徵士良年阻雨於半完先生小圃中。先生邀群從賦《積雨詩》彙成帙。時公年十一歲，賦五古一篇，中有『蚯蚓長於蛇，薜荔陰似鬼』句。彭侍郎喜曰：『此子他日當以五古名世。』公集自跋所書詞卷云：『余初識之無，即曉四聲。十餘歲作近體詩，先大父頗賞之，遂命作古詩。爲彭羨門先生所知，曰：「吾邑詩家未見有是胸次。」竹垞先生亦云：「他日當讓出一頭地。」自是遂肆力爲之，五七言近體，漸多疏硬，長短句更不暇問也。』

公年十一歲，太夫人篝燈訓詁，讀至《尚書·說命》三篇，輒涕下不語。太夫人異焉。公跪而言曰：『君臣遇合至於如此，兒是以感泣也。』太夫人曰：『汝志堅定，他日當遇恩主鑒汝也。』

公與犛石少宗伯書云：『我十一二歲，老母諭代作家信呈外王母，一灑數百言，使讀者喜悦。至今思之，不自知文法從幾時學來也。』

三十六年丁丑，十二歲。

鶴庵公致仕歸。

公撰《廉江公行述》云：『歲丁丑，王父俸滿當遷。將上計，府君間請曰：「兒來省時，命諸孫薙草待阿翁歸矣。」王父笑曰：「吾亦念之。」侵晨謁郡守董君，請致，董固留。會至日祭於學宫，佯失足於殿之西廡，董君笑曰：「吾不可奪君志也。」遂許歸。府君色養數歲，旦暮嘗不離卧側。一日，王父畫墨松，命題識，信筆獻詩云：「攜來一疋胡威絹，寫出千枝陶令松。」王父稱善。』

三十七年戊寅，十三歲。

三十八年己卯，十四歲。

公應童子試。

是年，公應縣試。邑侯江西南城陳公大宏見而器焉，拔置第一。府試第二。學使者見公尫弱，不録，曰：『其文食古未化，遲之自當大成。』公歸，益刻苦自勵。盛夏置燈蚊幬中，嚴冬早起乏薪，汲井水掬以頮面，手爲皸瘃。

《陳太夫人行述》云：『某年十四赴郡縣試，以五經拔第一。太夫人憂曰：「若童稺即邀時譽，此子必無成矣。」已而不售。太夫人見某色沮，復慰諭曰：「見有通經而不售者乎？但勿自棄可耳。」某乃去所坐書几，易以蒲席，跪而卒業。』

三十九年庚辰，十五歲。

鶴庵公手書周興嗣《千字文》，畀公敬藏。

公有跋曰：『我祖父鶴庵公幼嗜書，初從松雪入手，後入虞永興之室。晚書内典，所過招提，遇僧人稍知書者，輒付藏弆，士夫家亦間有流傳者。此册自題丙寅春二月書。越十五年，予年十五，見予所爲文，甚加歎賞，謂我父曰：「此册與此兒同庚，當與之。」予跽而受焉，留篋中，將七十年矣。乾隆丁亥三月十日，適大兒汝誠初度之辰。予與誠兒俱以寅生，此册又爲寅生所書，昔以授孫，今以授子，誠兒其守此，以贈子若孫。《千字文》固可永年，「興嗣」二字，此其兆歟。』

潤齋中丞跋曰：『唐魏蓍爲文貞五世孫，獻其故笏，文宗比之甘棠，嘉其世守勿替也。矧祖父遺書，手澤存焉，不尤宜什襲藏之耶？我高祖鶴庵公手書《千字文》一册於康熙丙寅年，爲我祖文端公始生之歲，因得而藏焉。復以吾父司寇公亦生于寅，故跋其後授之，遞傳至予，亦五世矣。敬謹收藏，勿敢失墜，仍欲留示後人也。五兒慶善生於嘉慶丙寅，上溯文端公生年，六甲再周，此册自當相授。予且藏之篋中，俟其能文時乃授之，以示勉勵，並望其繩武云。』

謹按：此跋公集外文也。册向藏從祖拜亭觀察慶善所，即潤齋中丞長子也。往歲，子壽從叔繼昌舉觀察公葬事，志澄捐廉以助，遂奉是册以畀，志澄得寶藏焉。

公從陶先生日襄學。

《年譜殘稿》云：『晝從業師陶伯宗先生讀，字字指授，夜則太夫人篝燈命講。』

公撰《陶先生傳》云：『先生名日襄，字伯宗，號磐夫。先王父嘗留之家塾中讀書。年十六，博通經史，慕何商隱先生汝霖名，負笈請見。留數年，録所藏書數十種以歸。王父秉鐸信安，府君隨侍，先慈親自督課，知先生經學貫穿，命某兄弟受業。時某年十五，粗通五經。弟峰年十三，能背誦四經。弟界年十一，熟三經。先生立講經之法，獨嚴於某，命讀《易》，兩日註一卦，乾、坤則十日，隨所見爲註。不背經義而戒鈔襲，間出己意而當於理者，大獎賞。又命與兩弟講經，有未當者，指而訓之。初甚苦，白於先慈，曰：「此先生成就汝也。」久而安焉，受益多矣。課餘命讀古詩、李、杜集。躬率某兄弟習灑掃、應對、進退之節，每持帚掃地，必背吟所讀詩。既而府召歸自西安，召問所課業，感而涕下，泥首以謝。先生曰：「吾不能久留尊齋。」府君固請，又留二年，則某已貢入國學矣。』又《陳太夫人行述》云：『聞里中有陶先生者，躬耕積學，不干外務，具禮延致。陶先生熟精經學，獨不工舉子業，辭不就。太夫人固請曰：「以先生品行純素，故敢相託。經學果通，何患不能成舉業耶？」』

公與擇石少宗伯書云：『十五至十九歲鄉居，日進菽飯，夜則朗誦構思。兩大人憐僕兄弟乏食，諭令少息，僕置燈帳中默誦，不使聞，然貌日肥，學亦從此進矣。』又云：『十五歲，夜讀書，忽見月華，即成長歌六百言，雖有孩穉氣，然絶似毛西河、尤展成兩公，長者多許可。』又《重過蘇庵題壁》詩曰：『記得兒年杖履隨，夜涼同賦水官詩。何堪再到曾游地，又是鐘殘月上時。』註云：『某十五六歲時，每侍先君游此，訥上人留宿禪榻，出紙索題，今易二十寒暑矣。』

夏，廉江公赴竹林社。

《甘泉鄉人稿》曰：『康熙庚辰上巳，秀水盛匏仲先生大鏞創詩社於匏庵，同人看花賦詩。會者王君之綱、李君含渼、吴君治、張君鋏、沈君鴻與宜山居士凡七人，適合竹林之數，遂以名其社。相約必砥礪名節，始終不渝，乃許入社。倘如靈運之心雜，則謝絶之，其嚴如此。是年六月六日，集敦古堂，和藤花詩韻，廉江公始與焉，爲竹林社第三集。自是至甲申八月，共五十集，廉江公或出遊，或村居，不時至。今見於唱和者凡十八集，得詩二十七首。』

公總角時，隨祖父訪盛先生於匏庵，留數日，取案頭司馬温公集相遺曰：『子貌清厚，他日當以文章事業名天下。吾老矣，期許後賢微有本志，是集幸留意焉。』公拜而受之。越二十年，公假歸，侍母訪先生於南湖之濱。時先生抱病，召與語曰：『《涑水集》尚在篋中否？』對曰：『已披閱數次矣。』先生喜甚，爲進粥少許。公在京日，嘗寄盛先生詩二首，中有『耽隱韓康伯，長貧徐仲車』之句，則先生之爲人可想見矣。

四十年辛巳，十六歲。

公補嘉興縣學生。

是歲，縣試仍第一。夏，學使桃源文公志鯨以五經拔置第一，補縣學生。

《甘泉鄉人稿》曰：『公年十四，應童子試。鶴庵公以公幼育於外王母家，命名曰陳生，以志不忘。及鶴庵公易簀前三日，夢六世祖紫芝公謂曰：「爾一生長厚力學，功名未顯，爾孫前生乃太邱孫也。」遂召公定名。故介亭先生采賀公詩，有云「潁川羔雁客，獨雋長文名」，又曰「芹歌初日采，松夢異時徵」，皆寓改名意也。』

《廉江公行述》云：『某初就外傅，甫離經，府君命讀性理諸書。塾師笑曰：「君不欲兒輩博科名耶？」府君曰：「科名重人耶？人重科名耶？當今人文燦然，習尚瑰麗，然自古文章風氣，隨時變遷。聖天子方尊儒重道，又得一二鉅公主持文運，安見是書之不足取科名乎？」遂卒業，歲餘即有旨程天下士子皆用性理。某自童子試及舉於鄉，率以五經性理見售，皆府君先物之識，有以成之也。』

四十一年壬午，十七歲。

春三月，鶴庵公卒，年八十三。

《鄉賢事實册》：『本賢秉性端慎，立心仁厚，終身無一戲語，里黨見之，咸生恭敬心。嘗於書屋夜分静坐，有竊者踰垣入，視之，乃鄰之相識者也。其人顔赧欲出，呼之進曰：「爾貧故至此，幸室中無人知者，我爲解橐濟爾。」即盡出篋中所有予之。後其人藉是理生，至足衣食，且爲端人。本賢終身不言其姓名也。工書畫，著有《南樓詩草》《忘憂草》《信安別録》各若干卷。』

公科試補廩膳生。

是歲，學使靳公讓拔取優等，食餼，尋貢於京，肄業太學。

四十二年癸未，十八歲。

公如京師。

公集：『予年十八歲，饑驅出門，依婦翁檀溪俞公於京師，命助編摩事。冬無裘，晨興作楷，手龜裂，微行背人，至窮市，以青銅三百僅得皮袖，手自綴於絮袍，覺微暖。明日，鈔書如故。然爲詩稍近悲愁，即斥去。』

謹按：公丙戌始就婚京師。今云『十八依俞公助編摩』，或肄業太學時事。觀後『手自綴於絮袍』句，則非就婚可知。惟何時南歸，無可考證矣。

四十三年甲申，十九歲。

廉江公命張浦山徵士庚與公同塾讀書。

《年譜殘稿》云：『是歲，仍從陶先生學。廉江公以同里張徵士庚少孤，奉母孝，與公年相若，命同肄業。徵士見陳太夫人作繪事，援筆爲之，若素習者。太夫人喜，遂授以筆法，視如己子。越三十餘年，公官學士時，徵士以布衣舉鴻博，詩古文及繪事皆傳世。』

四十四年乙酉，二十歲。

公獻《聖駕時巡詩》，以母病，未豫召試。

《年譜殘稿》云：『乙酉春，聖祖南巡，公於吴江縣境跪迎，獻《時巡詩》五言律二十首，蒙恩賞荷包，仰見天顔。諭曰：「回鑾可與江南獻詩者伺候召試。」以陳太夫人病未赴。』又公《煙雨樓詩》自註：『臣年二十，隨臣父仰瞻聖祖於湖次，以諸生獻詩於郡境，蒙恩給賞。』

冬十一月，曹太夫人卒，年八十六。

《廉江公行述》云：『府君性至孝，居母憂，哀毁骨立。嘗栽蓮於繐帷前，淩霜不萎，十月蓮復成房，人以爲孝感。』

《鄉賢事實册》：『某天性純孝，自少至壯，不忍遠離膝下。父赴選入都時，擔囊相隨。父任信安教諭十餘年，亦追侍晨昏。及父俸滿上計，年逾七十，力勸請休回里，色養不離寢處。及父母相繼没，哀毁骨立，寢苫三年，足不出靈次。』

《陳太夫人行述》云：『王母曹太夫人嘗抱病信安官舍。太夫人聞之，跪禱於神者七晝夜。歸里後，屢遘沈疴，太夫人衣不解帶，目不交睫者浹旬，羹糝藥劑出太夫人手者，食之必甘。』

四十五年丙戌，二十一歲。

公充貢入京，元配俞夫人來歸。

公爲諸生時，桐川俞檀溪先生長策見公試卷，極賞之，屬曹君樞爲媒，以長女作配。四十四年，先生以獻頌被召入京，臨行謂邱夫人曰：『吾數日北上，汝擇日嫁女可也。』是年，夫人以喪子過痛，抱疾而逝。明年丙戌，先生會試被放，特命一體殿試，官翰林。

謹按《公行狀》曰：『府君充貢入京，會檀溪先生官翰林，贅婚邸第。』《年譜殘稿》亦云：『丙戌就婚京師。』

蓋四十四年初有是議，後以邱夫人之喪，緩至明歲，故仍繫年丙戌。

公貢京師時，館婦翁檀溪先生邸舍。先生經學精貫，謂公曰：『聞子幼習五經，將僅以博科名耶？抑欲貫穿融會其義耶？』公曰：『若何，願受教。』先生曰：『諸生以經義應舉子試者，僅就訓詁敷衍成文而已。予所謂貫穿者，如串散錢，各從其類貫，則聯屬而共相發明，亦不必人云亦云也。』明日，即授公《詩經》曰：『古人能文者，必兼武備，曷留意。』乃就詩之言兵事者比類聯絡之，按《武備志》言用兵之法，衍《詩經兵法》一篇。先生見之甚喜。又數日，復成《春秋兵法》一篇。先生又爲批削塗竄，付公曰：『是亦紙上談兵也。然加於訓詁一等矣。』

四十六年丁亥，二十二歲。

公考授八旗官學教習。

公集：『某自弱冠游京師，往返嘗不暖席。後充八旗官學教習，府君命留京應順天鄉試。』

又公《行述》亦云：『丁亥，考授八旗教習。』

公如江西，遂至京師。

陳公大宏令嘉興，公縣試時受知師也。是年陳没，喪歸江西，公至南城拜其墓，遂如京師。此遊往返四閲月，得詩甚多。

四十七年戊子，二十三歲。

公應順天鄉試，旋補教習。

《年譜殘稿》云：『留京師，受業於仇滄柱兆鰲、魯留耕□□兩先生。執友若俞公兆晟、俞公化鵬、王公懿、查公慎行、查公昇，及陳乾齋元龍、梅月川□□尤器重焉。』

《甘泉鄉人稿》曰：『公初至京師，查初白先生見公詩，擊賞不置，曰：「吾浙詩人，當以錢子追配竹垞。」時舉詩會，同館以詩名噪京師者，多未延致，獨邀郭君元釪及公二人。公嘗請益於徐華隱先生曰：「何以博耶？」先生曰：「讀古人文，就其篇中最勝處記之，久乃會通。」後述於竹垞先生，先生曰：「華隱言是也。世安有過目一字不遺者耶？」公嘗舉以爲讀書法。』

四十八年己丑，二十四歲。

公歸課弟。

《年譜殘稿》云：『公歸，見廉江公課主静、主恒兩先生甚嚴，因請於廉江公，留家課弟。即扃户南樓，去梯級，縋送飲食，歲除始一下。』

四十九年庚寅，二十五歲。

公課弟南樓。秋如京師，仍補教習。

《年譜殘稿》云：『庚寅，課弟至八月一日，見主静先生所作文，喜曰：「吾可以復父命矣。」於是，廉江公、陳太夫人上樓，置酒慰公，以示獎勸。明年，主静先生以第一名補縣學生。』

五十年辛卯，二十六歲。

公教習期滿。

《年譜殘稿》云：『是歲，公教習期滿，上注。』

五十一年壬辰，二十七歲。

公獻《聖祖六旬萬壽頌》。

是年，公應恩科鄉試，被放。主試文公志鯨，公入學師也，榜發，惋惜特甚。恭遇聖祖六十萬壽，公獻頌一册。上命大學士安溪李公光地閲之，選入高等。

五十二年癸巳，二十八歲。

廉江公命公授蘀石先生載讀。

廉江公暨陳太夫人好成就後學。蘀石先生幼聰敏，廉江公攜之半邏村祖居，命從公學。又《蘀石齋集》云：『康熙癸巳，先大夫遊京師。載六歲始至承啟堂，拜曾叔祖妣陳太夫人於書畫樓下。又跋畫册曰：載六歲，曾叔祖廉江公攜之上學堂。是年始至中錢祖居，見太夫人畫。其時港北野堂世父以花卉名，高叔祖髯公畫松，馮氏祖姑名壽，幼即學太夫人花卉。施南叔祖暨承啟堂東西諸從，時皆見其作畫。』又曰：『自太夫人以畫力貧，一門諸從，無不工畫，其時實有家風矣。』

五十三年甲午，二十九歲。

公中式順天鄉試第二十九名五經房。

是科，順天主考祭酒徐公日烜，字敬齋，高安人。御史田公軒來，字東軒，山陰人。本房同考官御史董公之燧，天長人。附録四書題：『仰之彌高』一節，『遠之則有望』二句，『集大成也者』二句。

《陳太夫人行述》云：『某屢困諸生，先府君輒有憂色。太夫人獨否曰：「兒能讀書，遇稍遲何傷？」甲午，以五經中順天鄉試。太夫人寄言，訓諭諄諄，以勵實行、慎交游爲勸勉。』

冬十一月十一日，俞夫人卒，年二十八。

《年譜殘稿》云：『俞夫人於丁亥年偕公歸里。是歲，以檀溪先生病來京省視，遂卒於邸舍。』

公集：『俞淑人卒於京師。時兩大人在籍，念淑人逮事數載，克盡婦道，悲悼不已。太夫人恐音容失傳，乃援筆圖之。憶余自結褵至歎逝，八九年中，饑驅狼狽，更何暇日延致畫師爲淑人圖像耶？荷慈母之德，俾後世子孫有所瞻仰。其後屢沐覃恩，而象服由舊，重母澤，志初衣也。』

五十四年乙未，三十歲。

秋，公如天津。

《公行述》云：『木門爲畿南津塗都會，四方名士游集其間。時有龍東溟、佟蔗村、蔡繡鋆、武練湖諸先生，以寓公老宿，稱詩自豪。府君至，則酒場吟地，壇坫一新。因約龍、佟諸君，席帽看詩，篇詠日富。府君以詩筆見性真，從此結主知、膺殊眷終其身，胚胎於此矣。』

公集《恭和御製詠海光寺詩》有『水官賡韻記年時』之句。註云：『臣於乙未下第後，客津門。時海光寺初成，寺僧湘南邀臣作詩落之。因用蘇軾水官詩韻，爲賦五古一篇。』

冬，繼配俞夫人來歸。

公撰《繼室俞夫人行狀》曰：『夫人姓俞氏，肅瞻公諱爾望之長女。生而靜默，寡言笑。八九歲時，先後居祖父母喪，如成人。姑姊閒共處端坐，或移時亘日無惰容。夫人外王父金翁，年七十餘，有人倫鑒，内外諸孫女歲時環聚三十餘人，指夫人謂肅瞻公曰：「此兒適人遲，他日起居當列首行也。若早結褵，則不驗矣。」戚黨中慕其德性，求庚帖，卜之輒不吉，以是待字至二十七歲。康熙甲午，予舉於京兆。不數月，遭元配俞夫人之戚。婦翁檀溪先生，肅瞻公無服昆弟也，寄書曰：「吾老年喪女，聞姪女賢，可爲錢郎續膠，何如？」肅瞻公謀於金太夫人，因記父金翁言，即具以告。金翁曰：「善。」予適下第，以需次留京，遂締姻焉。予毷氉名場，蕭然行李，外母金太夫人無責備意，擇日就婚甥館。三日後，夫人即掃除一室，設元配小像曰：

「吾姊年不永，設此朝夕如在耳。」歲時必潔治一二簋，手奉以祀。以高堂在浙，促余歸省，出嫁衣之鮮者，奉姑及余妹焉。肅瞻公家故多藏書，夫人請於父，列數架於内闈。予埋頭讀書，置燈帳中，夜分不寢，夫人理鍼箱作伴，雖侵晨無倦容。』

五十五年丙申，三十一歲。

公集《得舍弟札》云：『於昨歲臘月舉子，喜示一首，有「麒麟應有種，抱送屬何人。最憶含飴處，温然一室春」等句。主静先生於乙未十二月得子，即東原先生也。公客津門，至丙申春始知之，作此詩以示喜，故謹繫於是年。』

五十六年丁酉，三十二歲。

公歸自天津，越兩月，仍如天津。

《年譜殘稿》云：『公於津門旅舍，聞太夫人病，憂甚。適靧面，嘔血水盡赤，亟返。至家則太夫病已愈，見公歸，大喜。時曉村先生補縣學生，情話兩月，貧難家食，復至津門。』

《廉江公行述》云：『府君洎太夫人以禮闈將届期，遣某北上，猶豫不果。府君以精力强健，委曲況示，戒毋戀戀。嗚呼，痛哉。豈所謂脅在京師，雖有離憂，其志樂者耶？』

五十七年戊戌，三十三歲。

秋八月二十一日，廉江公卒，年六十四。

廉江公夙嗜山水，嘗渡黄河，踰泰岱，窮龍門積石，覽終南之勝，跨嶺嶠，探武夷三洲之奇，所至輒移日不忍去。是年夏，秀水陳公士鑛官姑熟郡守，與公有舊。公攜少子主恒先生界渡江訪之，期以秋深，徑道游黄山、攀白嶽以歸。留郡三日，偶感腹疾，數日增劇，主恒先生刲股以進，不效。至八月二十一日，疾遂不起，卒於姑熟郡署。著有《廉江雜著》六卷、《辨博物志》若干卷。』

吴氏文溥《南野堂筆記》曰：『錢太傅之封翁嘗曬麥於庭。翁上樓校書籍，穉童侍側，於窗隙窺見蒼頭持帽取麥，滿而去，已而復來取。童潛以竊告，翁摇手曰：「渠我家人，視我家物如己物，偶取以飼雞鴨耳，何云竊也。戒勿泄。」既而童泄封翁語於蒼頭，乃大感泣，自陳其咎。封翁復以好言慰之而去。余嘗聞諸封翁之世僕云然。夫封翁居心如此，其他忠厚積累，人多不及知，而冥冥中有默佑之者矣。此事恐錢氏後人亦罕有知之者，故詳述焉。』

冬十二月，主静先生峰以毁卒，年三十一。

後以曾孫楷官安徽巡撫，誥贈資政大夫，如其官。

《公行述》云：『戊戌九月，公聞訃，奔喪歸，哀毁骨立。主静先生竟以毁卒。太夫人鍾愛甚，謂公曰：「聞陰陽家言，汝弟未應盡。」公流涕曰：「審是，兒今夕伴弟尸。」遂以身温及旦，公體如冰。太夫人哭止之，遂營喪具。』又公哭弟詩曰：『我少苦尪羸，汝生實魁傑。八歲通經義，大旨見優劣。十二學草書，闊略肘難掣。十六工文章，冥心會衆説。』又云：『去歲四月，余以省覲歸里，月餘北上。弟買舟送至吴門，復留數日，極歷覽之勝，平生同遊，如是而已。』

五十八年己亥，三十四歲。

公葬鶴庵公、曹太夫人於蘇家圩，並奉廉江公、蔡太夫人祔。

公舉喪事時，太夫人有疾，强起指示。既竣事，謂公曰：『汝父生前純孝，時以兩親未葬寢食不安。汝能成父志，吾紡績所餘，悉以助汝。』公對曰：『謹聞命。』乃擇日卜葬成禮。宗族鄉黨咸服鶴庵公當日稱許太夫人不謬云。

《年譜殘稿》云：『是歲，公率主恒先生界營葬贈公，以前妣蔡太夫人祔，且營陳太夫人壽穴。公與工人雜操作，運甓轉石，皆身先之。封穴後，仍留廬舍將一月，感寒疾作，太夫人命之歸，卧牀十餘日乃起。日用苦不給，薄遊豫章，途次金華，以病歸。時從姪汝翼、元昌、炌過從勸慰，擬擇日奉太夫人北上，後不果。』

五十九年庚子，三十五歲。

公如天津。

公舉兩世葬事既竣，無以爲養，乃復北上，仍客津門。麓村安氏精鑒賞，凡檇李項氏、河南卞氏、真定梁氏所蓄古蹟，均傾貲收藏，圖書名繪，甲於三輔。聞公至，悉出珍祕，求品第甲乙，且從公學詩，授書法。公因得瀏覽籤厨，遇前賢名翰，輒心摹手追，下筆神似。

公撰《麓村壽序》云：『予自乙未下第後，僑寓津水。或有以予書示麓村者，一見歎曰：「觀其神氣，絶類古香齋中所藏。」讀予詩曰：「右丞復生矣。」古香齋者，麓村羅列名蹟，焚香吟誦地也。或遂介麓村詣予，見則訪予作詩法。予應之曰：「温柔敦厚，言忠言孝可矣。」麓村見予旅貧，思出篋中金，聽予取利，入供菽水。予固辭曰：「若爾，非予願見意矣。」惟歲時致酒醴，勿拒焉。』

公有《津水早春詞》曰：『臘鼓聲欲動地翻，迎年兒女巷曲煩。石國花兒擅胡舞，朱毛火毯明華軒。商家少女嫁及時，妝成啼笑争春温。殷勤餽遺道相望，連畛接陌無空村。我來此土兩閱歲，梅花夢斷西溪魂。閒騎老段遶河去，馬蹄踏蹴冰花痕。七十二沽水勢活，凍紋開處飛潺湲。平林晻曖歸欲暮，弄晴野鳥鳴高原。』此詞公客津門時所作，後蒙純廟三次賜和，而詞無年月，惟有『我來此土兩閱歲』句，故謹繫於此。

《甘泉鄉人稿》曰：『公與揅石少宗伯書云：「僕嘗與人論詩，不但怨天尤人爲非和平之音，每見大學問、大著作，未有不由忠敬感激，尊君親上。即使朋友中有不相知者，形之浩歎，如《谷風》陰雨之詩，詞氣短縮，終不若《卷阿》《伐木》之醇雅也。僕於詩文一道無見長處，惟一生只尋自家之過失，從不曾見得親戚朋友之過失。只此一事，平生少多少埋怨人家不是處。久而久之，心上更無一毫塊壘，下筆便覺安適，吾於詩得養生焉。」』

文端公年譜卷之中

康熙六十年辛丑，三十六歲。

公會試中式進士第十五名，殿試二甲第七名，改庶吉士，習國書。是科總裁冢宰遂寧張公鵬翮，大司農陽城田公從典，少司農儀封張公伯行，副都御史臨川李公紱，本房同考編修錢塘傅公王露，教習庶吉士徐公元夢、陳公元龍。附録《四書》題『據於德』二句，『郊社之禮』四句，『自生民以來』二句。

《年譜殘稿》云：『辛丑會試，闈中已定元。數日後以宜興儲君大文作元，易至第七，殿試二甲第十五名，引見暢春苑。公奏履歷，聖祖諭曰：「朕乙酉南巡，汝曾獻詩，爲何至今科方中進士？」公回奏：「科第早晚，想有定分。今日得仰見天顔，即是萬幸。」遂選入翰林，習國書。』

公集：『同人詣童上舍城南別墅看杏花，將上馬矣，適禮闈報捷，促予北上，走筆留別。詩曰：「上苑紅雲一望賒，鞭絲遥指日初斜。情知火馬争看處，輸與南莊處士家。」』

謹按從祖衍石給諫撰《世譜》，註云：『《年譜殘稿》不知何人所撰，惟存辛丑以前數葉，且多蠹毁。今並此蠹毁之葉亦盡失矣。』

六十一年壬寅，三十七歲。

陳太夫人就養京師。

公念自幼遠離，通籍後，即迎養太夫人於京師。太夫人以次婦任寡居，遺孤僅四歲，乃挈與俱來。公俸禄所入，僅供菽水，親老不能修甘旨，忽忽常不樂。太夫人輒慰諭曰：『吾習勞有素。今來就養，所幸在骨肉團聚，豈爲甘旨耶？汝能勤職奉公，雖菽水足矣。』

公撰《繼室俞夫人行狀》云：『壬寅，太夫人將來京就養，夫人由天津扶病先入都。時予弟婦任寡居，率孤姪汝鼎侍姑同留子舍。夫人奉侍太夫人無不先意承志，視孤姪如子。是年春，子汝誠生，太夫人喜甚，謂夫人曰：「昨渡黄河，默禱於河神，夢神遣朱衣使者抱一子授予，曰：『付汝，善視之，他日當亢汝宗也。』今得孫，此其徵乎。」既而抱汝誠曰：「是子秀厚，可冀成立也。」時四弟界年三十，未娶，夫人察太夫人有憂色，棄簪珥等物以佽，始得歸娶。

公側室沈恭人來歸侍。

公撰《繼室俞夫人行狀》云：太夫人以予京寓乏人，爲置妾沈氏，攜至京寓，夫人待之如妹。又云：數年中，沈恭人舉二子汝恭、汝懃，尋以虚證不起。夫人哭之甚哀，撫其子女，畜育周至，曰『憐其失母也』。後以弟界艱於舉子，爲予置妾黄氏、曹氏，亦體太夫人意也。

謹按：公側室黄、曹二恭人歸侍之年均失於記載，惟沈恭人歸侍有『太夫人攜至京寓』一語，則當在壬寅年太夫人就養京師時，爰謹繫於此。而沈恭人之卒在雍正九年辛亥，見於族譜，及衍石從祖記事稿。

冬，公撰擬典禮諸文，得蒙恩賞。

是冬十一月，聖祖仁皇帝升遐，公敬撰恭輓詩四首。遭際世宗憲皇帝登極之初，大禮鉅典，例由編檢以上撰文。公時以庶常得與著作之選，撰擬屢稱旨。雍正元年八月，有旨翰林撰擬文字進呈，蒙賞者錫山稽相國等九人，召入殿廷，各賞内府緞疋。公名列九人中。時太夫人方寢疾，公恭捧賜物跪獻牀下，太夫人感激歡喜，勿藥而愈。是年三月，公長子東麓先生汝誠生，乾隆戊辰翰林，官至刑部左侍郎，俞夫人出。

雍正元年癸卯，三十八歲。

公授職編修。

公散館一等，授職編修。是年春，上耕耤田，公恭撰《耤田禮成頌》，集五經成語五章以獻，上留覽焉。春秋暇日，輒奉太夫人板輿遊豐台及諸名勝，有一味之甘，即以奉修髓。

安居王樓山先生恕爲公同年友，稱莫逆交，僦居鄰並，以志術相尚。每夜分共燈火讀書，剖晰疑奥，以是投契益深，後遂聯姻婭焉。

二年甲辰，三十九歲。

三年乙巳，四十歲。

公侍母南歸。

太夫人以留京日久，思瞻埽墳墓。公請假奉歸，十一月抵里門，即命備舟楫謁祖塋展視。同祖兄弟有貧不能葬其親者，命公量力舉行。兄某來謝，太夫人惶恐益不自安，曰：『吾子力薄，不能厚葬，何謝爲？』是年，公恭進《日月合璧五星聯珠頌》，又恭獻《青海平定鐃歌》。《陳太夫人行述》云：太夫人未字時，曾夢外王父語曰：『自潞河南下三百里，有村名楊柳青者，吾死所也。』他日兒過之，當以卮酒望空而酹，吾當饗之。』至是，舟過楊柳青，太夫人命某爲文致祭，太夫人臨風哭奠。嗚呼。綵衣侍奉，鷁首南飛，有先物者矣。

汪文端松泉詩集有《送錢香樹前輩奉母南還五言十韻》，中有『錦囊依韋幔，畫舫即潘輿。仕宦誰能爾，神仙迥不如。青峰江上句，紅藥壁間書』等句，並註云：先生夏初奉太夫人遊豐台，有詩紀事，曾手書見貽。公假歸時，嵇文敏公曾筠任河帥，其母太夫人從中州官署回錫山，同泊江干。公侍母過舟中，嵇太夫人命侍坐，與言留山先生盡節顛末，並己之訓子成立苦節，陳太夫人聞之淚下。嵇母謂公曰：『子在翰林有文名，其爲我記而傳之。』公敬諾。無何，假滿，公承纂《昭忠祠列傳》，嵇留山先生事實得詳載焉。

公始居府城。

祖居海鹽之半邏村。壬寅，公奉太夫人就養京師，子姪之在邏村者，借南樓以居。及假歸，無所棲止，乃假郡之甪里街馬氏屋以居。馬君右衡，其父東亭先生與廉江公有舊，其母石太君嘗令其子婦莊孺人母事太夫人，甚相款洽。其後三徙，皆在郡城。《獐石齋集》云：『雍正乙巳，陳太夫人歸自京師，始僦居郡城之角里街。戊申，賃居城内，今載所居百福巷之東北。癸丑，始買今壽萱堂以居。』

公命東原、東麓兩先生從薴石先生學。

東麓先生汝誠，公長子也，壬寅生於京師，時四歲。陳太夫人挈之歸，命從薴石先生學。東原先生汝鼎，主静先生子，長於東麓先生七歲，亦同學。公還京，數致書薴石先生曰：『工夫不在很，祇在整。』又曰：『知足則遇自安，知不足則學日進。』薴石先生嚴課程，勤啟誘，皆有法度，如是者五年。於時，曉村先生侍太夫人於家，故與桐鄉朱霖齋沛然、郡人陳乳巢諒、祝豫堂維誥諸先生相友善，至是與薴石先生同講習，張篁園敬業、王穀原又曾兩先生亦與焉。皆奮志力學，蘄至於古，時會於朱氏偶圃中酬唱，成集曰《南郭新詩》。

《薴石齋集》云：『乙巳，太夫人南歸，以兩孫汝鼎、汝誠命載授讀。於是日蒙教誨，日見作畫。丙午，載十九歲矣，常侍太夫人，每夜分與告祖宗遺事，不少息，蓋一言一動，凡所以隨事而提撕，人生無百年，思此日月何可再得也。』又曰：『戊申，賃居百福巷，又教讀者三年。』其時香樹、施南兩公皆清宦，猶見太夫人藉畫補不足，而自署曰『南樓老人』。公與薴石少宗伯書云：『用里馬家小樓，我與太夫人暫憩年餘。足下授東六《孝經》時，盈尺之地，一燈之照，一尚書，一侍郎，一宫詹，至今里人稱爲三學士里，亦佳話也。』其時少宗伯官詹事，故云。

衎石從祖云：『東麓先生始生三日，鄧東長、儲六雅兩先生來爲湯餅會，皆公同年至交，公遂以「東六」爲先生小名。後先生自字，乃以麓易六云。』

四年丙午，四十一歲。

春，公撰《海鹽縣西鄉永慶大橋記》。略謂：

永慶橋當半邏以南，嶼城以北。塘之東西，若村若鎮，居民千百户，向以問渡通往來。攜筐擔壺争先者，或至舟覆，其颶風驟雨，曉霧夜雪，舟子手龜坼，擁敗絮僵卧，呼之者至脣焦口燥不應，有移時竟又不得渡者，居民苦之。先是，有僧野樵者，慨然思任其事，架茅於塘之東，以募衆力，而散漫不自收拾，人多不信任。又有僧某繼之，焚頂枯坐者數月，無功，乃引刀自剜其手以要衆，衆益嫌之，而愚民遠處，爲其所動者不少。某乃潛以金入酒肆，聚博徒狂飲，居人僅逐去，橋卒無成。於是，恬息菴中曰自然者，亟請於宗伯許公汝霖、邑侯梁公澤爲首倡捐資，數十里内，聞者咸踴躍恐後。自然乃言於衆曰：『鳩工量材，非一手足所能，必擇僧之有行者董其事。』於是自然舉方明，兩公舉少燈，衆曰可。乃設匭，按户輸錢，户日一錢止，願多與者聽。功將半而自然物故，少燈及方明益悚懼，恐中道廢。計入集事，無棄財，計時程工，無棄日，凡七年而橋成。夫集大衆，興大工，至費錢億萬計，必通都大邑，五達輻輳之衢，一呼百應，施與如響，非是鮮有能成者矣。乃地處鄉曲，資援者不出數十里之外，擔荷者一二布衲，所成就者如是，勤由志而生，志待勤而遂，不信然耶？橋成之明年，少燈、方明思建亭於橋之東西各一。余族兄兆琇施橋東地，從姪燔施橋西地。亭既竣，少燈、方明請記於余，以余里人也，且先世自奉常公以來，皆有益於里。又余蒙皇上簡留史館，凡壇廟封告以及名山大川，謬呈文筆，奏輒報可，是烏可以不文辭？因略次其工之始末，俾樂善好施者知所勸。

謹按：此爲公集外文。公中年楷書尤不易得，墨蹟爲長兄發榮所藏。道光末年，橋圮而碑失所在。光緒九年，里人集資重建，頓還舊規，志澄曾分俸以助其成。橋南關帝廟，公有募修引，爲晚年筆，亦集外文也。今橋成，而廟益頹廢，倘我錢氏子姓他日倡議興修，當爲先公所許爾。

夏，公還京師。

是年夏，公假將滿，太夫人再三訓諭，以國恩難報，當黽勉盡職，勿以我老爲念。公不敢違命，乃留俞夫人侍起居。臨行，跪請太夫人曰：『兒他日當奉恩命來迎也。』

時汪文端由敦方爲翰林，與公名相埒。文端未遇時，公即與締交，文章道義，臭味不相差池。至是卜居比舍，凡應制鉅作，並推擅長。每自公散直，荀陳雅集，元白聯吟，稱金石契者，數十年無間。《松泉詩集》有《錢香樹前輩用王新城司寇喜羨門少宰卜鄰韻見贈次韻奉酬》，中有『銜冷不妨同署字，官閒正好細論文』，又『多慚若水人倫鑒，難繼相如典册文』等句。

公恭進《河清賦》。

是年冬十二月，河臣及近河所在守土大吏，各奏言由豫之陝、虞等州邑，至江南邳、徐及淮上，綿亘二千餘里黄河清，至今湛然澄澈。公恭進《河清賦並序》。

五年丁未，四十二歲。

公充《一統志》纂修官。

俞夫人來京師。

丙午夏，公束裝北上，留俞夫人侍母起居。越歲，太夫人以公長子東麓先生當就外傅，遣俞夫人率孫入都。是年冬十二月，公次子安慶公汝恭生，乾隆丁卯舉人，後官安徽安慶府江防同知，沈恭人出。

六年戊申，四十三歲。

七年己酉，四十四歲。

公弟主恒先生界奉旨發軍前效力。

府志列傳：錢界，字主恒，以保舉發陝西，歷知醴泉、寶雞、吉水、廬陵等縣，擢知歸州，攝蒲圻，以施南府同知卒於官。界所至有惠政，不名一錢，卒後囊橐蕭然。歸櫬過江西，人皆號泣以送，蒲圻之民，至今立祠祀之。界工繪事，得母陳之傳，與同郡張庚並稱。《公行述》云：己酉春，有旨命内外官各舉所知才勝幹局者具摺陳奏，交吏部帶領引見，公以主恒先生應詔。時西陲用兵，羽書旁午。引見日，揀發軍前效力，賞帑金治行。公乃懸廉江公像於中庭，語曰：『親民之官，廉幹慈惠，所最重也。「俸薄儉常足，官卑清自尊」十字，汝敬佩之。』并曰：『汝此行効力戒行，倘遇敵愾交綏，當奮不顧身，毋少畏葸。』主恒先生涕泣受教。後西師平，久任外吏，歷醴泉、盧陵、歸州，以廉惠稱，應卓薦者三，無負公内舉云。

公集：弟界以諸生奉旨効力軍前。界幼羸弱，太夫人憐之，不使遠離。及聞西行，則喜曰：『丈夫生三十矣，不於此時爲公家出力，更何俟耶？』尋授醴泉令。醴泉爲師行孔道，徵發期會，晝夜無寧晷。界恪奉太夫人教，治醴三年，邑人安之。制府、冢宰劉公，總理陝西巡撫事務，大司農溧陽史公保題實授，調繁寶雞。太夫人嘗密諭公遣家人，變姓名，徒步往來三輔間，聞遠近州邑士人皆稱醴令賢，能體恤百姓，辦運軍糧，不加敲撲，人争踴躍，乃具以聞，始有喜色，猶諭公曰：『汝弟若不才，汝可劾去之，毋遺吾憂。』

公與曉村先生書云：『前年，奉有特旨，保舉所知，因適有鄉人素諳吏治，即録其名，將移知選人矣。其人忽詣予，適言及之，且致懇詞。其人去，即焚其牋，誠不欲一語之間，致傷薦舉大典。故人以非禮相干，應之則自待薄，且待人亦薄矣。此不可不知也。』謹按：曉村先生西行後，公日夜懸念不置，月必遺書數四。夜分作書，每達旦不休，常就居官大概，條列數端，謹繫其目於左。一論小臣要先奉法，並發明廉法，不可偏廢之理，一戒不擇交，惟在守禮，以致敬恭之實，一戒躁進，以杜妄求，一絶非禮之求，一戒弱懦之病，一論廉有學問方免矯强及改節之弊。

夏，公充湖南鄉試正考官。

五月，禮部以湖南考官請。奉旨：『湖南地方遼闊，錢陳群人明白，著爲正考官。欽此。』

副者滿洲刑部主事永世，得士郭佑達等如額。

公集《次答永西曹》詩有句云：『才拙我慚丹地客，官清君稱白雲司。』試竣得疾，旋瘳，有《久病初起，喜聞于午晴編修自粵西典試回京，訪余客館，即訂同行》詩，有『昨病謂收吾骨去，今生得倚使星還』之句。

湖南試事竣回京，囊橐蕭然，僅以鹿鳴讌上所得杯幣，及院試紅綾幛子等物，遣人齎歸奉太夫人。太夫人喜諭家人曰：『吾子官翰林將十年，未嘗私蓄一錢，每得清俸，必分治菽水。今不寄錢，是真無錢也。奉差若此，庶不遺老人憂矣。』公以外王父母久未葬，節途中所得俸，謀治窀穸。太夫人與陳山鶴先生廷採商確辦理，知公貧，不加訶責。是年二月，公三子安叔府君汝懿生，績學早世，沈恭人出。

八年庚戌，四十五歲。

公與族人公札，論顯忠祠祭產事，略謂：

前月接來椷，言及先奉常祠堂及彭城祖塋，所有祭產賃房，年來司事者擅賣，致祭品日減，祠宇日就傾圮。僕作宦京師，不能遠顧，因思祖先艱難締搆，遺命長房世守勿替，惟是相沿日久。子孫之分尊而有行者察之，使不得妄動，其説固是，殊不知長房據守日久，竟視爲世業，旁人不得越俎而問，所以日朘日削，莫可救藥耳。據愚見，應急爲清理，以現在所存之産，按房次序，擇兩人輪管，三年更替，此後諒無捍網者別生事端矣。其已費之産，姑且緩追，并寬毁櫝之罪，勿傷先人之心。范忠宣云『攻人之過毋過嚴，要使其堪受』，即此意也。善後之策，無出此矣。倘先人有靈，誘其衷，俾後來任事者於年歲豐收辦祭之外，以所餘積爲修理祠堂之費，幸甚，幸甚。族衆昆弟，酌行之可也。

謹按：十世祖海石公當明世宗朝，官禮科右給事中，於嘉靖己亥因星變直諫奪職。隆慶二年，詔録先朝言事諸臣，特復原官，卹贈太常寺少卿，予祭，立祠海鹽邑城之西，額曰『顯忠』。閲歲滋久，祠漸朽蠹，公倡議興修，並將祭産整理之，至今永賴。藊石少宗伯家書中，於公整理祠産之事，嘗三致意焉。迨嘉慶丙寅，伯曾祖艮齋公辭官里居，謀重修。時曾祖考大興府君、叔曾祖潤齋公、雲巖公、從祖裴山公服官中外，均捐資以助其成。迄今又七十餘年矣，漂揺傾欹，岌岌乎有日圮之勢。志澄懼，謀於族人，鳩工庀材，大加修葺，費無所出，乃捐廉俸獨任之，始得集事，計縻金錢一千六百緡。此固子孫之責，亦所以仰承先公當年倡議興修之志焉。謹將太常公論星變原疏，並《明史列傳》追敘附刊於左：

《論星變疏》：臣備員諫垣，職在論救，凡有覩聞，不敢隱默。今於本月二十四日，恭遇皇上回鑾自楚，躬告九廟。臣伏候聖駕於承天門，漏下四鼓，仰見於天有星如帚，光芒飛動，識者謂彗埽内垣中宫軒轅之次。臣不識象緯，然聞之載籍，彗有五色，蒼彗見則王侯破，天子苦兵，赤彗見則賊起强國恣，黄彗見則女害色，權奪於后妃，白彗見則將軍逆，三年兵大作，黑彗見則江河賊處處起。由此言之，五彗皆災變也。又聞軒轅十七星在七星之北，黄帝之神，黄龍之精也，主后妃御女之位，又爲賢士。若軒轅失色芒動，則后妃危，賢士誅，明大則化成德盛。今彗埽軒轅之次，其爲災變匪細故也。竊念陛下龍飛以來，勤政納言，敬天恤民，無所不至。邇來略事巡幸，且崇尚方士而優容之，其中人品或淆，臨涖之際，督責過嚴也。臣謹述四事，爲陛下言之，凡有裨於消弭之要，而足爲迓休之端者，伏惟聖明採擇。一曰停巡幸。竊以古之聖帝，莫如堯舜，嘗五載一巡狩矣。臣雖愚，豈不知陛下德同堯舜，而固欲仰阻巡幸乎？然堯舜之時，非今之時也。堯舜茅茨土階，而今則黄屋九重矣。堯舜建官惟百，而今則文武千官矣。堯舜以民爲衛，而今則六軍萬騎矣。故堯舜之時，俗尚樸儉，人知忠信，而巡不爲勞，變無由興。今則堂陛之下有虎豹焉，况郊外乎？談笑之中有戈矛焉，况遠巡乎？且宣宗有玉泉之變，英宗有土木之虞，至於曹吉祥弄戈禁門，李子龍藏甲掖庭，往鑑昭然，雖堯舜生今之世，當不復言巡狩。何也？時勢既殊，而出入宜慎。如衛輝火燎行宫，襄江鐵散御舟，非所以怡神遠危也。伏願陛下自今以後，停車轍以深居大内，怡心神以懋修聖學，則休息生養，民用大和，而星變可弭矣。一曰斥方士。臣聞睿哲之主，不惑於左道，昌明之朝，不容乎異端。陛下踐祚以來，尊用邵元節輩，祇以感召風雨，爲民祈除水旱災傷而已。然天下傳聞，以爲用一道士爲顯官，實駭且疑。今元節既死，不意復有詭誕之徒如陶仲文者，竟寵以高士之號，晝符遍於宫禁，呪水驅乎鬼妖。夫以陛下天地百神之主，剛健中正，幽明協應。彼神也者，聰明正直而一者也，豈有聖人在天子之位，而敢肆邪魅爲妖乎？况方士之幻術，必不能如聖德之威靈乎。又聞大學士夏言、左都御史王廷相、禮部尚書嚴嵩，俱蒙賜以高士之符、煙墩金頂之帽，每行在朝參，三臣必冠符於首，遠近傳聞，謂君相一心遵奉者如此。竊思朝廷者，四方之觀效，君相者，天下之準則。今貴方士之符，似絀聖賢之教，伏願陛下去此方士，崇正黜邪，以正天下之耳目，庶星變可弭也。一曰遠奸佞。臣聞蘭蕕不同生，瓊礫不共器，聖明之朝，不混奸邪於忠良之内。何也？志念既殊，正邪相反，則邪者必傾正，而後得行其志。竊思陛下英明天縱，其於邪正之分，辨之已悉。但有御史胡守中者，平時貪財納賄，贓私盈萬，今以奔走微勞，左右交爲之薦，傳奉明旨，超列憲堂，復兼宫秩。臣恐爵及否德，天下從此多貪夫矣。又河南按察副使劉隅，始自永平知府擢憲河南未及一年，以逢迎守中，爲之延譽於近侍内臣，聲望遂入陛下之耳，乃一旦超擢河南按察使，人固以爲奔競者捷徑矣。今守中又薦爲巡撫真定、都御史，夫真定巡撫該吏部會推，大理少卿錢學孔已請得旨。但學孔老成守正，素不爲守中喜，實爲士大夫重。乃守中不顧公議，不畏聖明，敢薦劉隅而奪錢學孔，令投功名之會者，莫不趨承於己，政以賄成，寧不上動星變乎？伏願陛下斥去二臣，以道迎和氣，則星變可無虞也。一曰寬小過。臣聞孔子云：『君使臣以禮。』程子曰：『王者重絶人。』今陛下南巡，凡直隸、河南、湖廣等處守土之臣，皆受恩於朝，分職於野，孰不願竭智力以效奉迎之心？若果違慢怠惰，不以迎駕爲重，是無人心者也，其罪奚止罷斥？但今道路傳聞，咸謂府尹邵錫等，副使高金等，通判張儒等，知縣萬棉等七十餘人，祗因平時不諳迎駕之事，雖先後效奔走之誠，而臨時或因精力不敷，或因智識不足，致失事機。今有旨，概行提問。中間邵錫等，平時著清白之譽，隨在有賢能之望，若赦偶然之過，以開其自新，使復得齒於衣冠忠義之列，效夙夜寅恭之誠，則陛下天度高明，有以涵育天下之賢愚，而和平之氣歡騰中外，星變不足弭矣。伏望聖慈鑒臣愨款之愚，特賜留神採納，臣不勝幸甚。

《明史》列傳：錢某，字懋垣，嘉靖十一年進士，受業湛若水。官行人，泊然自守，與同年生蔣信輩朝夕問學。擢禮科給事中，請令將帥家丁得自耕塞下田，毋徵其賦。總督大臣假便宜，專制閫外，格不行。又疏劾大學士李時、禮部尚書夏言、工部尚書溫仁和、外戚蔣輪。進右給事中。郭勳請復鎮守内官，擅易置宿衛將校。某憤，疏其不法七事。帝眷勳，然素知其橫，兩不問。已因星變，極言主德之失，帝深銜之未發。疏諫南巡，坐奪俸。内閣夏言輩所選官僚，多以循私劾罷，某偕同官吕應祥、任萬里乞如會推故事，集内閣九卿公舉，帝特命並斥爲民。累薦，皆報寢。集鄉里晚進與講學，足迹不及公府。倭患起，請於巡撫王忬，集兵爲備，鄉人德之。卒年五十三。隆慶初，贈太常寺少卿。著有《國朝名臣事實》三十卷，《海石聞草》六卷，《海石疏草》二卷，《海石子》二卷，《學録》《理學考》《樂律》《備邊策》《河套議》《海防略》諸書若干卷，《承啟堂稿》二十八卷。

九年辛亥，四十六歲。

夏四月，公充宣諭化導使，使秦中。

時大軍征準噶爾，陝、甘二省辦理軍需，命左都御史史貽直偕侍郎杭奕禄、署總督鄭善寶等，率庶吉士、六部學習人員、國子監肄業拔貢生，前往宣諭化導，公亦拜命，偕使秦中。《公行述》云：辛亥四月，世宗憲皇帝以命將西征，飛芻輓粟，未免稍資民力，恐承辦州縣，或有奉行未善，致累閭閻。又慮愚民無知，易爲訛言所惑，特命總憲史文靖公等赴陝宣諭化導，兼率庶常及貢監生等五十餘人隨往。行有日矣，文靖素稔府君學優才贍，奏請襄辦，遂奉命偕行。

公《與許中丞書》云：弟於前月宿涇州，次日行十餘里，僕人潘姓遺去銀二十餘兩，並囊中物，倉卒尋覓。途人云：『頃有拾得遺金者，守候道旁，良久不見失金人來，怏怏而去矣。』僕人乃赴州衙，告以原委而行。次日，忽接州牧禀，有『居民文進義，自來呈驗所失遺物，數悉符合，當將原物呈繳』等語。弟思進義一鄉曲窮民，得此遺金，以之買十斛麥，田舍翁亦厚幸矣。若以之薄操奇贏，則居然中人之産。乃單衣呵凍，鵠立道旁，俟本人還之，貧而不苟，此風何其淳也。實由我皇上深仁厚澤，教養兼隆，致里閈鄙人，山谷野老，居然有士君子之行。雖史册所垂道不拾遺、户不夜閉者，何以加兹？又《止溧陽史大司馬書》：三輔民情，實有革面洗心之效。即如某廿四日晨起，忽見行館外父老數百輩，聞將遠行，遮道縶維，揮之不去。及出城後，自會城至臨潼四十餘里，士庶環集，數十百人皆攜杯酒，灑淚不忍别，行路之人非土著者，皆爲之涕下。某自揣奉差來此，初無見長之處，惟所過地方，實心開示，亦循分事也。而民情至此，足徵聖天子勞來輔翼之盛心，使人耳提面命，稍有成勞，都在桑柘影斜時天然繪出。其歡欣愛戴之誠，想閣下聞之，亦應爲之解頤耳。

《公行述》云：行部所至，示以西師遠伐，本爲邊民長久計，爾等宜無忘耕鑿之恩，各矢同仇之志。父老拱立聳聽，填街塞衢，至遮馬不得行。復進民之俊秀者，教以孝弟力田，敦詩説禮。黄君建中、文中之父過講堂，見諸生環立，聽講《士庶人孝章》、《伐木》《常棣》《小弁》諸詩，有流涕者，因遣建中兄弟來受業。後建中歷縣令州牧，爲循良吏，文中亦爲學博，有文行。遠近習知使者樂易近人，嘗集行廨，至暮不得休。有巨猾竄身儔衆中聽講，公察其狀有異，引之前，則惭沮縮恧，語多支吾，亟思兔脱。公已陰使人伺之，門不得出，相持徹夜，而縣令率壯捕踯緝至矣。令感謝，驚以爲神。

公集中有與黄建中、文中兄弟書四十餘通。陳榕門相國跋云：爲諸生則勉以潛心實學，臨民則勖其勤政愛民，凡遇人接物，悉本乎天理，合乎人情。近裏著己，布帛菽粟，真可坐言起行云云。黄君建中爲元和令時，首拔王西莊先生鳴盛於文童中而冠其曹，郵寄試卷，公甚爲嘉許，覆書有『王生年少英華，觀其舉筆雅贍，自是大器，當勸其學字，讀古文古詩，使羽毛豐滿，而後高飛，則冲天無疑矣。尤要勸其立定脚跟，做好人，崇德以培享用之原』等語。則公之期望西莊先生，已於童試時定其學問品誼。公生平雅負倫鑒，每以九方歅自喻，良非偶然。

《甘泉鄉人稿》曰：諸城劉文正，錢塘梁文莊，當時俱以筆法自詡。公曰：『二君毋高自位置，會看賢郎跨竈耳。』謂山舟先生及文清相國也。後皆如公言。

《陳太夫人行述》云：某奉命宣諭關中，兩河父老，人人感激皇恩，急公恐後，而某亦祇遵聖訓，諄摯愷切，宣布周詳，其有未喻者，至垂淚相戒。即今深村僻壤，凡經某所到之處，有耰鋤德色、箕帚誶語及卑幼不率長者教，或任性使酒者，父老詰問曰：『爾忘錢使君教耶？』向非受太夫人訓誨，何以臻此？

曉村先生界補授陝西西安府醴泉縣知縣。

曉村先生任醴泉之年失考。今據公集，先生治醴泉三年，而《寶雞志》則以十二年自醴泉調任，推之當在九年。

十年壬子，四十七歲。

公使還，未抵京，奉旨擢贊善，旋諭交部從優議敘。

使事竣，將還朝，秦民扶老攜幼會送，山谷野人生未入城市者，咸攀轅淚下。大司馬溧陽史公奏請議敘，公名列第一，晉階一級，紀録二次。

國史大臣傳：十年閏五月，議敘陝西宣諭化導官，右春坊右贊善錢陳群等五十一人，分别升轉有差。

公撰《繼室俞夫人行狀》曰：辛亥，予奉使關中，宣諭化導。瀕行，夫人謂予曰：『秦中連年以西師禦邊，戎馬織絡，治行當速。』出嫁時物賤鬻之，得值二百金，貯行篋中爲緩急需。歲餘召歸，篋中存所貯之半。夫人喜動顔色曰：『自西指後，人言使人所過之處，父老感頌聖德，歡欣鼓舞。又聞學宫子弟執經問難者，悉開導之。今行槖蕭然，使職克稱，可謂上不負君親，下不負妻子矣。』

十一年癸丑，四十八歲。

夏，公轉左春坊左贊善。

公詩集自註：癸丑四月，謹堂除左春坊贊善，予忝居右職。則轉左當在是年四月之後。謹堂者，汪文端由敦之字也。

《公行述》云：府君以應制散體恭進，蒙憲皇帝數加褒異，令掌院帶領引見。復經召對，温語霽顔，移時始出。諭閣臣曰：『錢陳群不獨文好，人亦好。』自是遂有嚮用意。

十二年甲寅，四十九歲。

公擢右庶子，旋擢翰林院侍講學士，充日講起居注官。

國史大臣傳：十二年三月，遷右庶子。四月，遷侍講學士、日講起居注官。是冬，公恭撰起居注疏，遵例進呈。公四子依雲先生汝隨生，後官甘肅候補通判，黄恭人出。

松泉詩集有《五月五日勤政殿侍班和同直錢集齋學士韻》，中有『珠玉傳高唱，雲霄接後塵。年時徵吉夢，一一證前因』等句，並註云：上年春仲，學士夢與予同侍講幄，及是果符所夢。乃學士拜命後第一班，益信夙因之不爽云。

謹按：公遷庶子在甲寅三月。《陳太夫人行述》敘次，亦同《公行狀》。作十年者誤，故繫於是年。

曉村先生調任鳳翔府寶雞縣知縣。

據《寶雞志》，雍正十二年任。

十三年乙卯，五十歲。

春，公提督順天學政，陳太夫人拜參、硯之賜。

公《代母恭謝疏》云：本年二月十二日，跪聆聖訓，蒙皇上垂念臣母年近八旬，恩賜硯一方，人參二觔，内府綢緞各四疋。臣祇領後，即差家人恭齎到浙。又疏云：臣於本年二月十二日，跪聆聖訓時，蒙恩以臣母年老在籍，臣邇年以來，奉差楚南、三秦等處。事竣回京，奉職翰林，未得省親。近復視學畿輔，准臣於科試竣時，酌量請假回籍數月，得侍臣母顏色。高厚隆恩，亘古罕有。伏思學政一官，衡文取士，校閱務必精詳，興讓行仁，化導尤須實踐。矧中人之性，往往視學臣表率之疏密，以爲勤惰。臣即時加約束，朝夕提撕，猶恐識見未到，才力有未周之處，惴惴焉隕越是懼。至於三年之内，歲科兩試，自應按期報滿。比年以來，因接任稍遲，永平一府曾經兩次展限。臣愚見，欲以來歲春初即行歲試，則時日寬餘，庶免以歲作科之請。再四思維，實無餘暇可以回籍省母，隨於家人恭齎恩賞到家寄候。臣母稟帖内稟知，臣母歡忻鼓舞，感悚交集。昨寄家信，勉策報效，並云『汝受皇上深恩，畀以畿輔學政重任，須實心實力，訓迪多士。我身子比前更覺强健，尚可來京就養』等語，是臣母所見，與臣無異。將來仰賴洪恩，臣職守可以不離，母子可以常聚，皆出自皇上温綸體恤，格外矜全之賜矣。

《陳太夫人行述》：太夫人馳諭云：『學政任重，且首善之地，尤須實心體察。生童數十萬人，全看汝爲表率，汝萬不可離職守。吾雖衰邁，行將就養，得信後即具以奏。』

公蒙恩賜聖祖仁皇帝御製文集。

公集内有恭謝疏，不註甲子，惟有『視學郊畿』語，謹繫於是年。

公蒙恩賜經典二部。

公集所差進摺：家人恭齎到欽賜《御録宗鏡大綱》一部，《經海一滴》一部。公時按考通州，隨出郊跪迎至署，祇領疏謝。

閏四月，公轉侍講學士，秋七月，命南書房行走。

秋七月試竣，即奉旨供奉内廷。八月初八日，大學士張廷玉傳旨嘉獎。

公家書云：雍正十年，蒙特召，諭曰：『朕看汝將十年，今日方知汝是一箇安分讀書人。』未數日，由贊善擢庶子。又五日，擢學士。又一年，視學直隸。有人云：『某久寓天津，恐有瞻顧相識者。』憲皇帝答諭云：『此人諒不至此。』後數月，考過天津，考通州，入都召見，獎賞逾分，曰：『我早知汝不負我也。』從來直内廷者，出差仍直内廷，始於我也。

八月，陳太夫人復就養京師。

公於八月十六日，奏赴永平補行科試。

召見時蒙恩垂問，云：『汝母來京就養，起程否？』奏云：『已在途矣。』天顔甚霽，諭云：『汝永平回來，便可見汝母矣。』試畢，驚聞龍馭上賓，哀號絶粒者數日，强起視事，試畢，即縞衣奔赴。到京之日，恭撰輓憲皇帝詩四首，具摺恭請皇上萬安。即懇請瞻仰梓宫，蒙恩俞允，隨獲仰見天顔，哀慰垂問，匍匐而出。

晚宿翰林院署，家人馳報太夫人已從潞河入京矣，遣人諭曰：『吾已進京，相見有日。國服在身，豈可頃刻離班次耶。』乃於十九日釋服後，叩見太夫人，相抱一哭，家人、婦女無不哀痛，鄰里見者，無不流涕。明日詣宫門，即奉旨仍在内廷行走。公幼食貧，無以爲養，謂自此得以養廉之餘，時奉甘旨，少展烏哺之私。顧太夫人春秋高，精神甚衰，每進一饌，嘗匕箸而已，又不欲令公知，爲不能下咽也，輒歡喜曰：『今日安。汝歸所進某饌，吾甘而食之矣。』

《陳太夫人行述》云：太夫人每見某退食時哀毁號泣，即諭曰：『汝受先帝深恩，未嘗仰報。今聖天子大孝性成，善繼善述，事事仰契天心，正汝竭忠効力之時，宜振刷精神，毋過自損傷。』太夫人雖勸慰及此，然每日下直歸，亟問起居，往往見太夫人追慕深恩，潸然涕下也。

九月，公擢右通政，仍留學政任。

公倩王君肇基繪《直廬問寢圖》。

《甘泉鄉人稿》有跋，略謂：雍正十三年正月，文端公以侍講學士視學畿輔。九月，迎養太夫人至京師。時公入直内廷，非按試，得在京供職。公與子姪輩侍太夫人於京邸，下直時問安視膳，怡怡如也，蓋亦極天倫之至樂矣。尋擢通政使司右通政，屬王君肇基繪《直廬問寢圖》。圖中西向坐閣中者，爲公母陳太夫人，公前行，隨公後者爲公從子東原公，攜手行者爲公第三子安叔府君，執茗椀者爲公長子東麓公，攜手鑪後行者爲公次子葭齋公，東向立堂前者爲公繼配俞夫人，牽衣右顧者爲公第四子依雲公，侍太夫人左右者，爲主静公配節孝任夫人及東原公配屠夫人。圖無題識，謹識於後。此圖現爲叔父所藏。

公疏《請停科考舉報優劣》。

略謂：各學舉報優劣，請照京察計典例，止於歲試隨棚舉行。蓋歲試，文武生畢集，至科試則武生不與，而文生應試者亦十之三四，不能面加獎戒。其歲科並行之地，必有朝報劣而夕褫革，欲自新而無路者，即舉優亦易掩飾。請停科試舉報。下部議行。

疏《請節婦之已受封典者仍予旌表》。

略謂：命婦之中，有受封典在先，而夫死在後者。彼既身爲命婦，自宜守節，例不旌表，洵爲允當。其有三十年以内，夫死守節在先，追撫孤成立之後，因子顯達，始獲受封者，似應准其旌表，以彰潛德。蓋母因子貴，若其子顯達，即尋常偕老之婦人，未嘗不可受封。是封典非爲節婦而設，彼守節之婦，既能教子成名，尤宜急爲表揚。若以其既受封典，不准仰邀旌表，則前此之苦節，竟因子貴，以致湮没而不彰，殊非聖朝顯微闡幽之至意。所當仰懇皇上天恩，將守節在先，受封典在後之合例節婦，准予旌表。庶潛德幽光，無復湮没之憾矣。

疏請嚴治匿名揭帖。

略謂：匿名揭帖，久有例禁。但此種條例，最易玩愒，而此種刁風，亦最易復熾。況京師爲五方雲集之所，賢愚更爲不一。請敕下提督、府尹，嗣後無論事之鉅細，若非據實首告，敢有編造歌謠、詩詞，匿名揭帖，粘貼閭巷街衢者，立即拏送刑部，專治其編造揭帖之罪。

疏請廣種植。

略謂：臣曾于役秦、楚、晉、豫諸省，見民間隙地甚多，畸零者不種五穀，閒曠者不便開墾。誠依地官之法，廣植樹木，則官足於用，而民資其利。從前怡賢親王曾奏請行於直隸近水州縣，數年以來，現有成效，但未通行，亦未曾設立勸相之法，其利未溥。請敕下天下郡邑，務將隙地悉皆種植。如係官地，則令官種，地方官有能資種至千本以上者，准其紀録，務須核實，造在交盤册内，以備地方公事需用。民地應令民種，富民有捐資種至五六百本者，給匾獎賞，成材之後，聽其取用，不許阻撓。上司官仍不時稽查。如此則因民之所利而利之，用力省而成功多者，莫若此也。

疏請貤封外祖父母。

略謂：臣幼嬰疢疾，外祖母陳實憐閔之，繈褓抱歸，延醫調治。一歲至八歲，無日不在提攜之内。臣祖病卧牀褥，命臣於名字内得存『陳』字，以志不忘，此臣陳群所由名也。兹恭遇覃恩，臣於九月廿三日轉右通政，例得封祖父母，其翰林院侍讀學士任内應得本身職銜，仰懇恩准貤封臣外祖父母，惟聖慈憐察。既交部議，爰向無成例，奉駁。旋奉特旨照准，並著爲令。《公行述》云：府君念在襁時，錢太恭人撫育恩，中夜涕泣，遂瀝情繕摺，請以本身學士任内應得封典，貤封外曾王父母。蒙聖慈俞允。先王母聞之，喜且泣曰：『兒真不食童時言也。』蓋府君童時，曾向錢太恭人許他日仰報如此。後凡遇戚黨恩撫成名者，皆得據此例陳奏，著爲令。

是年十月廿三日，奉敕恭和御製詩二律，此爲恭和之始。

乾隆元年丙辰，五十一歲。

公以恩蔭與姪汝鼎入監讀書。

東原先生汝鼎，主静公子也。幼撫於公，命撁石先生授之讀。至是，當得恩蔭，公以與先生。陳太夫人喜謂公曰：『汝有四子，獨厚於姪，知汝欲慰吾心耳。』時東麓先生兄弟皆樂於義讓，太夫人曰：『吾家世爲清白吏，今童稚皆能友于，其永保之，少成即天性矣。』

疏請旦字號舉子一體分别官民卷。

略謂：鄉試分别官、民字樣，照額取中，此乃國家體恤孤寒士子，加惠官員子弟之至意。似此曠典，自應率土均沾，不宜更有互異。今直隸一省，惟宣化一府，因編旦字號，遂不行分别官、民字樣，使不得與九府五州官員子弟，共沐聖朝雨露，殊非所以昭畫一者也。伏查雍正二年禮部議覆，加增五經中額，准將旦字號併入貝字號，比校優劣取録，是五經中額，並不以旦字號而歧視，乃官卷竟以旦字號，獨不得與，宜其喁喁向風，在所不免。再陝省之寧夏，亦另編丁字號，甘肅亦另編聿字號。而寧夏、甘肅之官卷，則與通省之官字號比校取中。今宣化另編旦字號，與陝省寧夏、甘肅另編丁、聿字號無異，豐兹嗇彼，所宜急爲通融。且宣化所屬之蔚州，素稱文獻地，向隸山西，得邀官卷之典，今改屬宣化，則俱抑入民卷，先後互異，尤屬未爲妥協。仰懇將旦字號之官卷，准其併入直隸通省貝字號内，校文章優劣取録，如此則皇仁普徧，而近畿士子益加鼓舞矣。

疏請改歸大興宛平二縣冒籍生員。

略謂：輦轂之下爲賢才聚集之所，故入學者多外省入籍之人，應請照雍正八年兵部議准順天府京衛武生改歸原籍之例定限，文到兩箇月内，許令各生具呈自首，准其存留一處衣頂。如願以順天府學生員考試，將原籍貢監生員之處，移咨除名。

疏請變通教職銓選法。

略謂：教官六年俸滿保題，所遺之缺，不宜仍歸部選。又凡一學僅設教職一員者，應甄别去留，所遺之缺，亦不宜仍歸部選。應請將改授教職之進士、舉人，及候補教職之副、拔貢生内，揀選年富學優、才堪訓士者，令其補授。

疏請恩賞對讀生員盤費。

略謂：鄉會試對讀，例取學臣歲試考居四五等生員爲之，所以因愧示懲、因懲作勸也。惟諸生皆貧寒下士，每對讀一次，館職盡荒，農業皆廢。臣自幼目擊此種艱苦，仰懇聖恩，每人賞給盤費三四兩，令各府州縣按實在對讀生員名數給與，不得中飽。直省鄉試對讀，通計約需二千人，計三年一次，動支七八千兩。俾貧寒之士得以悉心對讀，於舉子實有裨益。

三月，陳太夫人卒，年七十七。秋公扶櫬南歸。公於正月初八日請訓，十一日出都。太夫人猶命家人扶掖至聽事前，見公依戀不忍去，則曰：『汝行矣。涼秋薦爽時，當乘軺車，看汝絳帳課諸生也。』元宵後數日，患寒疾，旬日而愈。至二月杪，臥牀不起者數日。俞夫人親侍湯藥，晝夜不離牀笫，牏厠間必躬親扶掖。命東麓先生輩寄言試院，太夫人必令呈閱，見有『病勢甚熾』字樣，即令易之，曰：『吾病漸愈耳。』公在保陽得京信，即據家問具摺請假，不知家問乃承太夫人命筆爲之。既入奏，硃批：『汝母偶感寒疾，當就痊可。』未俞所請。已而訃音至，公即移送關防於制府李公衞，馳一晝夜入都。當太夫人病篤時，謂家人曰：『吾子自少遠遊，聞吾病，數千里外輒倉卒歸省。保陽去京不遠，吾斂後三日，然後蓋棺，令吾子見吾去時面目也。』及公奔歸，果斂後三日矣。明日，李公奉到硃批：『覽錢陳群前次奏請回京，稱伊母偶感寒疾，朕以其本屬微恙，且離京未久，故未俞允。誰知伊母乃大病不起之證，則是伊措詞之失，非朕不使伊親視含斂之咎也。將此批令錢陳群知之。欽此。』公感激天恩，伏地泣血，於百日後詣闕叩謝，扶櫬南歸。

太夫人慈惠任恤，所居遠近，無論疏戚，周贍惟恐不至。尤好成就後學，擇石少宗伯及秀水張浦山徵士，其最著也。工繪事，語具府志《賢母傳》及張徵士所撰《國朝畫徵録》、惲氏所撰《珠蘭闔寶録》。著有《復庵吟稿》三卷，公請付梓，曰：『吾不能自信，敢問世耶？』稿久散失，後惲太夫人刻《正始集》，訪求不得。及續集成，乃冠以《秋葵》一絶句，跋曰：『《復庵吟稿》不得見於畫册中。得此，遂補録卷首云。』謹將《秋葵詩》附録於左：

《題秋葵贈鄒太夫人，鄒爲侍郎一桂之母》：『葉出裁青玉，花舒染淡金。不存脂粉態，自有向陽心。』

二年丁巳，五十二歲。

春，祔葬陳太夫人於蘇家圩塋。

公《與李臨川紱書》云：『正月之杪，爲先慈治喪，羸病不可言。日内正謀舉襄，日月易逝，不敢蹉跎，致終身悔恨。守寧戚之訓，惟稱家之爲，藉以奉揚母德、貽榮竁壤者，惟鴻裁一篇，少報劬勞於萬一，銘感當不獨及身已也。』謹將李穆堂尚書所撰《陳太夫人墓誌銘》，附録於左：

錢母陳太淑人墓誌銘

嗚呼。人之貴自立也，於錢太淑人之卒，爲之誌墓，而益信其必然也。

太淑人諱書，姓陳氏，其先世家江西信州，至宋丞相文正公諱康伯，賜第於秀州之春波門外，諸孫有留居者，遂爲秀州人。今嘉興府秀水縣，古州治也。十一世孫諱憲，嘉靖戊戌進士，是爲太淑人曾祖。祖諱懋義，縣學生。父諱堯勳，太學生，善行聞於鄉，以外孫陳群貴，貤贈中憲大夫。母氏錢，贈恭人。太淑人之生，夢神降其家，數歲能誦詩禮，見法書名畫，摹寫輒肖。母錢夫人恐妨女紅，禁之。夢神語曰：『吾授爾女筆，當以翰墨名世，勿禁也。』始命從師受諸經。歲餘，即通大義，且曰：『讀古人書，當學爲古人。見古列女，必繪圖，欲相觀而善耳。』乃取《女史》《孝女傳》所載，繪於所居室中，朝夕省觀焉。既中憲公卒，家大落，以鍼黹佐衣食，致孝養，賴以不匱。同縣人今贈通議大夫、文學錢公者方負才名，聞太淑人賢，請爲繼室。生三子，並早慧，而通議公方侍親之官，太淑人自教諸子，績紡授讀，昕夕不少假，並成其學。惟次子峰，以廪貢生早殀。長陳群，則余辛丑典會試所取士，累官至翰林院侍讀學士，日講官直內廷，今督順天學政，轉通政司右通政。幼界，亦仕爲陝西寶雞縣知縣。人咸謂太淑人藝且賢，能施於諸子，或爲作《夜紡授經圖》傳其事，以比曹大家、宋文宣，公卿大夫皆作詩歌張之。嗚呼。可爲難能者矣。

往觀史册，士女之垂休聞於後世者，常以遭遇困阨，因以節烈顯，若安常處順，則行不踰於閫。太淑人乃獨能表見若此，《漢書》叙列女，謂『搜次才行尤高秀者，不必專在一操』，豈不然乎？生平玩心易理，愛復卦，名所居小室曰『復菴』，有《復菴詩稿》三卷，藏於家。繪事尤工，山水、人物、花鳥並臻逸品，縑繒所傳，散落人間，争寳貴之，而太淑人不屑意也。晚以子貴，誥封三品。年七十有七，以乾隆元年丙辰歲三月初七日，卒於京邸。哀榮大備，庶幾乎無憾。生女一，嫁同里甲辰科舉人馮鈿。孫男五人，汝鼎廕生，汝誠國學生，餘幼。女二人。陳群以今歲之秋，扶匶歸葬其鄉某山之原。瀕行來乞銘，遂爲銘曰：

石韞玉而山輝兮，氣佳哉兹邱之藏。坤爲文閟不施兮，含萬物而化光。永斯石於幽光兮，以保後生爲子孫之祥。

三年戊午，五十三歲。

夏，公如苕溪。

公集：余素慕苕溪山水。戊午夏，訪沈殿擎孝廉於竹墩，擬訂同遊，會雨未果。繹旃明經出其六世祖恭靖公《玉陽山居圖》示余，圖爲包山陸治所作，香光、眉公皆有跋記。沈氏自恭靖公後名臣輩出，或起家詞苑，或有聲黄散，海内目竹墩爲烏衣巷云。

秋，公服闋還朝，中途墮水，遇救得免。

公集：舟泊濟寧時，夜將半，月明霜寒，小立船脣。閘吏啟板放船，撑撞，余失足墮水，家人擲篙以援，得無恙，戲謂賓客曰：『吾聞墮水者必有鬼物憑之，倘昨夜遇太白，便攜手同去矣。』明日，適登太白樓，因題一絶句。詩曰：『昨夜未曾逢李白，今朝乘興一登樓。樓中人已騎鯨去，樓影當空占上遊。』

戊午秋，服闋還朝，舟經淮陰時，黄水漫溢，波濤洶湧中，見有乘小舟與波上下者，兵弁指曰：『此河帥高公也。身率屬員，奮力搶防，夜宿河干者四十晝夜矣。』須臾，高東軒相公斌訪公舟次，相見恨晚。後公視學畿輔，適高公總制直隸。未一載，公任滿還京。十六年，扈從南巡，時高公再任河帥，奉命偕公及汪文端同閲召試卷，宿金山古寺小樓下，夜分翦燭校文。公作詩紀其事。

冬，公仍提督順天學政。

《公行述》云：戊午冬，服闋還朝，仍直南書房，面請世宗山陵大禮，以持服里居，未得隨豹尾末行，同效扈衛，懇乞恭謁泰陵，以展臣子鼎湖之慕，上允焉。事畢回京，途次奉旨仍視學畿輔。

謹按：公於乙卯春初，任順天學政，是秋留任，至是又任學政。故行狀有『三任學政』語。公撰《俞夫人行狀》曰：戊午，予服滿還朝，蒙恩仍督學畿輔。夫人爲長子汝誠娶婦，又遣嫁長女，隨摒擋家務，率上下五十餘人來京師，途次戒家人毋得滋事。將至直隸，訓飭家人等益嚴，曰：『汝主屢有信屬我矣。』關防森密，必先自眷屬始。以故數任畿輔，無絲毫物議，夫人内助居多。

公家書云：我考河間，得小童生二人，曰李中簡，曰邊繼祖。即令其於出巡時，隨車後讀書。尚有數人，今皆成進士。雍正間，選拔八旗，則今尚書阿桂，年方十七，今正卿觀保，年二十外，其居官好者，皆受我賞識。復蒙皇上御極，又留三年，所得士如温侍郎敏、國柱學士、哈靖阿學士、全魁學士、夢齡侍郎、德保少宰、奉寬侍郎、圖鞈布學士，指不勝數，祇憑虚心明眼、乾浄肺腸辨去，自然不爽。

謹按：公任順天學政時，若紀文達昀、翁閣學方綱，皆受公特識。兩先生與安慶公同舉乾隆丁卯，又爲公年家子。文達常樂道公督學時事，閣學題叔曾祖漆林檢討開仕《黔江並棹圖》，有『同年忝竊説師門』句，注云：『余受業於太傅文端公，與錢氏得附師門之誼。』公家書中漏未敘及，故類記於此。

公與直隸制府論節婦王李氏置主入祠事，略謂：

竇坻節婦王李氏應否置主入祠一事，僉論不一。爲獎節起見，則曰應入。爲存名分起見，則曰否否。依違往復，遷延兩載，迄無定議。昨據情咨請部示，雖覆内有應入之見，而詞氣仍未明示。晚之鄙見，亦以既非僕婦，自應入祠，而署令必欲撤主以存名分，似屬過峻。且寶邑士習，往往任意氣，有纖末未愜處，連詞街議。思有以静之而未得其至當者，是以走牘奉懇閣下酌示。乃接讀報函，三復之下，比義準情，屬例倫要，允其置主，以慰匹婦孤貞，抑之隅坐，以協鄉人輿論。公而溥，明而通，《易》稱仁以長人，會以合禮，足以當之。先敬讓而導和睦，使民不遺其親，所關甚大，不止旌淑息紛已也。服膺永矢，詞未盡言，除即遵教飭行外，率泐奉復。

謹按：此公集外文也，手稿今爲志澄什襲，書中不列年月，且上銜亦祇稱宫保、制府、尚書，而不具姓氏，不知爲與何人書。惟係學政任内事，而結銜有『館後進』三字。考公前次督學畿輔時制府爲李公衛，而非同館，此次所共事者爲高東軒、孫懿齋兩公，皆公翰林前輩也，故謹繫於此。

四年己未，五十四歲。

公蒙恩賜《康濟録》，並《柏梁體詩墨刻》。

是年八月，據進摺，家人齎到《康濟録》一部。九月，齎到《仿柏梁體詩墨刻》一卷。公均祇領疏謝。

公再任右通政，仍留學政任。

《公行述》云：按試諸郡，集諸生講《士庶人孝章》，仿司馬文正鳴條山故事，諄切勸諭。又爲刊布《孝經》善本，及《小學》《近思録》，生童姿稟穎異者，與講詩賦源流。公三任畿輔學政，得人最盛。

公撰《近思録序》云：余周循所至，進諸生問之，通其義者十不得二三。問其故，則曰：『僻處村壤，無從購處。』至有終身不得一見者。余刊《孝經》《小學》告竣，即取聊城鄧氏藏本付梓以行之。

是冬上大閲，公恭紀長律四章以獻。

五年庚申，五十五歲。

公在學政任内，疏請增順天南北皿中額。得旨，交部察議，尋議銷去加一級。是年，恭和

《御製耕耤禮成元韻》八首。公長孫端生，後官直隸玉田縣知縣，東麓先生長子。

六年辛酉，五十六歲。

春，公疏進遺書二十種。

略謂：視學數年，所有元、明、國朝儒臣撰著，約二十種，繕寫進呈。臣職司衡校，周歷靡寧，行篋擔簦，披風曝日。現在恭進之書籍，或得之先儒後裔，或得之廟肆村坊，或因慕其人而訪其遺書，或因讀其文而考其懿行。無關正學者，雖才華雅贍，未敢瀆陳。有裨經學者，雖片義單詞，不敢壅棄。

公又嘗進沈東甫炳震《新舊唐書合鈔》，有劄子，存本集。初，公於庚戌之春，遇東甫先生於京師，見所纂《唐書合鈔》及雜著，歎曰：『此今日之王贊善、馬鄱陽也。』丙辰春，將薦鴻博，會遭陳太夫人喪未果。宮詹王公奕清自塞外歸，見公喪次，問交遊中有醇謹彊記者否，公舉東甫，宮詹舉以應詔。後沈先生之書因公進呈，得採入《唐書考證》。

沈歸愚尚書撰《沈東甫傳》云：雍正十三年，詔舉博學鴻，辭之。士大吏交章薦，召試不遇，浩然歸。歸二年，以歲貢士卒。嘉禾錢少司寇時在籍，唁東甫喪，見《唐書合鈔》，歎曰：『此爲有用書。今天子開館，命詞臣校勘經史，得此書參考，可以訂譌補闕。』遂攜書入都陳奏，得旨付詞館採取。余適分校《唐書》，爰據議論精粹者入《考證》中，刊刻内府，頒布天下。

謹按：《唐書合鈔》，公於庚戌年獲見於京師，事詳贈沈東甫詩序。越數年，公服闋將北上，攜帶是書進呈，非於喪次始見也。《傳》語微有不同，今類記於此。所進遺書二十種，均無可考。

夏六月，公遷太僕寺卿。七月，遷詹事。

公集：往時學使者下車，供張甚盛。厥後相繼簡任於此者，多清節素著之前輩，以次删除，惟卧室内設一帳，寒則禦風，夏避蚊蠅。余前後視學於此凡七年，將行，必撤帳歸所司，曰：『明年來，無煩改作也。』辛酉春，復來瀛郡，見帳極新，因識數語，並綴以詩，知繼余而役於此者，必朝右大君子，慎乃儉德，有同志焉。詩曰：『不寢常如枕有警，屏私直似鏡無塵。題詩自有紗籠護，留伴他時絳帳人。』

秋，疏請釐正學宫從祀神位。

略謂：郡州縣學從祀神牌，尚有未曾畫一者，請敕下禮部，查明諸賢諸儒姓氏。應在東廡者若干位，應在西廡者若干位，按照先後次序，臚列詳晰，開載明白，通行直省，俾各遵照。

疏請整飭尼山、洙泗兩書院。

略謂：仰請皇上特頒諭旨，整飭尼山、洙泗兩書院，擇翰林院諸臣中言行醇謹、湛深經術者二員，酌與養廉，以董其事，使衍聖公率領族子弟，及四氏子弟之良秀者，肄業其中。至教導之法，量材而授之，立課以程之，務使德行文章兼優並進。其派往之員，三年更替，仍論俸升轉，回京酌與議敘，以示鼓勵。

疏請偏災蠲免分數分别貧富。

略謂：定例，各省水旱偏災，十分者蠲免七分，九分者免六分，八分者免四分，七分者免二分，六分者免一分。近又特頒諭旨，將被災五分者亦准蠲免一分，愛養元元之意，至優極渥。臣再四思維，仰懇皇上敕部，嗣後直省偏災，富者仍照所定分數蠲免，其貧者按照被災幾分亦蠲免幾分蠲免。與被災分數相等，不復浮多，則貧寒士庶可無剜肉醫瘡之隱痛。倘臣愚見上蒙採擇，於國計所損無多，而於貧民所沾獨厚矣。

疏請童生覆試論題仍兼用《孝經》《小學》，略謂：今鄉會論題，業已兼用性理，則行遠自邇，登高自卑。童生覆試論題，亦當《孝經》與《小學》並出，使士子束髮讀書，先習《小學》，庶理學昌明於天下。

夏，公次子汝恭侍曉村先生如江西。

曉村先生服闋謁選，得江西之永豐縣。公集有《季弟主恒將之永豐賦長律》，末句云：『一言訓爾爾須記，要慰泉臺慈母心。』公命次子安慶公侍行。是歲，主静先生配任孺人以節孝旌。

七年壬戌，五十七歲。

公遷内閣學士兼禮部侍郎。六月，遷刑部右侍郎。

《公行述》云：府君既拜斯命，思比部爲刑名總匯之地，任獨要於諸得曹。若部臣於輕重用，出入，纖毫未當，外省因之，援引比擬，漸致揣摩骫法，於國憲所係綦重。況恭遇我聖主明慎用刑，法司奏讞時，無論案情重大，即一杖責之細，必再三審核，精求其當。膺斯職者，其何以仰佐協中之化？用是夙夜惴惴，惟恐弗勝。日取《律例》一編，手自討論，常若有所默會者。蓋律義至精，一字一義，俱須體認，而究其指歸，無非刑期。無刑之義，尋繹反覆，其義自見，府君於此尤加慎焉。

公充殿試讀卷官。

是年狀元金甡，仁和人。榜眼楊述曾，陽湖人。探花湯大紳，陽湖人。

公充會典館副總裁。

公集：履親王愛讀公詩。辛巳，公祝釐入都，王謂曰：『昔年共事容臺，尋又同勘《會典》，忽忽十餘年。今復相見，不可無詩記之。』王爲會典館總裁時，公適爲副，因呈一律，有『握槧親陪玉局師』之句。

公遵旨條陳耗羨事宜。

略謂：正供之外有耗羨一項，昉於唐之中葉，立羨餘賞格，於是競以無藝之求，爲進階之計。五代相沿滋甚。宋太祖乾德四年，從張全操之請，罷羨餘賞格，《宋史》美之。然入於公者雖罷，出於民者未必盡除。明代徵收正賦外，有傾銷耗銀，有解費、部費、雜費、免役費等種種名色，不可悉數。

本朝定鼎後，耗羨一項，尚存其舊。康熙六十餘年，州縣官額徵錢糧，收耗羨一二錢不等。其或偏州僻邑，稅輕耗重，數倍於正額者有之。不特州縣資爲日用，自府廳以上，以至督撫，按季收受，節禮所入，視今之養廉倍之。間有操守清廉，如陸隴其之知嘉定縣，止收耗羨四分，並不餽送節禮，上司亦或容之者，以通省所餽，儘足敷用，是清如陸隴其，亦未聞全去耗羨也。議者以康熙年間無耗羨，非無耗羨也，特自官取之，官主之，不入司農之會計，無耗羨之名耳。

世宗憲皇帝宸衷獨斷，通計外吏大小員數，酌定養廉，而以所入耗羨，按季支領，視從前州縣自徵之數，有減無增。奉行以來，吏治肅清，民亦安業。特以有徵報支收之令典，不知者或以爲加賦，其實治於人者食人，治人者食於人，乃古今之通義，非唐之羨餘立賞格以致之，使歸諸左藏比也。

皇上即位以來，蠲租賜振，免浮糧，興水利，捍海患，加京官之俸，周兵弁之窮，天下臣民無一不涵濡沾被，而猶以耗羨一事爲當今之切務。詢及盈廷，臣恭繹聖諭，實有以洞燭。夫取民之制必如何，而有以盡合於古，百官之費用必如何，而後使之寬裕，度支之出入必如何，而後可以常盈而不絀。斯三者，勢若相歧，而理歸一致，偏於一必致絀其二。偏於爲民者則曰耗羨宜裁，不知以耗羨所入，散之民間未見其增，而日出正項以養廉，則國用易絀，國用稍絀必致仍復耗羨以養廉，不幾多此一舉乎。此耗羨之未便議裁也。謂宜仍照康熙年間，聽其自取，必至導欲長貪，不可止抑。以憲皇帝十餘載之勤勞，皇上繼志述事，躬行節儉，整飭多方，而始得此吏治澄清之一日，豈可輕議紛更？

皇上試飭各督撫，細查今之耗羨，可有浮於康熙年間者乎？且臣聞康熙年間之耗羨，州縣私徵，往往鄉愚多輸，而縉紳士大夫以及胥吏豪强聽其自便，則今之一體輸納，至爲公道。臣請就現在情形稍爲變通，凡耗羨所入，仍歸藩庫，各官養廉及各州縣公項銀兩照舊支給外，其續添公用名色，不能畫一，多寡亦有不同。應令直省督撫查明某件應動正項，某件應入公用，分別報銷，計每省約改撥正項一二千兩、三四千兩不等，爲費無多，於經制似屬妥協。再各省州縣自酌定養廉之後，榮悴不一。其有支絀者，應令督撫確查酌添，俾稍寬裕，其耗羨有餘省分，以所餘貯庫，遇蠲免正項之處耗羨無著，即以添用。仍嚴飭州縣勿得耗外加耗，以致累民。則既無加賦之名，并無全用耗羨辦公之事，而州縣各有赢餘，益知鼓勵矣。至於施從其厚，斂從其薄，古之制也。罷羨餘一事，豈有宋太祖能行之，以皇上之至仁大知，事事法古，而未見及於此者？同一薄斂之事，行於三代封建之時易，行於一統之時難，行於開創之日易行，於承平既久之日難。以今日幅員之廣，生齒之衆，供億之繁，有數倍於前代者，趁此倉庾充裕、民安物阜之時，大臣悉心調劑，使養廉之入不爲素餐。蓋官箴所揭，惟有清、慎、勤三字。清可貴也，清而不流於苛刻者尤可貴。慎足取也，慎而不鄰於畏葸者尤足取。勤足尚也，勤而不至於瑣屑者尤足尚。如古大臣爲上爲德，爲下爲民，將見民作有功，惇大成裕，元氣於以培扶，天休於以滋至，歲書大有，户慶豐亨，則帑藏自益長盈，然後以三十年之通制國用，或量撥公用，以資養廉，便可量減耗羨，以紓民力。臣固知聖恩寬大，不必廷臣建白如張全操其人者，而德音自下也，夫亦少俟焉可矣。是年端午，蒙賜葵扇、葛紗，恭紀二首，又恭和詩約十六首。公五子芑塘先生汝豐生，後官雲南糧儲道，内用工部屯田司郎中，黄恭人出。

八年癸亥，五十八歲。

公轉刑部左侍郎，充經筵講官。

公撰《陶先生傳》云：命某與兩弟講經，有未當者，指而訓之。後四十年，蒙恩充經筵講官。每進講經書，凡執事閣中者，皆曰聲音爽朗，舉止安和，雖老輩不及也。其得力有自來矣。

疏論常平事宜。

略謂：兩月以來，御史趙青藜奏請於米貴之年，多減價值，尚書張照奏請顧名思義，以本價爲權衡，少詹事李清植奏請修復本法，立論雖不一，而爲歉歲計便民，使米不騰貴，其義則同。臣愚以爲，酌減於歉歲米貴之時，所以濟民食之艱者，固屬緊要，酌減於尋常出陳易新之日，所以從小民之便者，亦宜詳求。則張渠請成熟年分，每米一石，酌減五分之奏，雖已准行，實多未便，不得不陳請酌改也。蓋陳穀所碾，成色自不及市中行鋪之米，而交官之銀，成色及平，又非市中交易之銀可比，又經胥吏之手，稍爲高下，又米局離鄉寫遠，小民往返需時，守候需時，權衡總計，如米每石市價一兩，官價九錢五分，以官價所得之米，即入市轉售，原價必虧，民亦何所利而買之乎？臣請於成熟之年，每米一石，酌減一錢二分，使小民核算比市價稍賤，仍不拘城市，開設米局，使小民得沾實惠，而米價自無騰貴之慮矣。臣更有請者，民間借種籽粒，往往加倍償還。今若於糶三數内，令州縣酌量借給籽種，不收利息。春借秋還，每借一石，還倉時仍收一石。每交一石，酌收穀四五升，以爲鼠雀出入諸耗之費，則農本既培，民力普賴，較減價以糶，更爲有益。臣讀《月令》季春之月，命有司發倉廩，賜貧窮，振乏絶，疏長無謂之貧窮，暫無謂之乏絶。及春闕種，始爲暫無，既而荒廢，即爲乏絶。量借籽粒，一轉移間，農有餘粟，及秋還本，倉仍充裕，於出陳易新之義，似更詳備。

公恭進《大禮慶成詩》。

是年春，聖駕東巡盛京，恭謁祖陵。公恭進《大禮慶成詩》三十首，用上下平韻。又恭和御製詩約十餘首。

九年甲子，五十九歲。

公疏請改正律例二條。

一、名例内載弟毆胞兄致死，父母已故，家無承祀之人，得聲明奏請承祀，僅予枷責。乾隆四年，改擬斬候，秋審入緩決，得邀寬減，仍舊枷責完結，非所以懲凶惡而移風易俗也。請嗣後弟毆胞兄致死得邀承祀之例者，免其應斬之罪，仍按道里，僉妻改流。一、官吏犯笞杖輕罪應的決者，宜量予納贖，以全國體。

謹按：疏中有『擢刑侍兩載』語，知係九年所上。公前後任秋官十一年所，同事者華亭張文敏、錢塘汪文端、諸城劉文正，皆内廷舊侣，性情心術，夙相印契，遇案有應商論者，不憚往復析辨，間爲引經援史，灑灑數千百言，諸公莫不心服，故共事久而益敬。歲遇秋讞大典，先期齋心壹志，凡各省案卷，有就省分自爲權衡者，亦有統各省情節，遍爲校核畫一者。其應矜、應緩、應實，或酌改與否，必就所見辨勘精確，自署册端以識。常夜分披閱，時東麓先生侍側，輒命觀之，且問當如何，曰：『汝曹讀書不讀律，一旦遭際，驟膺斯任，其何以將事？法司者以執法爲官守，若一味姑息養奸，曲意全活，爲能逕福計，是朝廷設官分職，專爲吾輩修行地乎？至恭逢聖明在上，如天好生，而爲臣子者，不能仰體欽恤惟刑、法外施仁至意，俾天下無冤民。不亦上負吾君，下負所學乎？』每遇九卿會鞫，必虚衷聽受，不豫設成見，惟期其當而已。其待曹司，如師長之教弟子，殷殷啟誘，於課勤惰、别賢否之中，而有温然可親，樂道人善之意。用是所屬多悦服，相與辨析矜疑，皆得盡言無隱。恭讀御製詩有『于公門巷豈嫌低』之句，則公之久於法司，而深荷主知，益可見矣。

公長子汝誠舉順天鄉試第八十七名。

是科順天鄉試考官户部左侍郎休邑汪文端公由敦，國子監祭酒蒲州崔公紀，本房同考官寧州周公孔從，桐城姚公範。附録四書題：『此謂一言僨事』二句，『紂之不善』三句，『士之不託諸侯』四節。

冬十月，駕幸翰林院賜宴。公與宴，賦詩。

時重葺翰林院成，上臨幸賦詩，用張説『東壁圖書府』五律字爲韻，公分得講字，并賦柏梁體詩聯句。上賞賚特優，召至席次，賜巵酒焉。是年，恭和御製詩約十七首，又恭進駕幸翰林院古樂府。

十年乙丑，六十歲。

春，公充會試副總裁，偕大學士溧陽史文靖公貽直、大司馬茶陵彭公維新、大司寇文勤公阿克敦校士，得蔣元益等如額。

蔣時庵元益《自訂年譜》云：乙丑，是年始定三月會試，著爲令。惟時承甲子之後，檢點甚嚴。向例中翰入場具公服，至是衣履與衆同，而搜檢亦如之。四月十一榜發，褎然爲舉首。房師仁和錢公琦呈薦，主司俱欣賞，少司寇錢文端公尤稱不去口，以爲飄飄有仙氣，列進呈第七卷。蓋兩錢師會試皆第七，仿古人傳衣鉢故事也。御筆親改第一名。

五月，公充殿試讀卷官。

是年，狀元錢維城，武進人。榜眼莊存與，武進人。探花王際華，錢塘人。

戴氏璐《藤陰雜記》：鼎甲三人，同時八座。康熙癸丑，狀元韓大宗伯菼謚文懿，榜眼王大司農鴻緒，探花徐侍郎秉義。乾隆乙丑，狀元錢少司寇維城贈尚書，謚文敏，榜眼莊少宗伯存與，探花王大司農際華，謚文莊。越十餘年，會元蔣少司馬元益以侍御歷侍郎，一時稱盛。

公集：稼軒乙丑登第後，口占一律，有云：『平生温飽何求足，他日聲名欲稱難。』更有舊交司户在，十分春色厚顔看。』後數日，同諸生來謁，問孰能詩。稼軒退，即取詩就正。予讀至是作，即批云：『孝廉登上第，無一毫自滿意。他日享盛名，都卿相，詩其左券矣。』既奉旨内廷行走，與予同直觚棱。及予抱疾旋里，於辛巳冬祝釐入都，蒙恩内直，同事諸老宿頗稱稼軒詩學精進。予笑語諸老曰：『篠簜竹箭，成材充貢，見者皆曰：「是東南之美也。」予於其初萌時，若繭若蘆芽，即指之曰：「是可爲矢爲幹也。」予固自知予言之不妄許人也。』

秋，公扈蹕自多倫諾爾，過昌平，遣祭思陵，疏請修葺饗殿。略謂：九月二十日，奉旨告祭明代諸陵，臣派往思陵，恭奉牲醪，身履其地，目擊陵宇坍頹殆盡。幸生闡幽舉廢、昌明無忌之朝，若不據實奏聞，於心實有未安。仰請皇上諭令督臣轉飭有司，重爲修葺，並請欽遵世祖章皇帝奢靡不尚之諭旨，則盛德既被於明代，善述復光於前烈矣。得旨，飭所司繕葺。公進《秋郊大獵賦》。公集：秋，扈從塞外，蒙恩賜馬。時珥筆圍中，命作《秋郊大獵賦》，深荷嘉獎，特賞全鹿。又云：上每發悉中，二十年前，臣曾與張照、汪由敦、梁詩正、蔣溥同侍。上語曰：『汝五人俱不能射，朕爲卿等各發一箭。』五發五中，按簽領賞，臣拜賜獨多。

冬，公署禮部侍郎。

公集：長至前二日，陪謹堂尚書齋宿白雲亭，枕上偶成，有『秋署平反期慎恤，容臺先後懔寅清』之句。註云：余時兼攝春官，謹堂曾居是職。是年，恭和御製詩約十四首。

曉村先生遷湖北歸州知州，由京赴任。公集：主恒弟攜四兒汝隨出都，余遣長、次、三三子送至長新店。退食蕭齋，與老妻對坐，口號二絶句，有『送行人去當春遊，親串團欒第一郵』，又『絶似衆雛新試羽，老鴉無語坐空巢』等句。是年，公六子肖巖先生汝弼生，後官長蘆鹽運司知事，嗣曉村先生後，黄恭人出。

十一年丙寅，六十一歲。

夏，公三子汝慤卒，年十八。

公後題安叔府君遺字曰：此三兒汝慤十三歲所録者，今亡已十年。每檢其所遺，皆有成人之度。付裝潢存之，令其婦貞女馮氏什襲。

是冬，沈閣學德潛乞假還吴門。

御製五言長律賜之，且褒其孝行。既成，出内府金以佽。稽古之榮，千古罕遇。同朝紳士，仿唐賀知章還四明山故事，賦詩贈别。公得五古一章，起句云：『帝愛德潛德，我羨歸愚歸。』爲上所擊賞。

十二年丁卯，六十二歲。

春，公蒙恩賞經史全部。

是年二月，奉旨：『德沛、蔣溥、傅恒、舒赫德、錢陳群，亦賞經史各一部。欽此。』時十三經、二十二史重刊告成，大學士、尚書以上，先蒙頒給。至是，復於卿貳中特恩派給，朝列豔之。

夏，公充江西鄉試正考官，副者歷城御史馮公秉仁，得士陳奉兹等如額。榜發，登明遠樓，遥見百花洲上有被放者，徙倚水濱，若不能歸者，公愀然久之，爲賦長歌。

蔣氏士銓《忠雅堂集》：座主錢香樹先生登明遠樓，見士有被放者，慨然作詩，用山谷題畫韓幹三馬韻，依韻奉和，有『先生此念欲普渡，願力且過蓮臺師』之句。

公有三翰林詩，序其次云：裘麟，叔度侍郎長子，予典試江右所得士。年二十，試南宫，座主錫山秦大司寇奇其文，曰：『數年前，香樹司寇典江右試，所得元卷陳奉兹，才氣高老，此殆是耶？』及拆卷，則麟也。又拆數十卷，奉兹名亦與焉。於是，在公座者皆歎新榜之得人，而益知予衡文之不爽也。麟性孝友，尤篤於師門。予於壬申夏，忽遘沈疴，麟間日趨侍。及假歸出國門時，麟與兒子汝誠扶掖至潞河，未嘗稍離左右。辛巳，予再覲楓宸，麟辭世已浹月矣。寒夜不寐，歎逝詩成，不忍終讀也。

秋，公次子汝恭舉順天鄉試第一百三十四名。

是科，順天鄉試主考官。刑部尚書、文勤公阿克敦，左都御史、諸城劉文正公統勳，本房同考官失考。附録四書題：『言未及之而言』一節。『如此者，不見而章，不動而變，無爲而成。』『禹、稷、顔子，易地則皆然。今有同室之人鬬者，救之。』

冬，公假還省墓。

公集：某奉役江右，陛辭日面陳烏私，乞於事竣紆道里門，省先人墳墓，即日得假。九月既望，由章江泝灘，踰玉山，下富春，過錢塘，於十月望還家，馳拜封壟，凡五晝夜，登山臨水，自高、曾以來宅兆之在縣境者，殆將徧焉。

十三年戊辰，六十三歲。

春，公扈從東巡。

春三月，上恭奉皇太后鑾輿，啟蹕東巡，祭闕里，秩岱宗，公奉派扈從。是年，恭輓孝賢皇后詩五首，又恭和詩約五十餘首。公長子汝誠會試中式進士，殿試二甲第十六名，選庶吉士，習國書。

是科總裁，吏部尚書祁陽陳文肅公大受，兵部尚書剛烈公鄂容安，户部侍郎常熟蔣文恪公溥，禮部侍郎長洲沈文慤公德潛，本房同考官毘陵程公，名失考，號莘田。公集有《題程莘田學士緑雲借憩圖》，註云：『兒子汝誠出學士門下。』

附録四書題：『好人之所惡，惡人之所好，是謂拂人之性，菑必逮夫身。』『子曰：「嗚呼。曾謂泰山不如林放乎？」』『魯君之宋，呼於垤澤之門。』

十四年己巳，六十四歲。

公奉命奉天鞫獄，偕冢宰王文肅公安國以行。公恭上《平金川頌》。

金川納款，大軍凱旋，上御豐澤園，賜經略大學士、忠勇公傅恒及諸將士宴，百僚陪列，公即席恭和御製元韻，上嘉覽焉。回京，奉敕校訂御製詩集。

公次子汝恭如文水。

公集：《寄次兒詩》註云：時就食文水沈明府署。又歲暮下直，與汝誠夜話，取案頭《宋史》讀之，輒以共勉。適有人至晉、楚，即寄弟界，並示汝恭、汝隨。衰白景況，情見乎辭，有『我學常之惟善耐，汝師元獻在安貧』之句。是年，恭和詩約十餘首。

十五年庚午，六十五歲。

公扈從巡幸中州。

公集：《恭上聖駕幸豫詩十二章並序》，有『得叨扈從，方居橐筆』之司，旋奉絲綸，復有持衡之命。則公雖奉派隨扈，旋即典試江右，蓋未始終其事焉。

公薦張徵士仁浹經學。

《嘉興府志》：張仁浹，字觀斿，性肫篤，務爲義理根柢之學。乾隆庚午，詔舉經學，公以仁浹薦，年老未赴。著有《周易集解增釋》八十卷，精言奧論，往往闡前人所未發云。

夏，公再充江西鄉試正考官，副者溧陽編修史公貽謨，得士朱能恕等如額。

公集：裘叔度曰修與予同出國門。既渡涿水，以長歌遺西山，極道西江水山之美，殆詡其所有以窘迫我也，仍用元韻示之。又註云：浙江、江西、湖北三省考官，同日命下，余與叔度、晉川爲正考官，而以學士王秋瑞、編修歐陽瑶岡、史西山貳之，三君皆予乙丑所得士。又云：予再典豫章試。事竣，林青圃學使、楊卓庵總戎、彭樂君方伯、徐階五觀察、李蒼厓參政、施棠村、蔣安亭兩副使，邀同史西山編修、阿補堂中丞，集百花洲下。酒半，中丞指壁間石刻謂余曰：『此居士三載前集此敘事詩也。今日之會，不可以無詩。』遂援筆依前韻以賦。又云：丁卯秋，校文於此，樂君方伯手植桂樹十餘株於簷下。今秋復來，見有作花者，喜而有作，有『三年重一見，高出老夫頭』之句。

《隨園詩話》云：寫榜吏陳巨儒鬚鬢如雪，求公贈手迹以爲榮。自陳年八十餘，手寫文武試三十二榜。公贈詩云：『桂籍憑伊腕力傳，白頭從事地行仙。自言作吏中書省，曾侍朱衣六十年。』

本生祖甘泉府君云：往歲，文端公與葎石少宗伯先後四典江西鄉試，試院雙桂爲文端公手植，葎石公擬留楹帖云：『老桂常花，曾見先公初種此。章江再渡，已傳小子竟成翁。』款云：乾隆丁卯、庚午，從祖文端公疊膺恩命典試江西，其種桂樹於奎宿堂前，則丁卯也。公年六十有二，載實侍行。甲午，載奉命典江西試，則雙桂扶疏，高出屋檐，蓋二十有八年矣，爲之賦長歌。今歲己亥，恭遇聖壽恩科，復典試江西，遂題楹帖，以仰紀主恩。時葎石少宗伯年七十二，既而不果留。洎潤齋中丞臻巡撫江西，於丙子、戊寅、己卯三爲江西鄉試監臨官，乃用紫色筆書之，命工剞劂，懸諸試院，西江人士傳爲美談。葎石齋詩云：『南昌郡有吾家事。』至是益驗。

謹按：潤齋中丞爲公長房之次孫，由副指揮選授河南鄧州知州引見，奏履歷畢，純廟垂詢曰：『爾是錢陳群何人？』中丞免冠叩頭曰：『臣是錢陳群之孫，錢汝誠之子。』純廟曰：『能詩乎？』對曰：『臣曾考試。』純廟曰：『何不中式？』對曰：『臣學問淺薄。』上動容，注視良久，顧謂軍機大臣曰：『此錢氏佳子弟也。』後累遷至山西冀寧道，蒙睿朝召對，詢及家世曰：『汝爲香樹先生之孫耶？《香樹齋集》，朕曾看過。』上優禮儒臣，猶仍潛邸舊稱。及擢巡撫江西，召見諭曰：『朕思爾祖、爾父勤慎，供職内廷有年。爾數年來公事無誤，故畀爾重任。勉之。』其時，公没已久，蒙累朝眷念舊勞、久而勿替有如此。

《公行述》云：典試江右，事竣，復命嵩陽行在召對，出，上遣中使以《御製登華蓋峰長歌》命和，時日已晡矣。公搆思帳殿側，不逾晷奏進。一時侍從屬車者，咸歎服以爲工敏。是年，奉敕恭撰及題畫之作甚夥。又恭和詩約一百三十首。公七子用庵先生汝器生，乾隆乙酉欽賜舉人，後官陝西武功縣知縣，曹恭人出。公孫豫章生，乾隆丁未進士，後官户部雲南司郎中，公次子安慶公長子。

十六年辛未，六十六歲。

春，公扈從南巡。

是年春扈從，元夕奉敕聯句，用七言排律體。三月廿九夜，與高東軒相國斌、汪謹堂少師由敦執事金山寺。時上駐蹕金山，遂止宿高相國直廬。莊滋圃、雙有亭兩學使，以諸生所獻詩册遴選進呈。上召而試之，命公與高、汪二公同閲試卷，得蔣雍植等六人，授中書。所取六人，懷寧蔣雍植、嘉定錢大昕、全椒吴烺、長洲褚寅亮、休寧吴志鴻、常熟孫夢逵。

錢辛楣先生大昕自訂年譜云：是歲，大駕始巡江浙，吴中士子各進獻詩賦。大昕進賦一篇，學使、番禺莊公滋圃選入一等，有詔召試行在，題爲《蠶月條桑賦》《指佞草詩》《理學真僞論》，閲卷官大學士滿洲高文定公、兵部侍郎休寧汪文端公、刑部侍郎嘉興錢文端公，擬定一等二名，特賜舉人，授内閣中書行走。

《甘泉鄉人稿》云：乾隆十五年，特召内外大臣薦舉經明行脩之士。明年，於所舉中核其名實允孚者，得四人焉。介休梁確庵孝廉錫璵，公所薦也，與無錫顧震滄棟高、常熟陳亦韓祖范、金匱吴尊彝鼎同授司業。梁先生官至少詹事。

公恭代《諭祭先武肅王祠》。

公扈從至嘉興，奉派諭祭陸宣公祠。及聖駕幸杭，奉命諭祭先武肅王祠並卞忠貞公祠。

夏，公充殿試讀卷官。

是年，狀元吴鴻，仁和人。榜眼饒學曙，廣昌人。探花周澧，嘉善人。

冬，公恭上《皇太后六旬萬壽頌》九章，又恭上《聖主南巡頌》九章。

十一月，恭遇皇太后六旬萬壽，覃恩誥贈三代皆一品，舊有革職留任之案，悉蒙開復。是年，恭和詩約一百四十餘首。

公撰《俞夫人行狀》曰：乾隆辛未，恭逢皇太后六旬萬壽，夫人偕漢大臣命婦跪祝，蒙賜素珠、如意、緞綢、爐盒等物。是年，以覃恩誥封一品夫人。後十年，恭遇皇太后七旬萬壽，汝誠官户、刑二部侍郎，子婦史以覃恩誥封一品夫人，亦隨諸命婦同慶萬壽，賫予便蕃，人以爲榮。夫人感予父子遭際盛明，致身通顯，世膺翟茀，時以持滿爲戒。

公長子汝誠散館一等，授編修。

十七年壬申，六十七歲。

公恭進《夜紡授經圖》。

春二月，上賜題公母陳太夫人《夜紡授經圖》。賜序曰：『索觀錢陳群《香樹齋集》，有題其母《夜紡授經圖》，慈孝之意，惻然動人，且以見陳群問學所自來也。』賜詩曰：『篝燈課讀澹安貧，義紡經鋤忘苦辛。家學白陽諳繪事，成圖底事待他人。』其二曰：『五鼎兒誠慰母貧，吟詩不覺鼻含辛。嘉禾欲續賢媛傳，不媿當年畫荻人。』

謹按：圖係海昌鄭君璵所作，成於雍正乙巳。公題《樂府五解》曰：『母兮兒飢，終朝誦讀，不可以爲粟。母兮兒寒，終夜咿咿，不可以爲衣。一解秋夜長，秋月白。母曰嗟！汝父行役，兒不學，我廢績，廢績婦所羞，不學人所惜。紬之繹之永今夕，誰予和？嗚促織。二解促織鳴，絡緯聲。桁上衣，手中絲。手中絲，盤中餐。兒毋啼飢，兒毋號寒，爲誦孟子終七篇。三解昔孟有母，恃兮實怙。汝今不勤學，我何見汝父？他日父歸，行見撻汝。撻汝猶可，毋棄先人緒。譬厥紡，千萬縷，一失理，紛莫數。思之思之，淚下如雨。四解兒跪膝下，將母勿怒。兒請卒業，然後寢處。奇文難字，母訓母詁。英聲華詞，是獵是咀。母曰樂哉，天實助予。聖賢在上，實聞兒語。五解』

辛未冬，公刊《香樹齋詩集》成。上索閱至此，命公奉是圖以進，賜題圖首。中使捧出，公九叩祗領。一時公卿，莫不歎羨，以爲亘古罕有，願獲瞻圖者，數日乃得什襲也。太夫人工繪事，上夙知之，故首章及之。自後太夫人手蹟，蒙聖製品題神品，采入石渠寶笈者，不勝枚舉云。

公長子汝誠充河南鄉試正考官，是年，直省鄉試均於二月舉行。副者刑部員外郎海昌許公道基，得士趙采章等如額。

《松泉詩集》有《香樹前輩見招之次日，公子立之編修赴中州典試，即用前韻送之》，中有『苟非冀馬空，奚重伯樂顧。征郵冒霜雪，行役慎將護。公餘式遄歸，定省承早暮。解裝叩行笈，詩卷亦先務』等句。

三月，公扈從謁東陵。

春，公派扈從，及迴鑾，駐蹕盤山。是日上巳，召見諭曰：『今日天氣佳，汝可一遊盤山。明日當回京也。』遊山時，杏花盛開。時鄒小山侍郎一桂同扈蹕山下，因出絹素索圖，浹夕而成。

《松泉詩集》有：至盤山日，輿人覓小徑，循山麓行。道旁清泉一泓，居人作平橋小亭其上，同錢香樹前輩小憩，爲作五古。又和《題山莊門外杏花五絶》，有『窗外一株標格老，夜來雨足更精神』句。又三月二日，詔扈從諸臣遊盤山，由敦適以事不及追隨，奉呈香樹前輩五古一章。

夏，公以疾苦。

公於四月間得反穀疾，踰月未平，連疏乞解任回籍調理。六月初三日，奉上諭：『侍郎錢陳群，著准其解任，派劉裕鐸前往診視，俟秋涼起程回籍調理。病痊後，奏聞赴闕。伊子編修錢汝誠，著隨侍伊父抵家，再行來京供職。欽此。』尋蒙頒賜人葠及内府珍藥，以資調攝。

公長子汝誠入直南書房。

六月，御試翰詹於正大光明殿，東麓先生列優等，故有是命。公力疾率子趨圓明園叩謝。天恩召對之次，上見公病久羸瘠，温語憫恤，特賜天厨酥粥，味極甘腴，俾調胃氣。

秋，公南歸。

公遵旨，秋涼起程，陛辭日，上賜詩曰：『三尸素所滅，二豎胡爲作。予告遂頤和，還鄉諺如約。浙江嘉興長水塘，俗名還鄉水。陛辭意懇款，請詩應允諾。憐汝身日羸，壯汝神猶鑠。達生有至論，庸醫無大藥。辟穀方赤松，先難後原樂。』

《公行述》云：嘉禾長水，俗名還鄉水。仕宦之在朝者，輒得生還其鄉。上鑒府君老病遺榮，有林泉之思，特爲舉似，恭繹御製全詩。則府君蒙恩予告，後二十餘年，林棲頤適，賜詩中已全體揭示，知幾其神，不信然歟。

《松泉詩集》有《恭和御製元韻三首，奉送香樹前輩南旋》起，句云『文思眷宿儒，寵行不虛作。吴門歸愚宗伯與長水，先後有如約』，又『百戰老將心，善飯矜矍鑠。贈言當苦口，養性得中藥。無爲鏤腎肝，運斤恣餘樂』等句。

公撰《繼室俞夫人行狀》曰：『予於壬申，猝遘反穀疾，蒙恩召見，准予回籍調治。命汝誠侍歸，即來就職。自遘疾至旋里七閲月，夫人視予藥物眠食，勞瘁特甚。月餘，夫人即促汝誠還京奉職，諭汝誠曰：「汝父受聖恩至深，汝趨走禁近，尤當益矢純勤，無以我爲念。」十餘年來，予父子每拜恩旨，晉階遷秩，殊榮稠疊，夫人必北望叩頭，早夜焚香，默禱祝釐，寒暑無間也。』

九月，公從孫載連捷成進士，改庶吉士。越明年散館，授編修。

蘀石先生載，爲公三從孫也。六歲時，廉江公攜至承啟堂，陳太夫人亦愛憐之，命受業於公，間以課餘，復親教以繪事。數歲，學將成，更命授東原、東麓兩先生經，相依於半邏村祖居者十有餘年。《蘀石齋集》中數追述之，所謂心心教督者也。先生績學嗜古，自舉雍正壬子副榜後，鴻博、經學兩次被徵，公屬望彌摯。是年，恭遇慶榜，春鄉秋會，於一年中成進士，殿試二甲一名，入詞林，年已四十有四矣。公於途次聞捷音，喜動顔色，寄書訓勉。明年散館，授編修官，至少宗伯。

謹按：蘀石少宗伯爲明侍御公嘉徵之玄孫。侍御公於明崇禎初，以貢生首劾魏忠賢十大罪，直聲動天下。公集有《侍御公遺疏跋》，略謂：幼時每日課畢，先王父輒召講論傳紀中事。一日，論逆璫魏忠賢勢焰，楊、左諸君子先後被戮，至茶棚酒肆，皆其私人，道路以目，無敢言時事者。因問曰：『先侍御公又何以獨免？且既劾忠賢，又劾圖南，若行所無事耶？』先王父曰：『善哉，問也。予於昆弟中最幼，侍御公長予三十餘歲。抗疏時，予尚孩穉，不及記憶。蒼頭徐某者，事公最久，知上疏始末。言公屬草時，初列二十餘罪，後芟至十大罪，大指株連多人，及詞涉椒房掖庭者，悉汰去。常獨處一室，室中掘地數尺，甃以瓦，藏疏稿其中，置榻於上。每夜分取出改竄，如是者久而後成。先是，有舊館人以急難告，公傾篋中金救之，又以五喪未葬告公，復佽之。館人感焉，乃令變姓名爲菜傭，賃居京城，鑿地營室，可容一榻。疏入，即入隧室，忠賢大索不得。後見思陵旨，則曰「腐儒何能爲耶」，怒稍解。數日，忠賢被逮。』某所聞於先王父者若此。公爲先奉常海石公曾孫，先王父同祖兄也。公玄孫載屬某手録遺疏，因識於尾，使後之讀者，知士君子側目權奸，非操心危而慮患深若此，當必無所成就。而弄權罔上、樹黨援私如忠賢者，幾於舉袂如雲，散唾如雨矣。一書生奮厲忠憤，立見瓦解，駢首無詞者，邪不勝正，理固然也。謹將侍御公原疏，並府志列傳，追敘附刊於左：

除奸璫疏

奏爲請清宫府之奸，以肅中興之治，以扶三百年來士氣事。嘉徵草茅賤士，世受國恩，讀聖賢書，傳家惟忠、孝二字，可以上報君親。竊見權奸肘腋，道路寒心。如東廠太監魏忠賢者，可容一日逭四凶之誅竄、魑魅之投畀哉。嘉徵雖幺麽，敢不避斧鉞，敬爲我皇上陳之。一曰並帝。大行皇帝六龍在御，天無二日，而阿附諸臣，凡有封章，必先關白忠賢。至頌莽功德，必以上配先帝，及奉諭旨，必曰『朕與廠臣』。從來有此奏體否？滔天之罪一也。二曰蔑后。夫大行皇帝之中宫，天下臣民之父母也。皇親張國紀未罹不赦之條，聞之先帝令忠賢宣皇后，而忠賢滅旨不傳，致皇后當先帝御前面折逆奸，遂羅織皇親，多方欲致之死。賴皇帝仁明，祇膺薄譴，不然幾危中宫。滔天之罪二也。三曰弄兵。祖宗朝不聞有内操之制。忠賢外脅臣民，内逼宫闈，操刀剸刃，礮石雷擊，謀圖不軌，賴九廟有靈，潛消睥睨。滔天之罪三也。四曰無二祖列宗。伏讀高皇帝垂訓，中涓不許干豫朝政，蓋鑒前代之失，垂後世之戒，至法程也。乃忠賢軍國重事一手障天，立仗之馬必斥，吠堯之犬必庸，蠆毒縉紳，蔓連士類，而凡錢穀衙門、邊腹重地、漕運咽喉，多置腹心，意欲何爲？滔天之罪四也。五曰剋剥藩封。夫桐封大典，皆金枝玉葉，自宜從厚。所以體祖宗之心，以光先帝孝治者也。今瑞藩、惠藩、桂藩一時之國，其莊田賜賚，合三藩不及福藩之一。而忠賢封公、侯、伯之土田，揀選膏腴，不下萬頃。是祖宗本支百世之親，反不若一豪悍之家奴。滔天之罪五也。六曰無聖人。至聖先師當萬世名教，主配天而享太牢，雖歷代帝皇踐祚，必先躬親釋奠。忠賢何人，而敢建祠太學之側，實逼處此？以刀鋸之餘孽，而擬洙泗之俎豆。八月二十一日，陸萬齡等起工營祠，而先帝遽以次日賓天，亦可爲懍懍矣。滔天之罪六也。七曰濫爵。夫非軍功不侯，古制懍然。祖宗朝封公者，除魏國、定國、英國、成國、黔國外，雖開平之偉績，尚止一侯。今忠賢竭天下之物力，而佐成三殿工矣。使激變江南，幾成斬木揭竿，損朝廷威望。而公然襲上公之封，靦不知省。滔天之罪七也。八曰掩邊功。自有邊警以來，墮名城，殲士女，殺大將。今未恢復尺寸地，即錦寧之役，差强人意。袁崇煥快十年未雪之憤，功未克終，席不及煖，而忠賢虚冒邊功，封侯封伯。假使遼陽、廣寧、開鐵復歸版籍，又將何以酬忠賢功乎？且諸文武臣出死力以捍圉，忠賢居樽俎以冒賞，致豪傑爲之短氣。滔天之罪八也。九曰朘民脂膏。夫國課額不過四百九十萬，況經連年水旱，東西交訌，或流離轉徙，或嘯聚萑苻，以致仰屋司農，告竭水府，而天下府州縣之請建祠不下百餘。所計一祠之費不下五萬金，是豈士民所樂輸，皆阿附之奸挨門比户、敲骨剥膚而出之者。鄭俠之圖可憶，揚雄之頌日下，即此縻費之金錢，孰非國家之膏血？滔天之罪九也。十曰通同關節。設科取士，慎重關防，而揭榜在二十六日，拆卷在二十四日，爲忠賢所私者，帖出之名，復上賢書，夤緣要結，不可勝數。此下第之劉蕡所籲天叩閽，冀祖宗朝考官劉三吾等故事，翹首皇上復閲，而逡巡躑躅者也。滔天之罪十也。凡此十罪，有一於此，駢首殲族，而況種種無法無天，菜傭竈養，叨世襲於皇家，乾兒廕子，聯衿裾於紳族，魏撫民乳臭而班冠京官，田爾耕武弁而富過宫室。皇上試問忠賢彌留之旨何人僞傳，太府之藏何故若掃，其何説之辭，雖罄南山之竹不足書其奸狀，決東海之波難以洗其罪惡。伏乞皇上獨斷於心，敕下法司，將忠賢明正典刑，以雪天下之憤，以彰正始之治。庶二祖列宗，欣慰於在天，千秋萬世，誦徽於彤管，致治之美，於天無極。臣自知冒觸凶鋒，勢同壓卵，願將一介微命，仰答涓埃，使後世讀史者，謂聖主當陽，有敢言之士，萬死何辭。臣無任惶悚之至。

論通政黨奸疏

奏爲逆黨罪狀久明，奸黨遏疏有據，謹直陳顛末，仰祈乾斷事。嘉徵於本月二十三日，具請清宫府之奸一疏，内參東廠太監魏忠賢滔天十罪，於本日申時，親自齎投通政司。當有通政使吕圖南，閱臣副奏，色懼手戰，危言力阻，臣責以大義，不得已始收臣疏。舊制應於次日進呈，不意圖南誑臣即上，乃挨閣至今二十五日未上，實欲先行關白逆黨，致臣死地。臣前疏原於九月二十日屬草，遍顧善寫，見者無不咋舌狂走。臣書生，不識奏本字樣，倣寫至今，始克謄真，而又爲圖南遏抑。臣思忠賢雖潑天勢焰，亦是人臣，何遽令寫本之役，畏如探湯，納言之司，甘同攔路，即此一事，大可寒心。若圖南身受君恩，職司喉舌，乃不顧清議，阻塞言路，不知多少忠言被其埋没矣。律以邀截實封、不即引奏之罪，又何辭焉。臣自知凶逆如忠賢，非中臣以危法，即刺臣以私劍。第奸狡如圖南，良心已死，臣此疏縱不仍肆遏匿，亦不過壓於前疏之後，以爲文過之地，更祈聖明裁察焉。臣不勝待命之至。

府志列傳：錢嘉徵，字孚于，天啟辛酉順天副榜。魏忠賢盜執魁柄，衆正荼毒殆盡。會崇禎踐阼，嘉徵憤然抗疏，列璫十大罪，語俱載《明史》。疏上，帝召忠賢至，手嘉徵疏傳侍臣，當御讀之，忠賢伏地叩首不能對。乃降旨：『魏忠賢事，廷臣自有公論，朕心亦有獨斷。青衿貢士，不諳規矩，本當重處，姑饒一遭。』上書時或爲阻之，嘉徵慷慨言曰：『虎狼食人，徒手亦當搏之。舉朝不言，而草莽言之，以爲忠臣義士倡。雖死何憾。』自是言者相繼，忠賢誅死。

王文貞《錢氏疏草序》曰：崇禎踐阼之始，在廷猶瞻顧不敢發言。一旦以一胄監列魏璫十大罪以進，通政司猶拒而不納，遂并糾之，始得上達。斯時也，錢某之名聞天下，天啟七年十月二十六日也。

公蒙《御製賜和游錦春園詩》，並御筆書賜手卷。

公於八月由潞河南下，冬十一月抵家，奏進途中所作詩。

上賜《和遊錦春園詩》，有『故鄉山水佳，藥餌頗易求。頤適冀良愈，待泛還朝舟』，又『江湖信可樂，廊廟豈忘憂。遲遲有深意，欲邁還停收』，又『詩筒附奏牋，翰苑傳風流。故知解脱心，疾等浮雲浮。從兹一葦南，遥望心與悠』等句，並御書金粟牋卷以賜。

《松泉詩集》有《錢司寇南還，以舟行紀程》諸詩書册奏進，中有孔司馬傳樞《招遊錦春園，即事用杜詩發秦州韻》之作，蒙御製和章，書金粟牋卷馳賜，並命内廷諸臣屬和詩，有『遭逢有神契，道合如相謀。詩老去吴中，謂沈宗伯德潛。繼躅得秀州。鳴鶴徹九霄，歸鴻厲三秋。養真非樂閒，適趣從探幽。問津指瓜步，名園俯平疇。撰杖攜邁過，掃徑尋羊求』等句。

《公行述》云：府君一棹南旋，舟經瓜步，流連光景，排遣病軀。不過一遊憩之作，乃蒙聖製俯賡，拈示懷鄉戀闕微忱，眷注深恩，溢於毫楮。府君從此得含和井社，悦志謳吟。或以下里倖邀賡作，或以土缶仰答鈞韶，二十三年，千有餘首，主臣風雅之契，明良遇合之奇，爲八伯和歌、庭堅賡作後，儒臣所未有之盛事，皆於賜和是詩，引其端緒也。

文端公年譜卷之下

乾隆十八年癸酉，六十八歲。

公養痾里門。

公少與張瓜田徵士庚同學，切劘最久。陳太夫人撫之如子，暇輒教以畫法。至是，往還唱酬，晚交益密，暨公舅氏石泉處士，從子野堂觀察，約同里真率數人，菊天梅候，放棹扶笻，相與道故舊爲樂。每歸鹽官，謁祠上塚，與耕農溪父，課晴雨，問桑麻，略去形迹。間歲一訪親知，登陟鄧尉、蜀岡及西泠諸勝，然未嘗有浹旬淹留，所至領趣而已。客欲强以探幽，則謝曰：『無濟勝具也。』公歸老棲閒，恭遇朝廷大典禮，必自撰雅頌，倩人恭繕呈進。上諭云：『何不自書？』以年老未能作楷對。上諭云：『儘可行書，但不可不自繕。』嗣後，恭和御製詩詞等册，遂遵旨俱以行書呈進。上甚愛之，曾與詞臣聯句，御詩有『老錢筆老健』之句，公鐫章以志榮幸。是年蒙賜三希堂法帖，公用宋臣蔡襄謝御書七言古詩韻，紀恩恭進。

春，公命長子汝誠還京供職。

公於是年二月，送東麓先生還朝，次從姪野堂觀察韻，並註云：『雍正四年，予奉太夫人南歸，假滿還京，正東風花時也。』

十九年甲戌，六十九歲。

公恭進《大禮慶成雅》。

春三月，上再巡盛京，恭謁祖陵。公恭進《大禮慶成雅》《天畀》、《遹追》、《閟風》、《時彌》，凡四章。是年恭和詩約三十六首。

夏，公如梁溪，遂至邗上。

公買舟將至邗江，道出梁溪，有《題秦氏園亭兼懷味經侍郎》詩。公壬申得反穀疾，侍郎間日至邸，問候診視，兼饋藥餌。遂訪同年盧抱孫都轉見曾於揚州官署，並邀蔣迪夫恭棐同飲，話舊言情，句留數日。

公奏請緩治僞稿獄。

袁氏枚曰：時僞稿獄興，公密奏奸民主名未立，請緩窮治，以省株連。奉旨嚴飭。俄而上鑒其誠悃，寵眷如初。是年三月，公孫大興府君復生，後官順天大興縣知縣，安慶公次子，嗣公三子安叔府君後。公孫臻生，後官江西巡撫，東麓先生次子。

二十年乙亥，七十歲。

春，公如海鹽。

公集：二月十二日，攜恭兒並約從孫載放舟之武原，經半邏、璵城，皆故里也。撫景言情，檢得石湖詩選本，有《四時田園雜興》三十一首，余分得十一首，恭、載各得十首。

謹按：公詩不記甲子，今檢《蘀石齋詩集》，此詩繫年乙亥。公詩共十一首，後蒙御製三次賜和，均作十首，減去第九一詩，計成數也。

公與汪松泉尚書論荒振事，略謂：

前者小力齋摺回家，接閣下復函，中及浙西民莫，情形如繪，并吾郡獨苦向隅，無遠不照。幸際聖主念切痌瘝，而司牧者未免粉飾，動稱『豈敢以天家之雨露，妄費邀譽』。此語固是，殊不知實無災而濫報，則爲干譽虚糜，有災而不察，則窮黎無所託命，豈皇上己溺己饑之盛心？即如江浙兩省，同被風潮，同受蟲傷，即使浙災稍輕於江南，亦不過十分中稍輕一二分耳。江南之請截漕者百餘萬，而浙江止請五萬，不及二十分之一。徵漕之後，十室九空，且遠買楚米，添入還漕。及兑漕纔足，民食大艱，幸荷聖心豫爲籌及，發楚米十萬濟糶。若使司牧先期報明，多請截漕，地方存米充足，米價未必遽爾騰貴，豈非失計之甚者耶。此雖成事不説，然浙西受病之由，實職是耳。十月以來，從會城分撥二萬兩施振，又紳士便家，量力捐助，七邑計得銀五六萬兩。昨蒙聖慈慮及，播種爲目前第一要務，窮佃得有資補。

現在春收，菜子、蠶豆、大麥、小麥俱可有收。其在浙東，如寧、紹等府，已經成熟，再遲半月，浙西三郡亦俱可收成矣。則五、六、七三月，可以接濟，所關非小。蓋當塗欲回護前失，總云嘉郡勘不成災，徵漕米則曰踴躍輸將。誠如是也，則嘉興一縣，現在與振施者十五萬丁口，秀水一縣，現在與振施者十五萬七百餘丁口，即就二邑爲數，已至三十萬衆矣，此皆有施册可憑。試思納漕後未及一月，此饑民又從何而來乎？天災流行，何地蔑有？一隅偶歉，自有定數。遭際大聖人在上，而司牧者未能仰體，有負盛心耳。春收可以接濟，亦是大幸事也。將來七、八、九月間，青黄未接之時，須得豫籌平糶之米方好。此雖爲期尚緩然，有不得不籌及者，救荒本無善策，救荒而曰不荒之荒，更寡善策也。老先生以國計民生爲念，且受恩至重，居心至公，陳群蒿目民艱，分應備述，公餘詳覽留意，不盡。

是秋，江浙偏災。公與董東山宗伯書有云：『家鄉遇歉，日用難支，無米之炊。樂歲且以百口爲累，況當珠桂之時？七十衰翁與幼兒稺女、竈下臧獲，同啖秈米，惟日以綫裝殘卷、古硯長牋，閉門自遣。』又與汪松泉尚書書云：『今體氣粗安，而百口難支，日僅進粥碗許、飯一碗，皆粗糲，與竈下養同牢，亦安之若素，幾如未受戒之窮僧。幸嗜好本不在此，每燈下讀書，猶聲出金石，偶有會心，偶一怡悦。精神時衰時長，任之而已。』讀此可想見公當日宦成後之清況。

公恭進四言古詩。

是年，西師征準噶爾。達瓦齊勢窮，收拾餘黨，保聚格根山。我師薄之，降其衆七千餘，賊僅得竄。又數日，回部執之以獻於軍，無兔脱者，準噶爾部落悉平。大捷奏聞，公恭進《聖德遐孚，準夷歸化，膚功迅奏四言古詩一百十韻》。又奉敕恭跋御製平定回部告成大學碑文及《開惑論》等篇。是年公孫開仕生，乾隆己酉進士，官翰林院檢討、雲南學政，安慶公三子。

五月，公長子汝誠擢侍講，充日講起居注官。

二十一年丙子，七十一歲。

公恭跋《御製瑞雪詩》。

是年，正月五日未刻立春。先春五刻，得雪甚廣。上御重華宫，與詞臣聯句，時應召者凡十六人，東麓先生與焉。即日頒敕，命公賡和，公恭和後，並撰跋呈進。

秋，公弟主静先生配、節孝任安人卒。

公集：三弟文學峰，年三十一而夭，婦任依先太夫人守節撫孤，孝謹端静，戚鄙咸取則焉。今秋八月，以疾終。前一夕，召其子汝鼎曰：『吾篋中衣一襲，嫁時物也。吾死可衣吾，以見汝父。』予衰力疾，經紀其喪。先十二年題旌，故稱節孝云。

二十二年丁丑，七十二歲。

公爲盛百二孝廉畫柚並作長歌。

公集有詩序云：盛孝廉省親於粤東官舍，啖柚而甘，取其子歸而種之，十數年成樹。今年結柚二，大可受升許，徑二圍有奇，視粤産有加焉。柚，橘類也。橘逾淮而枳，柚遷地而橙，獨此柚越五千里不殊本性，見者異之。孝廉以其一餉予，又以其一遺張瓜田外史庚。明日，張爲圖所遺者，作詩識之，攜以示予。予不能畫，乃展張畫於几，諦視三日，信筆摹之，蓋兩柚大小本相同也。並作長歌紀之。又盧雅雨都轉見曾於丙子暮春，製屏十二，畫者皆年七十以上，致絹乞公畫，公爲畫松、梅，亦作長歌一首。

謹按：公少侍鶴庵公暨陳太夫人，得畫法，而不常作。所見於集中者，止此松、梅，向藏盧氏，今不知無恙否。柚卷舊藏公第二支後，十年前曾借敬觀，用淡墨筆，兩柚連幹，枝葉扶疏，與陳太夫人筆法相類，公與瓜田外史均手録長歌於後。圖之年月不及記憶，檢詩集，似在丁丑年，故謹繫於此。

春，公迎鑾山左。

是年春，上再舉南巡。公於正月起程，跪迎山左道中，即蒙召見，存問殷摯，念公抱疴初愈，命先往杭州恭竢。時公長子汝誠以講坦扈從南來，亦命先往嘉興，便道省親。公恭進《紀恩頌德詩》五古五章，又採道里謳謡，作時巡歌四十章。

上過嘉興，登煙雨樓，見公所書趙孟頫《耕織圖》詩屏，御題七律一首，有『無逸爾知曾染翰，嘉兹金鏡效張齡』句。

公蒙《御製賜和田園雜興》詩十首。

初公進呈近詩，内有和范石湖《四時田園雜興》詩十首。至是蒙上賜和，並書長卷以賜，有『我令歸田静調攝，精神竟得復平生』，又『蹕路迎鑾多舊侶，就中頗喜此人來』，又『滮湖淼淼澄明水，可養胸中一片天』等句。蓋公以禁籞舊臣，歸田五年，依戀既殷，而聖主眷注尤篤，每以蹕路早見爲喜也。

公行述云：府君以頻年承旨矢音，每邀鑒賞，得於耄耋餘齡，藉窺門仞。前《七十自壽》詩云：『一事平生真厚幸，得依聖主作明師。』蓋紀實也。因具摺請發御製詩文，蒙批：『卿老成宿學，何藉朕詩文然後啟迪耶？但依戀之誠，則不可拒，已命于敏中酌鈔數種寄去。』自是頒和命讀御製詩文，歲必三四至。府君敬謹賡識，每奏進上未嘗不稱善，陳設御苑仙莊，選入祕笈者甚夥。

《松泉詩集》有《恭和御製和錢陳群田園雜興十首元韻》，中有『松柏嶺頭含晚翠，總憑雨露得滋生』，又『賜箋捧出驚傳看，萬顆明珠照眼來』，又『六年林下重相見，交頌天恩海樣寬』，又『睿藻評量並沈錢，詩壇吴越兩耆年』，又『恩光載處壓船低，鳴和煙霄接翅飛』等句。注云：時陳群子汝誠以起居官扈從，得便道省覲。公蒙恩命在家食俸。

是年春，奉上諭：『侍郎錢陳群，從前在京供職勤慎，今養疴林居，著加恩在家食俸，以昭眷念舊臣之意。欽此。』公即日躬詣行宫，疏謝。

秋，公次子汝恭以大挑知縣，分發江南。

安慶公自舉丁卯順天鄉試，後三試禮闈不售。是歲，以從姪葎石先生載分校迴避，就挑知縣，赴江南河工效力。每有家問，公必諄諄以潔己愛民、奉公守法爲勖。

公蒙賜《御臨米帖》及《墨妙軒帖》。

十一月，蒙賜《御臨米帖》，公賦長歌恭紀。又蒙頒賜《墨妙軒法帖》四卷，傳諭不必謝恩。是年恭和詩約一百八十餘首，又恭和《駕駐趙北口同扈蹕詞臣聯句七言排律五十韻》。此外特敕恭和恭撰之作及恭跋書畫册甚夥。

公長子汝誠遷侍讀學士。

二十三年戊寅，七十三歲。

春正月，公弟界卒於施南任所。

時曉村先生任施南郡丞，疾終官舍。先生配尚宜人無出，遺言以公六子汝弼爲後。公於正月廿五日聞訃，哀慘難狀。即日告廟，命肖巖先生承祀，易服成禮。並命四子依雲先生入楚扶柩，迎奉尚宜人以歸，公爲置屋以居。張瓜田徵士庚幼曾同學，爲繪《桐陰把卷圖》。公題幀首曰：『瓜田與予兄弟自幼同學，予舊居南樓下，有老梧高六七丈，寬二十圍許。予與瓜田讀書其下，兩弟皆肩隨焉。今五十餘年，兩弟先後歸道山，瓜田見予痛不能釋，追繪是圖，灑淚題之。』繼聞汪文端由敦之訃。文端與公交垂五十年，未達時常拜陳太夫人於堂後，太夫人曰：『器度雅飭，非凡才也。』每出畫資爲飲餞。至是公爲位而哭之，後爲撰墓志。又數日奉硃批摺尾：『汪由敦，汝老友也。今竟物故，可惜之至。』友道始終，上邀聖主垂察，亦史册所罕有也。

秋，公如金閶，遂至武林。

秋，公訪歸愚尚書於吴門，留飲寓齋，題盆中素心蘭，即用『素心』二字爲韻以贈。遂赴傳玉笓先生王露之約，薄遊武林，同至湖上，並招齊次風召南、杭堇圃世駿兩先生，雅敘竟日。公所撰《重遊陶氏留餘山居記》，亦是年作也。

公長子汝誠升内閣學士，次子汝恭署高淳縣知縣。

時内閣學士未有缺，奉特旨以内閣學士候補食俸，異數也。是年，公恭和御製行幸木蘭古今體詩，並恭跋冊後以進。

二十四年己卯，七十四歲。

公疏謝免罰鄉俸。

略謂：本年二月，吏部議處彙題遲延、未經查覈之歷任刑部堂司各官一本。奉上諭：『錢陳群在家食俸，原係出自特恩，與供職受糈者不同。其罰俸六箇月之處，著加恩寬免。欽此。』臣奉旨回籍調治七八年來，叨沐聖主再造鴻慈，得以存活。二十三年，皇上再幸南邦，奉旨在家食俸，眷舊殊榮，舉家感戴。昨以舊案議處，例應罰俸，乃蒙聖恩，特加寬免。捫心自問，方深覆餗之譏。閉閣以思，勿拜蠲瑕之賜。同得過而過中宥過，臣衷竊不自安。既沾恩而恩上加恩，主德益難報稱。佩宸章而被服，春來無事典朝衣。資内鏹以從容，老去仍堪供藥裹。用申銘刻，曷任悚慚。

謹案：公《謝免罰鄉俸疏》，不註甲子，惟疏内有『回籍七八年』句，則當在戊寅、己卯間。故謹繫於此。

公恭進《武成頌》。

是年公聞大、小兩和卓木二酋授首，仿元結《中興頌》，恭進《平定回部武成頌》，又恭紀《再舉大閱盛典》。是年，恭跋《御製祈雨文》，補《小雅》笙詩、《飛來峰》二歌等册甚多。公遊鄧尉。

公集：幼時侍母至廣福，游女僧寺，有古梅一株初著花。太夫人蘸筆圖之，已六十餘年矣。今春復至其地，先澤猶存，感而有作。詩曰：『兒年此地踏芳塵，曾奉慈雲現佛身。鳥下雙林猶識偈，梅依古砌尚留真。浄便灑處香爲界，霍靡深時草是茵。十四沙彌頭盡白，重來覺路話前因。』

公長子汝誠授兵部左侍郎，次子汝恭充江南鄉試同考官。

舊例由内閣學士升侍郎，必先居右，今特命居左，亦異數也。公孫有序生，後官安徽廬州府知府，依雲先生長子。

二十五年庚辰，七十五歲。

公蒙恩賜《御筆橋梓圖》，並御製詩七律一首。

是年，公長子東麓先生汝誠蒙賜御筆仿文徵明畫，并題即用其韻一幀。公恭和元韻以進。夏五月，蒙賜《御筆橋梓圖》，並題一詩，仍疊文韻，並識云：『重五日，陳群書和賜其子汝誠詩畫扇以進，蓋欲之而不敢言。陳群老矣，不可使因此鬱鬱於懷。促成是幅，並疊舊韻賜之。』有

『高年已覺多男累，莫逐東風更羨鴉』句，注云：『陳群自云如是，即以調之。』公疏謝後，遂寄諭東麓先生云：『父子叨榮，傳諸圖畫。我老自持晚節，汝尤當夙夜匪懈，以答主恩於萬一。』是秋恭值皇上五旬萬壽，先期奉旨，命公入京慶祝。既由蔣恒軒相國溥傳上恩旨：『尚書沈德潛，侍郎錢陳群，不必來京祝壽。緣南巡有期，相見不遠，迎駕日並許瞻仰慈顏，老年人無煩跋涉也。先寄一信，還須頒發諭旨。』公遂恭進長律十二章。

五月，公長子汝誠調刑部左侍郎。六月，充江南鄉試正考官，副者海鹽御史朱公丕烈，得士仲嘉德等如額。

是秋，公長子東麓先生充江南鄉試正考官。陛辭日，乞於事竣，給假省親，上允焉。

秋，公送長子汝誠還朝，至吴門。

公集：劉延清相公奉命來吴中，會尹望山宫保、陳榕門中丞句當公事。時兒子汝誠蒙恩典江南試事，給假省親，旬日還朝。余買舟送至金閶門，遂集榕門官舍，喜而紀之，兼柬歸愚尚書。詩曰：『片帆吹我泊長洲，舊雨連翩接上游。别後心情論萬里，重逢節旆又三秋。兩家兒輩持衡鑒，劉延清相公子墉，時視學兩江。五緯星芒聚斗牛。我分扶藜踏吴市，沈錢作伴避清騶。』

尹文端詩集有《滄浪亭有感柬香樹》詩曰：『一曲寒流抱小洲，荒亭散步亦優游。纔看紅葉偏經雨，未賞黄花已過秋。北去有人隨遠雁，時送人還京。宵來無語望牽牛。適逢扶杖鴛湖叟，笑問何時返八騶。香樹見過。』又《再贈香樹兼以送别》詩曰：『老人猶記鳳麟洲，小集空亭話舊游。笑口難逢開半日，交情誰似足千秋。懷人好藉傳書雁，念子同憐舐犢牛。兩家兒子多在遠方。自是歸心留不住，可因詩債一停騶。』又《香樹臨行和詩留别，肫摯之情，流露言表，仍疊前韻送之》詩曰：『鴛湖迴勝百花洲，煙雨樓高足覽游。未去先愁難作别，再來誰料幾經秋。呼群空羡林間鳥，望遠應嗟日夕牛。俗吏行蹤君識否，風霜一路逐前騶。』又《再送香樹》詩曰：『長帆去路指滄洲，那得相從一溯游。最愛高風能絶世，寧誇老氣獨横秋。敲詩細酌舟中酒，納稼閑看隴畔牛。簇簇兒童迎杖屨，門前猶記聽鳴騶。』

袁氏枚《詩話》曰：尹文端公好和詩，尤好疊韻。每與人角勝，多多益善。庚辰十月，爲句當公事，與嘉興錢香樹尚書相遇蘇州，和詩至十餘次。一時材官傔從，爲送兩家詩，至於馬疲人倦。尚書還禾，而尹公又追寄一首，挑之於吴江。尚書覆札云：『歲事匆匆，實不能再和矣。願君遍告同人，説「香樹老子戰敗於吴江道上」，何如？』適枚過蘇，見此札，遂獻七律一章，第五、六云『秋容老圃無衰色，詩律吴江有敗兵。』

公次子汝恭調署江寧縣知縣。

時由高淳調署首邑，並請補沭陽。是年公孫俊生，乾隆丙午舉人，後官江蘇常鎮通海道，東麓先生三子。

二十六年辛巳，七十六歲。

三月，公長子汝誠兼管順天府府尹。

公如京師。

是年，恭逢皇太后七旬萬壽，公入京慶祝，疊蒙召對，仍令供奉南齋，間日入直。旋奉上諭：『原任侍郎錢陳群久歷卿貳，兼直内廷，年逾七十，學問優裕。前以養疴回籍，有旨在家食俸，用資頤養。今來慶祝，召對之次，見其神明不衰，而居鄉素稱恪謹，著加恩賞給尚書銜，以昭優眷。欽此。』十一月十四日，命與九老會，繪圖禁中。凡九老三班，在位九人，在籍九人，武臣九人，並蒙賜杖於朝。又蒙皇太后恩賞緞疋、素珠等物。二十二日，至皇太后宫行禮。凡與九老會者，再蒙賜緞六疋。二十四日，賜遊香山，符香山九老之數。禮成還家，陛辭日，上曰：『轉瞬十年，又復來京師矣。』並蒙賜詩寵行。

公恭進唐張南本畫《華封三祝圖》。

公抵京，親齎是圖，恭呈御覽，蒙賜詩題於幀首，仍命公恭讚以進。

十一月，公長子汝誠調户部右侍郎，尋轉左，仍兼署刑部侍郎事。

冬，公南歸。

《公行述》云：京寓雙樹軒，爲府君曩時公餘燕憩地，汝誠繕完，以爲子舍承歡之所。府君留都下兩月，每散直，張筵列坐，綵舞團圞。汝隨、汝豐亦隨侍履絇，及往來經由江國，汝恭祗迎桃源境上，從至沭陽縣署，奉養浹旬，極天倫之樂事。

二十七年壬午，七十七歲。

公迎鑾於毘陵驛。

是年春，上三舉南巡。公於正月啟程，同沈文慤公舟行迎駕。二月十九日，接駕於常州白家橋，即蒙召對，御舟賜坐，温語移時，並諭同文慤各還本境。出即蒙御書賜詩一通曰：『二老江浙之大老，新從九老會中迴。身體康强自逢吉，芝蘭氣味還相陪。迎隄驀遇以爲喜，出詩命和群應推。更與殷勤定佳約，期頤定復登金臺。』注云：『二人皆云朕六旬時，德潛當九十八，陳群當八十七，必皆入京叩賀，亦笑而許之。』尋奉上諭：『尚書銜錢陳群，原係刑部侍郎，著加恩賞給刑部尚書銜。』又蒙賞緞四疋。繼奉旨：『錢陳群之妻亦賞緞四疋。』時東麓先生扈從南來，上於錫山諭隨公先歸省母，並賚到御書『香山耆碩』四字匾額及福字、緞疋等物，公均具疏恭謝。一日，公蒙召見行宫，諭曰：『汝浙産也。天台、雁宕，浙最勝處，汝體氣素健，可於春秋佳日，攜杖一遊。』公免冠叩首，奏曰：『臣荷皇上再造深恩，身子還好。惟腰腳輭弱，不能濟勝耳。』

公再蒙《御製賜和田園雜興》詩十首。

上過嘉興，再和《田園雜興詩》，有『境臨秀水聊心喜，爲晤林居有老生』，又『便令還鄉頤暮齒，宣傳不許遠來迎』，又『新署頭銜榮晚節，定知家慶子孫圍』等句，上之眷懷耆舊、曲體衰老至於如此。

公恭進先武肅王鐵券。

錢氏泳《履園叢話》云：乾隆二十七年，高宗純皇帝南巡。三月初五日，刑部尚書裔孫陳群率台之族孫武進士選等，將鐵券進呈乙覽。即日奉到御製七古詩一首，陳群進表稱謝。一時隨駕諸大臣及守土大吏，在籍縉紳，如莊有恭、范清供、齊召南、沈德潛、蔣士銓、沈初等，皆有恭和御製原韻，爲一時之盛。是券凡七登天子之庭，非若世之商彝周鼎，徒以世遠得名者所可比並也。

謹按：鐵券係唐昭宗乾寧四年所頒，向爲台州族人收藏。兩次南巡，均未進呈。今三次幸浙，蒙上垂詢，族人選自台齎至，由公恭呈御覽，作歌發還，仍俾子姓世守，並命公恭和元韻，有『臣今老矣守宗祏，三陪祀事迎牲薌』句。註云『上三幸先祠，三次御祭，臣皆恭迎祠下，真榮幸也』等語。謹將鐵券全文，及武肅王謝表附録於左：

唐昭宗乾寧三年，越州觀察使董昌反，詔錢武肅王鏐討誅之，即以武肅爲鎮海鎮東節度使，封彭城郡王，賜以鐵券。券以鐵爲之，方廣約一尺五寸許。形製類瓦，面鐫誓詞，背誌禄秩之數字，皆填之以金。其詞曰：維乾寧四年，歲次丁巳，八月甲辰朔，越四日丁未，皇帝若曰：『咨爾鎮海鎮東等軍節度，浙江東、西等道觀察，處置營田招討等使，兼兩浙鹽鐵制置發運等使，開府儀同三司，檢校太尉，兼中書令，持節潤、越等州諸軍事，兼潤、越等州刺史，上柱國，彭城郡王，食邑五千户，實封一百户錢鏐：朕聞銘鄧隲之勳，言垂漢典。載孔悝之德，事美魯經。

則知褒德策勳，古今一致。頃者董昌僭僞，爲昏鏡水，狂謀惡迹，漸染齊人，爾能披攘凶渠，盪定江表，忠以衛社稷，惠以福生靈。其機也氛祲清，其化也疲羸泰。拯於越於塗炭之上，師無私焉。保餘杭於金湯之固，政有經矣。志獎王室，績冠侯藩，溢於旂常，流在丹素。雖鍾繇刊五熟之釜，竇憲勒燕然之山，未足顯功。抑有異數，是用錫以金版，申之誓詞。長河有如帶之期，泰山有如拳之日，惟我念功之旨，永將延祚子孫，使卿長襲寵榮，克保富貴。卿恕九死，子孫三死，或犯常刑，有司不得加責。承我信誓，往惟欽哉。宣付史館，頒示天下。』武肅謝表云：『伏承恩旨，賜臣金書鐵券一道，臣恕九死，子孫三死者，出於睿眷，形此綸言。録臣絲髮之勞，賜臣河山之誓。鐫金作字，指日成文。震動神祇，飛揚肝膽。伏念臣爰從筮仕，迨及秉麾，每自揣量，是何叨忝。所以行如履薄，動若持盈。惟憂福過禍生，敢忘慎初護末。豈期此志上感宸聰，憂臣處極多危，慮臣防微不至。遂開聖澤，永保私門，屈以常刑，宥其必死。雖君親屬念，皆云必恕必容。而臣子爲心，豈敢傷慈傷愛。謹當日慎一日，戒子戒孫，不敢因此而累恩，不敢乘此以賈禍。聖主萬歲，愚臣一心。』表文較券詞爲更佳，蓋羅隱、沈崧輩筆也。

秋，公長子汝誠再充江南鄉試正考官，副者大庾編修戴公第元，得士吴珏等如額。

是秋，禮部以江南考官請。上諭：『刑部侍郎錢汝誠爲正考官。』召見，諭曰：『汝今年曾於南巡隨侍汝父，未便請假。汝可傳諭尹繼善寄信汝父，來遊攝山，則汝父子可團聚也。』制府尹公遵旨寄信相約。比撤棘，而公已覽眺棲霞諸勝畢，來白門矣。東麓先生迎入行廨，侍奉數日，公恭賦紀恩詩四首，付東麓先生賫進，以展謝忱。

七月，公恭進賀摺，並呈貢物。

是年八月，恭遇萬壽聖節，公遣人恭進賀摺，並貢物數種，内有天然竹如意一枝。蒙硃批：『未頒僧紹之賜，恰致公遠之貢。文而有節，把玩良怡。今賜卿以木蘭所獲鹿，服食延年，以俟清晤，並御筆圖賜如意一幅。』御製詩句鐫諸柄上，有『高士指揮愛格清』之句，仍跋幀首，命公賡和。

冬，公四子汝隨援例以縣丞試用。

分發甘肅，後補寧夏府平羅縣縣丞，署環縣知縣，候補通判。是年，公孫鴻謀生，後官候選縣丞，芑塘先生長子。

二十八年癸未，七十八歲。

春，公恭進《紫光閣賜宴詩》。

是歲正月六日，紫光閣賜宴聯句，公長子東麓先生與焉，謹將原詩郵寄。公恭讀之下，見遐邇之同風，繪君臣之交泰，敬題六絶句恭讚，以誌近光依戀之忱。有句云『遠夷自喜生何幸，今日親承天語温』，又『衰齡倘得躬逢盛，願效鳧趨與拜賡』。

秋，公五子汝豐援例以縣丞用。

揀發東河河工，後補河南開封府中牟縣知縣。公諭之曰：『我父子受恩至重，汝等宜及時自效。一命之士，苟存心愛物，於人必有所濟，慎毋自待菲薄。』汝隨遠隔七千里，尤所廑念，郵訓諄諄，歲必數四。是年，公孫福胙生，乾隆庚戌進士，後官翰林院侍讀學士、福建學政安慶公四子。公曾孫鶴壽生，幼殤，長孫端出。

公蒙恩賞行圍所獲全鹿。

公集：二十八年十月，齎摺家人歸，蒙恩頒賜行圍所獲全鹿。公具摺疏謝。

二十九年甲申，七十九歲。

春，公蒙恩賜御筆《石芝圖》。

公於上年遊孤山，遇一海客，攜有石芝一本，云得自外洋。見其密麗天然，不施雕鏤，愛而購之，進呈御覽。是年二月十六日，頒到御筆《石芝圖》一幀，賜題長律於幀首，並序云：『《説文》珊瑚生於海，《本草》又稱生海中盤石上，白如菌，一歲變黄，二歲變赤。此石芝似之，豈火樹所未變成者耶？蓋錢陳群所進，而非東坡所食之物也。率爾題句，並驛令和之。』繼又頒到《御製繙繹書經》並《春秋直講》等書。夏，又頒到御賜《紫光閣墨刻》，公均疏謝，並恭和元韻以進。

謹按：公蒙純廟賜繪圖畫凡四：曰《橋梓圖》，於乾隆二十五年頒到，因公恭和御賜東麓先生仿文待詔畫幀元韻也。曰《如意圖》，於二十七年頒到，因公恭進萬壽賀摺、貢物，内有天然竹如意也。曰《石芝圖》，於二十九年頒到，因公恭進海外所産石芝一本也。曰《扶鹿圖》，於三十六年頒出，因公恭和香山詩中，有『鹿馴巖畔當童扶』句，上仿梁楷潑墨，即詩爲圖也。自遭兵燹，惟《橋梓圖》尚藏篋笥，餘均散佚。光緒十六年，叔父在京，與翁叔平尚書偶話及此，知《石芝》一圖爲尚書所得，心欲之而不敢言。尚書歸邸，即夕檢出，題詩幀間，慨然持贈。千金之錫，不是過焉。計四圖，叔父已得其二，不知《如意》《扶鹿》二圖流轉何所？他日倘有如翁尚書慷慨解推，不吝出以見示，俾我錢氏子孫重瞻天藻，奇珍得完先人舊物，不禁禱祀以求。謹記此，一以誌欣感之意，一以存願望之奢云。

翁尚書《題石芝圖詩并跋》，今附録於左：純廟御畫石芝，賜錢文端公，爲臣翁同龢所敬藏。一日，過宗丞錢應溥家，應溥出其高祖母南樓老人畫册，每幅皆有御題，並文端父子三世手迹，相與讚歎。宗丞因曰：『吾家舊有《石芝圖》，今失之矣。』同龢歸則檢篋得是卷，敬奉宗丞，並紀一詩以賡盛美，亦以誌錢氏子孫能世其業焉。

天上圖書聚大羅，臣家緝頌首猗那。欲知聖藻超唐宋，不屑陰功説潁坡。一騎送詩頻唱和，十年佚老自婆娑。從來忠孝留貽遠，多少豐碑字已磨。

秋，公如吴門。

公集：昨少保莊滋圃有恭以視海經過吾郡，訪予荒齋，云：『數日節相尹望山當以公務小駐吴門，可來一晤。』予如約放艇。九月二日，會於胥江行舫，索予詩以紀相逢之雅。並訪歸愚尚書里第，晤嵇拙脩宗伯，承惠長律，依韻爲答。

三十年乙酉，八十歲。

春，公迎鑾常州境上。

是年春正月，上四舉南巡，先期傳諭，命公不必遠迎，即在嘉興恭竢，並蒙批奏明就近迎鑾。摺云：『相見不遠，亦爲欣悦。』公於正月二日起程，偕沈文慤公迎候於常州艤舟亭外。二月二十五日，御舟至毘陵，即蒙召見，賜坐，備詢近狀，並及子孫。公一一奏對，天顔甚喜。良久出，並蒙賜詩曰：『二仙仍此候河濱，三載相睽意更親。郭泰李膺一煙舫，沈期錢起兩詩人。飄然白髮都還健，瞭爾青瞳自有神。筆力年華雖共老，載賡知復倍清新。』尋奉上諭：『沈德潛、錢陳群，江浙耆宿也，並以卿貳，予告里居。曩者省方東南，存問所及，特進尚書階，優頒廩禄。兹時巡莅止，二臣咸扶杖迎謁，耄耋而神明不衰，惟國之瑞，朕甚嘉焉，其各加太子太傅以寵異之。沈德潛之孫，錢陳群之幼子，並賜舉人，一體應禮部試。二臣並忻愉怡養，以躋期頤，副朕優高年眷舊臣之意。』並蒙賞緞四疋。閏二月十九日，奉上諭：『沈德潛、錢陳群並改食正一品俸。欽此。』時公長子東麓先生於一月前，命充經筵講官。旋因京察，特予議敘，至是復扈從南來，上命先還家侍母，俾得歡聚庭闈。東麓先生歸，遂爲公舉八十壽觴。上復賜詩曰：『王帖一句猶過之，羲之帖：『足下今年政七十耶。』陳群今年八十歲，故云。來迎喜重晤龐眉。杖朝足領群仙列，從政仍教一子隨。陳群子汝誠，適扈蹕南來。商榷古今關治亂，諮詢風物度淳漓。我閒卻是卿無暇，合爲催賡攬勝詩。』

公蒙第三次《御製賜和田園雜興詩》十首。此詩，上於丁丑、壬午兩次南巡，均蒙賜和，至是，又蒙賜和，有『肩輿弗許遠迎催，喜遇新年八秩開。民數無央覲鑾路，就中遥説地仙來』，又『問汝林居更底勞，每逢賡韻首應搔。即今三疊田園興，一例還當報木桃』，又『于公門巷豈嫌低，歸省還聽琴響飛。依蹕卻因勤供奉，肯教父子一家圍』之什，體恤周詳，不啻家人父子也。公均恭和，謹勒於石。

一日，蒙召見，諭曰：『知汝課子素嚴。今年已八十，精力未必如前，故賜汝幼子舉人。』又蒙賜《御臨顔真卿自書告身》一幅。公免冠叩頭謝恩，祇領而出。及迴鑾，公恭進《四舉南巡盛典詩》三十首，又《恭紀恩遇詩》十二首。公每奉敕恭和之作，必恭録御製詩於首，再録恭和詩於後，彙爲一册進呈。嘗跋云：『臣幼時小楷，日可作《治安策》一通。過四十，目眵手顫，遂止不書。自養痾里門十餘年來，偶一爲之，雖不甚工，亦不甚困。以年政八十之犬馬衰齡，受洪慈再造，目增光而腕增健，歡喜感激，楮墨難宣。』

《公行述》云：府君於迎鑾之後，日侍行殿，上每出，必顧問慰諭。回蹕時，府君恭送至境，上於蘭舟望見，猶爲霽悦也。

夏五月，公長子汝誠蒙恩許歸籍侍養。

是年夏，聖駕回京，垂念公年届八十，左右侍奉需人，特命東麓先生歸家侍養。公居傴仄，遂構宅於雙溪之西。朝夕團聚，得遂終養之願焉。

公恭進鶴庵公所篆圖章。

謹按：公祖鶴庵公曾篆『瑞日祥雲，和風甘雨』圖章。至是，公恭呈御覽，蒙賜題長律一首，有『休徵敢謂時斯應，善頌還嘉規不忘』句。公屢拜賜詩，有『頌不忘規』之語，可想見公之上邀主眷，有自來矣。

秋，公恭進陳太夫人畫册。

公於八月進呈。九月十二日，齎摺家人從熱河行宫歸，捧到恩賞，並蒙御題畫册詩十首、跋一道，公九叩祇領，疏謝。

謹按：是册計十頁，人物、山水、花卉、鱗毛、蔬果畢備，每頁有廉江公題詩兩句，故御題詩曰『子昂題句仲姬畫，頗有今人似昔人』，又曰『珍重齊眉成合璧，自應綿慶繼書香』等句。册後御題跋曰：『此册爲錢陳群父母手澤貽留，今陳群欲登之石渠，以永其年。朕思石渠所藏卿母各種畫頗多，不忍更留此。因各題一絶，仍以賜卿，俾得什襲，爲傳世之寶。』並命金廷標倣寫成册，録原題，收入石渠，藝林當增此一段佳話也。及乾隆四十六年，公殁已八年矣，上偶題《煙雲集繪册》，命再取是册進呈，御題『清芬世守』四字於册首，並賜題曰：『昨見錢選「苔茵卧犬」，憶是册亦有是圖，命取來證之。則實倣選，但首尾易其向，乃知雲溪家法，淵源有自。册内有陳群與其子汝誠賡和詩，亦成陳蹟，良用憮然。復題此還之，俾什襲世守云。』詩曰：『撫古宣來册訂疑，南樓精到藉因知。倡隨夫婦空前品，賡和子孫有後詞。群也老年那久住，誠兮少長竟何之。憮然寄弃還鄉水，錢氏雲礽慎守斯。』仍蒙頒發寶藏，百餘年來，中遭兵燹，得謹守勿失，若有神物呵護，蓋先公靈爽，實式憑之矣。

三十一年丙戌，八十一歲。

夏，公飲於朱氏敬業堂，時山躑躅盛開。

公集有詩並序云：朱多青先生與先嚴爲莫逆交。康熙庚辰，予年十五，先王父率予來郡應試。先生邀予隨祖父飲於敬業堂中，指盆中山躑躅曰：『此予手植樹也。』後予與令子觀成先後補博士弟子，爲同硯友。雍正三年，乞假侍母歸，卜居郡城。明年四月，假滿還朝。觀成約予飲花下取別，並命長子世綸、次子沖之出紙筆請予作詩，爲賦古風。乾隆壬申，予以疾假歸，訪世綸父子。知令子經畬，取予從孫襻石學士妹，爲吾家壻也。相見後，即問：『山躑躅好在否？』對曰：『花本無恙。』

三十年，予子汝誠蒙恩歸養，搆子舍於甪里坊，與敬業堂鄰並。明年四月下浣，世綸邀予父子祖孫集花前，置酒相餉。曾孫鶴壽甫四歲，亦攜至花下，咸請作詩，以紀斯會。予奉一卮酹花神曰：『七十年中，前後敘予家六世人，亦佳話也。』即席得七律一首，詩曰：『當年捧杖侍華軒，今日扶筇又到門。花似客心紅未洗，酒如人面醉猶溫。交情孔李成行輩，親串朱陳本一村。多謝君家閒草木，見予六世笑言言。』

公倩陳君俞繪《觀荷圖》。

衎石從祖有《觀荷圖記》，今節録之曰：中霤南嚮離坐者，爲文端公暨繼曾祖妣俞太夫人。庭之左南嚮立者，爲伯祖少司寇公。少司寇公以乾隆三十年秋歸養，而俞太夫人以明年秋卒，是圖之作也，蓋在三十一年之夏云。於時我大父安慶府君自沭陽以迴避調興化，假歸省覲，門右公服自外入者，安慶府君也。石闌之南觀書者，爲六叔祖肖巖先生。立文端公左，奉書質於少司寇公者，七叔祖丹甗先生也。是歲也，文端公年八十一，俞太夫人七十九，少司寇公四十五，安慶府君四十，肖巖先生二十二，丹甗先生十七。所可省識者止此。先是，四叔祖依雲先生官隴西，五叔祖芑塘先生官河東，妣以下皆往，蓋圖所不及。於時侍文端公在家者，闔以內則庶曾祖母黄、曹，伯祖妣史，六叔祖妣方，及長祖姑節孝程。我父行則少司寇公之三子皆在，而我世父艮齋、漆林兩先生，及我父皆從於沭陽。唯世父蓉裳先生幼，爲三叔祖妣節孝馮撫育，節孝前卒，而先生猶里居，或亦在焉。我兄弟行，則殤者鶴壽生壬午，文端公嘗攜之敬業堂，看山躑躅者，疑亦厠於斯圖云。噫，圖之作五十有八年矣，蓋始成而遭俞太夫人之喪，故其後遂無題識者，殆不忍言也。

謹按：衎石從祖作《觀荷圖記》爲道光元年辛巳，越三十九年己未，本生祖考甘泉府君手録是記於圖尾。圖向藏於公六子肖巖先生所，後歸衎石從祖，今爲志澄寶藏焉。

秋九月，公繼配俞夫人卒，年七十九。

時公長子東麓先生汝誠於上年蒙恩歸養，得與六子肖巖先生汝弼、七子用庵先生汝器親視含殮。次子安慶公汝恭，由江蘇之興化調任丹徒，四子依雲先生汝隨任甘肅之臯蘭，五子芑塘先生汝豐任河南之儀封，均聞訃奔歸成服。

公撰《繼室俞夫人行狀》曰：年來諸子中，汝誠時以廉俸郵寄奉甘旨，汝恭、汝隨、汝豐等膺一命爲縣令及丞者，亦以所節俸入少佐藥餌。夫人必問所自，諭令慎職守，飭簠簋，毋貽父母憂，諄諄爲囑。二十二年、二十七年、三十年，上奉聖母南巡，夫人跪迎慈顔，拜賜緞疋。汝誠每扈從南來，聖慈體恤，必諭歸省視其母。夫人感激歡喜，留數日，即令赴行在執事。三十年，幼子汝器蒙恩賜舉人。夫人感喜交集，嚴訓汝器讀書勵行，以圖報稱。時第六子汝弼適遠娶未歸，夫人即疊寄諭，勖其奮志上進，以繼承家學。其教諸幼子，尤嚴切如此。數年來所拜恩俸，輒量予戚族。夫人嘗曰：『必如此，方不負君賜也。』夫人性慈愛，淡泊寡營，不露欣戚。年垂八十，耳不重聽，齒不豁。今年八月杪，偶感寒熱，飲食少減。重陽後稍沈重，謂汝誠夫婦曰：『吾一生惟存善念，不敢行一毫刻薄事，所處境地多順遂。自去年汝蒙恩准歸侍養，母子相聚歲餘，尤得之望外。聖恩高厚，同於天地，汝其何以圖報？吾即不諱，汝以予言諭諸弟可也。』言已，復謂予曰：『今日所服煎劑，吾勿進矣。』頃之即逝。夫人雖幼未讀書，而德性淑善，其處貧賤、富貴也，實有合於不隕穫、不充詘者。其視衆子女，雖各母如己出，實有合於《鳲鳩》之義者。因敘其大略，以示子孫。

冬，公從子汝鼎卒，年五十二。

主静先生子，自幼依公撫養成立。至是疾卒，公悲悼實深。遺子女數人，公命東麓先生等贍給，歲以爲常。從孫濬復早世。濬弟淇、子楷先後遊於庠，公猶及見之。後楷以乾隆己酉會元傳臚，歷官安徽巡撫，得誥贈主静公以下如其官，妣俱夫人。是年，公妹馮宜人亦卒。迭遭拂逆，是以《歎逝》詩有『奈子風燭餘，重疊期功累』句。幸女夫王汝璧魁南宫，老懷稍慰，謂可藉手以報故人。王爲安居樓山中丞子。中丞身後蕭然，遺孤二人，奉母七千里，以諸生來依，公爲賃數椽居之。汝璧就婚後，其兄汝嘉並執經請益，將八年矣，公節俸入，爲其兄弟以例貢於太學。汝嘉以乙酉領鄉解，至是汝璧復捷春闈，觀政銓曹，後官至中丞。汝璧爲繪《長水讀書圖》，以識學問所自，公爲題長歌。是歲，奉特旨蠲免湖廣等七省漕米，浙江與焉。公疏謝。

三十二年丁亥，八十二歲。

春，公如杭州。

杭州净慈寺方丈恒上人明中能詩，公過净慈寺，出詩相質，因遺一聯云：『山閑不厭僧常住，詩好何妨客屢過。』上第四次南巡，幸寺中，見公所題聯，即問和尚：『出家人也，能作詩麽？』公於是年至杭，雨中訪之，贈詩一律曰：『冒雨尋初地，扶藜踏蘚苔。閒雲歸岫宿，野鶴過江來。畫裏傳摩詰，談間想辯才。净便香未散，定起撥寒灰。』後因上人弟子佛裔之請，爲之撰詩序。

冬，葬俞夫人。

公元配俞夫人，側室沈恭人，曾淺厝於沈蕩鄉之南石木，公亦將自營葬地，是以晚號柘南居士。及是，東麓先生兄弟營葬繼配俞夫人於海鹽縣鄉之韋陀蕩，且爲公營壽穴，擇日移南石木之兩櫬，同葬新塋。是年，公奉敕恭跋御製碑文等數首，又恭和詩約一百二十餘首。公孫鴻起生，後官江蘇徐州府經歷，芑塘先生次子。

三十三年戊子，八十三歲。

春，公蒙御製賜和《津水早春詞》，並御筆書賜手卷。

三月，上巡幸津水，偶檢公詩集，見公未第時僑寓於此，曾有《津水早春詞》，蒙上賜和云：『香樹齋集偶披翻，清虚婉約真除煩。早春津水詞更美，正值三月停巡軒。』後云：『當年傭書此閲歲，每有佳句無斧痕。自從歸去樂桑苧，直沽塌淀空潺湲。詩筒遐寄俾賡韻，罣然南望紛川原。』郵寄命公恭和。公恭和後，復恭進七古四韻詩一首，以志榮幸。詩曰：『殷宗躬到版築間，漢祖來過圯橋路。一爲列宿在雲中，一從赤松遠遊去。那得如臣草野吟，萬年天子親題句。嘉哉此事古未逢，留與詞臣傳藝圃。』又恭和御製《生春詩》二十首，及《幸避暑山莊詩》四十首，並天津各體詩六十餘首。

公撰《重脩嘉興縣學宮碑記》。

略謂：丙戌春，邑宰咸寧王君莅治。甫閲歲，欲將學宫葺而新之，請於大憲，爲捐俸倡攸。前司諭朱君，今張君，暨司訓王君，相率勸紳士輸貲，屬予手疏贊成。邦人士咸踊躍趨事，經始是歲孟秋，迄戊子冬告竣，靡私錢一千八百餘緡，不斥公帑，不侵民膏，而輪奐改觀，雖剏構者無以踰之。僉曰：『是役也，宜若可以示後者。』重以屬予。予邑人也，樂觀厥成，不復以不文辭。

三十四年己丑，八十四歲。

夏，公如杭州。

先是，杭州先武肅王祠歲久失修，勢將就圮。公白當道，籌款修葺。至是落成，公至會城恭謁，館於汪氏振綺堂數日。適久雨新霽，邀同主人及一二賓從，泛舟西湖，薄暮始歸。

梁敬叔孝廉恭辰撰《勸戒録》云：乾隆乙巳，高廟南巡。先一年，杭守檄召錢氏後裔集資興修錢王祠，凡錢氏子姓，羅列無遺，首即公名，並加硃點。時公予告在籍，檄至，公即日至杭。晤中丞，爲公年家子，笑問：『酷熱如此，何事遠臨？』公即告以奉太守檄召修祠，不敢不至，並乞早諭修數，以便遵辦。中丞爲稽舊案，向非錢氏自修，召太守詣寓謝過，祠工仍取給於公項焉。

謹按：公集中自記祠久失修，白諸當道，於己丑年籌款興工，則非奉檄可知考。乾隆乙巳，公没已十二年，安得於甲辰年至杭，豫修祠事？且語氣似公不滿於杭守，有意使中丞知而謝過，殊非公平日忠厚待人之意。爰將《勸戒録》删節登之，而辨其傳聞異詞如此。

公奉恩命，明歲不必入京恭祝。

沈文愨公自訂年譜云：己丑四月，宮傅錢陳群來傳上諭，閔臣年屆期頤，勿涉長途。明年皇上六旬萬壽，祇在本地率衆叩祝。反覆曲折，覺高厚之恩，無微不至。並奉諭，命臣亦勸錢陳群不必入京恭祝。即赴嘉禾傳旨。

己丑夏，先期奉到廷寄，以明歲恭值聖主六旬萬壽，命公入京恭祝。尚書沈德潛年將望百，不令遠涉，即命公往吴門勸止之。既而，上念公精力雖健，而八十餘老翁，頻年僕僕，非所以示體恤。即命沈公就近來禾，更迭勸阻，隨奉硃批『汝二老實國家祥瑞，而朕優待之恩，將來定成佳話也』。公恭進貢物，内有銅如意一枝，上口號一絶，有『九州萬物同如意』句。是年，恭和《御製幸避暑山莊詩》五十首，又《幸盤山詩》九十餘首，又於除夕，于公敏中承旨寄到《御題耕織圖詩》四十五首，命公賡和恭進。公孫鴻寶生，後官江蘇江寧府經歷，芑塘先生三子。

公覆奏家中並無錢謙益詩文等集。

略謂：臣家本寒素，所藏書籍本少。又臣自幼學爲詩文，於大節有虧者，屏棄不閱。平時訓子若孫，暨門弟子、鄉里後進，無不切實告誡，至再至三，不令少染惡習。若錢謙益者，身本悖謬，每於他處見其題詠一二，必鄙夷不觀。實臣禀性如此，並非因錢謙益悖逆敗露，始持此論也。兹九月十四日，撫臣永德親至臣家宣揚聖諭，愷切指示。凡有血氣，咸當懔遵。恭讀至上諭『錢陳群於錢謙益詩文，似非其性之所近。且久直内廷，尚屬經事，諒不至以應禁之書，轉視爲可貴』等因。欽此。臣當即伏地叩頭，感泣至不能語。前次撫臣永德諭令嘉興府知府李允升到臣家查問有無，臣即據實告知，實無《初學》《有學》等集。隨將家中所有書本仔細檢查，止有錢謙益尺牘三本，當即面交撫臣所委之員彙繳。至臣舉家父子祖孫，叨沐聖恩至深極渥，焉敢存留悖逆之書？讀書所以明理，臣雖至愚，必不敢自取罪戾，貽禍子孫也。

三十五年庚寅，八十五歲。

公蒙御製賜和《再疊津水早春詞》。

是年春，上復恭奉安輿，周巡津水。公恭進《津水迎鑾詞》十首，復蒙賜《和津水早春詞》，有『香樹齋翁命且俟，初欲聽錢陳群今歲即來京慶祝，既而念其精力雖健，而八十餘老翁，頻年僕僕，非所以示體恤也。因諭俟明歲赴京恭祝慈壽，而止其今歲之行。更憐歸愚地下魂。二老外與言詩少，片雲空宇寧留痕。津水早春詞重和，還鄉水名，在嘉興。直達波潺湲』等句，並御書長卷以賜。公恭和並恭跋，繕册進呈。

夏，公有疾，旋瘳。

公集：四五月間，予偶抱疴伏枕。浹旬，疾稍痊，兒孫輩扶至書齋，見案頭有尹望山相公所寄詩箋，纏綿篤摯，感入肺腑，依韻答之，有『隨意謳吟皆得趣，偷閒風月自無邊。一緘欲寄時巡地，扈蹕應知上岱顛』等句。

公送長子汝誠祝釐北上。

公集《用癸酉春别予還朝送行詩韻》有『廿年與爾論會合，得之意外無一同。扈從登涉與歸侍，都在天家雨露中。爾今入朝效嵩祝，我亦獻頌將詩筒』。註云：自癸酉春，逮今二十年矣。中間扈從者三，典江南試事者再，初次給假省親二次。命臣遊攝山，於榜發相見。辛巳，予入都恭祝，留誠兒邸舍三閱月。乙酉夏，誠兒請假侍母，凡六年，與予未嘗相離也。

秋，公恭進《千文頌》。

八月，恭逢純廟六旬萬壽，公恭進《千文頌》，附呈王淵《梅雀報春横卷》。公敬識三絶句，蒙上賜和，並御筆書賜，有『雀梅一卷詩三首，妙義還因揭道淵』，又『江鄉食履應增健，大愜予懷老者安』等句。

冬，公如邗江。

公集：予挈幼子汝器至維揚，就婚於故中丞莪村唐公綏祖第宅。兒輩攜孫來送，期長至左右，遲我於落帆亭畔也。又撰《汪椒谷詩序》云：庚寅冬，予舟泊邗江，留數日，椒谷導予過其園。

公恭進陳太夫人《水仙長卷》。

公母陳太夫人曾仿宋趙孟堅畫九十三莖水仙長卷。公敬題二十五韻，恭呈御覽，中有『昔有宋王孫，絶藝擅前軌。自署水仙王，下筆動神似。刱圖九十莖，一時歎觀止。流轉五百年，曾入長安市。北海少宰家，題識小郑氏。最後來武原，舊物還鄉里。臣母少善繪，借觀一仿此。吮毫對曲屏，渲染展净几。花花金玉芝，葉葉鸞鳳尾。密若會群真，珠鈿粲百琲。疏若空谷姿，遺俗自防禮。側者妝欲成，對鏡一相倚。背或垂長髾，俯首照江水。整暇復參差，面面生歡喜。竟幅二丈强，神韻所驅使。真蹟幾雲煙，摹本亦遷徙。時節歲方晏，芳藹敷玉戺。持將獻曝忱，玒兹淩寒卉』等句。此卷現藏叔父京寓。今年，翁叔平尚書步公元韻題詩幀間，謹附録於左：

翁尚書步韻詩並序

癸巳五月，子密同年七十壽辰。同人方議稱祝，子密愀然曰：『某之生也，與吾母先太夫人同日，非所敢承。』乃出一卷示客曰：『題此，即壽我矣。』卷爲南樓老人畫水仙九十三莖，文端太傅奉以進御，兩朝御覽之璽在焉。再拜瞻禮，敬次太傅韻，綴於卷末。

吾生與錢君，譬若蘭與芷。同舉拔萃科，亦同肄經史。雖然溷郎曹，頗不染泥滓。惟君早歸養，闇修含内美。吾嘗請南豐，孰可繼賢軌。南豐首推君，忠孝世莫似。湘鄉曾文正公之言如此。吁嗟流俗徒，冒進不知止。欲求升斗養，漫以功名市。君於攬揆辰，閔默懷母氏。壺觴謝賓客，感泣動鄰里。苟非至性深，垂老乃如此。容臺五月寒，官書爛盈几。抑揚系風教，豈等判紙尾。歸來展畫圖，仙露珠百琲。此圖在天壤，萬衆所敬禮。當時太傅公，聖哲深毘倚。講論無朝夕，契合若魚水。天意鑒公誠，題語雜悲喜。謂當明良際，股肱吾任使。尚想汝母賢，辛苦宅三徙。陳太夫人畫前後蒙賜題者數十幅，肫然有教孝之義焉。今看此圖中，雙璽燦玉戺。願君誦蓼莪，兼以植嘉卉。纏綿一寸心，務使庶政理。不才久荒落，亦竊附博依。白髮兩秋蓬，飄蕭棘槐裹。

是年，奉旨蠲免各省錢糧。公疏謝，並恭和御製《巡幸天津》詩七十餘首，又《秋獮》各體詩五十首、《生夏詩》二十首，及恭跋詩畫册甚夥。公孫鴻勳生，後官直隸静海縣知縣，芑塘先生四子，後嗣爲用庵先生後。

三十六年辛卯，八十六歲。

春，公恭進《登岱祝釐頌》。

是年二月，上恭奉安輿，柴望泰岱。公恭進《聖主東巡登岱祝釐頌》百韻，及奉敕恭跋、恭和各種册子。時適駐蹕德州，賜詩曰：『平原此日巡方駐，秀水多時奏牘欽。萬有言餘親手寫，三千里外故人心。可知食履益康健，具見頌揚篤悃忱。冬月定當重晤面，健談與自勃知音。』註云：陳群於今冬來京，恭祝聖母萬壽，當與之覿面談詩，以慰眷懷。公祗領後，恭和元韻奏謝。

上又疊前韻，並書以賜詩曰：『宣毫端硯常隨側，即景摛詞每寓欽。何必多思甫老句，所無逸緬旦公心。往來筆札如覿面，賡和篇章每託忱。善頌雖卿頗自許，不忘規更佇佳音。』

夏，公次子汝恭選授四川珙縣，調授河南新鄉縣知縣。

安慶公服闋謁選，得四川珙縣。引見，蒙上垂詢家世，霽顏曰：『汝父在家佳否？』安慶公免冠叩謝。上以公年老，不令入蜀，特旨調授河南新鄉縣，異數也。因得歸省，留數日。公促令赴任，勖以詩曰：『天語殷勤下紫宸，許兒捧檄候嚴親。他時重校觀風日，要看淇泉易使民。』

秋，公挈長子汝誠等北上。

公於八月起程。未至京，上數垂問禁近諸臣，知已在途，天顏甚喜。抵都，主總憲補亭觀公保宅，公視學畿輔選拔所得士也。次日面請聖安，命御前侍衛五公掖入内廷憩息。隨蒙召見，賜坐，漏逾數刻始出。自是，間日屢蒙召對。上即賜詩曰：『祝嘏重來紫禁攀，依然鶴髮晤童顏。枕流漱石家鄉慣，實語真情前席間。不覺六年如一日，更期百歲領三班。鬼神不問蒼生問，吉甫清風補衮間。』並註云：陳群於辛巳慶典，即居致仕九老之次，兹復與嘉會，爲林下諸紳領袖，而精神矍鑠如前。計其再來恭祝九旬慈壽，陳群亦將百歲矣。隨奉命紫禁城騎馬。又以公年老需人扶掖，特命東麓先生隨侍出入，以昭優眷，復命重游香山，依辛巳九老故事，欽派二十七人，以公列致仕諸臣之首。内惟顯親王、鄒小山宗伯及公三人，以上屆九老復得預列。御製再用白居易韻詩，所謂『更有三人重寫像，方兹榮幸世真無』者是也。先一日，公恭進《和游香山詩》，有『鹿馴巖畔當童扶』之句，上愛其超逸，特仿梁楷潑墨，即詩爲圖以賜，並題一詩，復命公依原韻題詩幀首，疊荷賜參並上珍諸品。在直次奉敕恭和之作，指不勝屈，並特敕恭跋御製詩三集及《重刊淳化軒帖》各種。

公行述云：府君爲詞苑舊臣，又久侍禁近。自聖祖、世宗時，已蒙頒賚文綺書籍等，什襲敬藏。恭際我皇上眷遇非常，自在朝以及林棲，拜賜御書福字、御製墨刻及朝珠、如意、鼻煙壺、豐貂、蕉扇、緞綢、妝蟒、紗葛、羽毛緞、哆囉呢、藥錠、荷包、牋帙、筆墨、和闐玉子、水晶、象牙、瑪瑙、筠竹諸文玩，至御筵克食、尚方珍品、哈蜜瓜、回部果、麅鹿、湯羊、野雞之屬，多至不可勝記。其非常例者，復荷特賜，謹聯綴以載，尤足徵府君躬被醲澤，特爲優厚云。

公再蒙賜杖。

公於辛巳年來京祝嘏，蒙恩賜杖。恭鐫杖首曰：『萬年天子賜，九秩老臣扶。』至是又蒙賜杖，係天然連理藤，朝天老輩見者，多歎爲希有。每行宮侍立，上笑謂同直諸臣云：『看他賜杖且可不須。』恭繹御製賜《和田園雜興》詩，有句云：『雖然賜杖何須杖，見説香山步似飛。』當日高年矍鑠景像，天筆如繪。公奉恩，命瀛臺騎馬。

一日，公率東麓先生隨侍瀛臺，即蒙召見，温語移時，命内侍掖坐冰牀以出，自是遂有瀛臺許令騎馬之命。蓋瀛臺向無恩賜乘馬例，聖恩體恤老臣，倡此恩命，後遂沿爲故事。

公集：嘉平二日，率子汝誠隨侍瀛臺。是日寒甚，上召見便殿，有旨賜坐冰牀以歸。汝誠扶杖趨冰上，中人謂曰：『何不傍坐代步耶？』答曰：『此上恩卹老臣，猶禁城騎馬例也。我則何敢？』余語中人曰：『我子言是也。』是以公詩有『鵷班同直人争羡，還笑家兒步較遲』之句。

冬，公南歸。

十二月，慶典告成。公奏明，於歲内還南，仍蒙賜詩寵行，曰：『剛喜談心頻席前，胡爲慶蕆又當旋。幾番笑語消一瞬，重晤風光期十年。雪阻長途仍發軔，冰凝順水未開船。精神健豈妨跋涉，卻是南瞻每眷然。』是年，恭和御製東巡各體詩一百三十首，又幸熱河詩三十首，《漁樵詩》二十韻，並恭進皇太后八旬萬壽樂府九章。公孫鴻緒生，後官兵馬司正指揮，苣塘先生五子。

三十七年壬辰，八十七歲。

春，公歸自京師。

春，公抵家，即遣家人齎摺奏歸里日期，並附恭和詩及所書御製詩文以進。時上適駐香山，硃批摺尾云：『香山適接還鄉信，即景尤思扶鹿人。』批摺即得此句，餘俟辦事後續成發往，更爲香山增一段佳話。近遊盤山諸作，並發和來。』隨蒙頒賜全詩。前六句云：『就道輕輿發殘臘，高年抵里尚初春。逾三千里强食履，望九旬身超類倫。幅幅書牋仍健逸，章章和句總清新。』

夏，公如杭州。

公《哭汪介思》詩序云：予每至會城，輒主其家。上年，介思訃至，因病起尫羸，未能赴哭。今重來武林，信宿舊館，人琴之感，其能已於懷哉。補哭以詩，不自知老淚之横集也。有『晚近論交有幾人，先生直諒我所敬』之句。

冬，公蒙頒賜《重刊淳化軒帖》一部，計十卷。

十二月十六日，撫臣熊學鵬差弁齎到。公疏謝，蒙硃批云：『覽卿奏謝，可謂文稱其實。』是年，恭和御製幸避暑山莊詩四十四首，又題鄒一桂山水花卉詩四十八首、《生夏詩》二十韻，並恭跋詩畫册各種。正月，公曾孫景文生，後官福建邵武府同知，長孫端長子。

公次子汝恭升授安徽安慶府江防同知。

十二月，由部選授。明年二月，入都引見，蒙上垂問公近來眠食、步履如何。奏對畢，上迴顧廷臣，温語宣示者，莫非俯體公之旨意。臨出，並蒙恩准給假省親，再行赴任。安慶公遵旨，於七月歸家省覲，承歡子舍者三閱月，然後赴皖省履新焉。

三十八年癸巳，八十八歲。

春，公蒙頒賜御製詩三集一百卷。

公於辛卯年入都慶祝，奉命恭撰跋尾。公敬謹屬草呈進，甚蒙嘉許。至是御集刊竣，頒發到浙，公祗領後，具疏恭謝。

公復蒙御製賜和《三疊津水早春詞》，並御筆書賜手卷。

春三月，上以永定河隄壩蕆工，巡幸天津臨閱。公恭進宣防底績詩百韻，復蒙賜和《三疊津水早春詞》，有『屏額勒昔和錢句，彼無斧鑿我有痕。一篇寄付北風去，望予渺渺波湲湲。即今可與言者孰，莫辭更疊險韻原』等句。公仍恭和恭跋呈進。

公行述云：此詩及《田園雜興》，凡邀睿章疊和者三，在府君當日偶爾感時舒興，一則下第微吟，一則歸田寄意，亦自比諸時樂之鳴太平，乃竊附於天章之垂象緯，實古今詩話中一非常遭際也。顧府君寸縷樸誠，交孚一德。前此恭進張南本《華封圖》，賜題有『終始欽哉吾所企，陳群每頌不忘規』句。自是，訓勉府君『頌不忘規』者凡三四見。如甲申恭進先曾王父手篆印章，蒙恩賜題長律，有『休徵敢謂時斯應，善頌還嘉規不忘』句，乙酉賜和詩云『曰善頌卿思古者，不忘規我廑民生』，辛卯賜和詩云『善頌雖卿頗自許，不忘規更佇佳音』。至府君雖懸車日久，疊遇巡方問俗，召對行軒，輒許面陳民隱，見於御製詩者，如『相逢爲問民蘇未，巡狩寧因問柳桃』，『定當剴切陳民隱，莫飾其辭蘄意寬』，『商榷古今關治亂，咨詢風物度淳漓』，聖謨王言，同垂訓典。蓋府君所以上契主知者如此。

夏，公五子汝豐升授中牟縣知縣。

上年公次子安慶公由新鄉令升授安慶郡丞，今年公五子芑塘先生由縣佐升授中牟令，引見時均蒙上垂詢公近狀甚悉。歸，傳述聖諭，公感悚不自安，即先後促令赴任，諭曰：『吾老耄林棲，汝等得暫歸覲省，一敘情話，於願足矣。汝等各有地方責，毋久離職守，以重吾過。』

公爲第三媳貞孝馮請旌於朝。

公三子安叔府君未冠卒，公妹適馮氏，生女，守貞來歸。於乾隆癸未冬疾卒，安慶公請命於公，以次子大興府君復嗣爲後。至是，公爲請旌於朝。《甘泉鄉人稿》曰：文端公、俞太夫人嘗訓大興府君曰：『爾母之守貞也，十有七年。《柏舟》之義，戚族既聞爾矣，其孝行或未之能詳也。少時侍母扶父櫬還自蜀，跋涉數千里，能使母忘其勞與哀。爾伯叔母從宦於外，爾母常侍我兩人側，能使老人忘諸婦之遠離也。爾外大母困牀第者六七年，時往當湖調藥洗腧，能使母疾有瘳，而我得紓手足之憂也。蓋爾母於此亦甚瘁矣。』文端公既訓大興府君以此，因製輓聯云：『堅貞永矢青松操，純孝常留愛日心。』及公寢疾，曰：『貞孝之行，不可湮也。』手草事略，以達於有司。及旌旨下，公已疾革，猶歔欷久之。

府志《列女傳》：錢汝慤聘妻馮氏，平湖馮巨欽女。母錢氏，太傅錢文端妹也。馮幼撫於外祖母陳太夫人，太夫人甚鍾愛之，以太傅第三子汝慤年相若，乃委禽焉。汝慤年十八隨宦京邸，遘咯血證而亡。馮氏聞訃，痛不欲生，惟願過門守志。迨太傅予告里居，馮來歸侍奉，立夫姪復爲子。復方就外傅，露頭角，而馮不逮養，守貞十七年卒。

秋，公爲姜氏外孫女擇配，贅於家。

謹按：公九女：長適程公國祥，俞夫人出。次適蔣公日炳，沈恭人出。次適姜公廷槐，黄恭人出。次適朱公鑒昌，曹恭人出。次適蔣公大勳，黄恭人出。次適王公汝璧，曹恭人出。次適李公秉衡，黄恭人出。次適王公興元，曹恭人出。次適盧公闓，黄恭人出。公女歸程氏、姜氏者早寡，公視之最厚，外孫程維岳、姜臣熙，公自課督之，後程於乾隆庚子成進士，官侍御。

姜之女弟，公撫如女孫，爲之擇配汪觀察之次子，是秋入贅邸舍。公女所生及遺嫁之年，均失於紀載，因附紀於此。

冬十月，公有疾。

春間得疾，旋瘳。見公集詩序『三月三日病起，泛舟南湖』等語。至是，胃氣舊證復發，病劇時，目眩不能閱邸鈔，令人於牀頭讀之。一日，聞金川屢奏捷音，美諾已復，輒喜動顔色，力疾擬春帖子恭進。是年，恭和御製幸津水各體詩四十首。

公七子汝器充四庫館謄録。

公集：臣里居二十餘年，詩筆賡颺，不殊直次。兹逢曠典宏開，即欲少佐編摩，無能爲役。因遣第七子錢汝器到京，向總裁處呈乞收録鈔寫。經尚書王際華據情奏請，奉旨：『著照所請行，欽此。』惟當寄信臣子，勤謹校謄，勉圖寸進云。

三十九年甲午，八十九歲。

春正月初七日午時，公卒。

《公行述》云：府君自上年十月杪，忽覺氣虚喘急，亟進温補數劑，雖間日少差，而飲食罕進，非復曩時抱疴狀，汝誠等惶懼莫措。嘉平後諭曰：『疏稿當具矣。』汝誠等涕泣不敢應，曰：『春回陽復，大人病當痊。』府君曰：『汝意良善，豈知吾去來固已了了耶？』遂口授大略，命汝誠濡筆謹綴，三易稿而始定。且諭曰：『恐汝一旦荒哀中弗能辦也。』月正元日，諭曰：

『吾今猶得遷延至元會朝正之節，可取我朝服加身，以展吾敬。』遂面北作叩頭狀，曰：『我此刻神雖散而心甚清，所有依戀感激聖主之忱，惟汝兄弟代爲我虔達耳。』又詔汝誠等至榻前，訓以力圖報稱，諄切申之，至氣咽嗚哽，復拳拳致意焉。初七日午時，竟棄汝誠等而長逝矣。嗚呼，痛哉。又云：府君器宇春容，度量淵雅，胸無城府，曲盡人情。生平勤苦自甘，澹然無所欲。自奉尤儉約，一衣必敝，每食防奢，嘗以『惜福安分』四字訓示子弟，終身守之不渝。與人相接，殷勤慰藉，和氣溢於顏間。然有以非禮相干者，則瞿然作色，謝卻之乃已。他日其人來，待之如初。秉性好懿，樂道人善，中朝碩德清望，鴻才淹學，每心識其人，時時舉示汝誠等曰：『此汝曹所宜效也。』其有鄉曲一節之善，見聞所及，擊節歎賞不置，口中不設雌黄，雅不欲臧否人物，或有持人短長，少涉譏議，府君輒欠伸隱几，若爲不聞也。遇事恪守成法，不以意爲更張，公私鉅細，籌慮始終，務身親涖之，必求於事有濟，而後即安。居恒小心恐懼，不待臨事始然，尤致謹微眇。出入承明，夙興夜寐，每待漏城闉，城啟率先入，數十年如一日也。清不名一錢，尤肯損己以紓人之急。官京師，每乘暇至全浙會館，聞有流落不偶及抱病逆旅者，必傾橐倡佽，延醫診視。居家甘餘年，賜金里糈所餘，半周貧乏。府君少習知貧士所苦，故體恤寒素，曲鑒隱微，猶恐不至，赴人之困，如拯溺救焚，然無倦容，無德色。至鄉邦偶遇儉歲，有須破例振賙，設法平糶者，不憚昌言，白諸當塗，且申勸里中富民出穀，勿效囤户居奇。親知中有豪於貲者，婉導之，俾力行善事，雖至纖嗇，亦勸以歲入十分之一，斥爲緩急人之需，如此則天必祚之，而貲可常守矣。諄復相告，頗有樂從者。遇下以寬，饒有恩義，出則輿臺夫役，必於給直外，厚於犒賚，以恤其勞。又如奉使包引，所肩負行李，必親爲衡舉輕重，曰：『我能勝者，若亦能勝也。』尋常家人厮雜，臧獲婢僕，亦必時其飢寒疾苦。遇小過輒恕之，不得已，小加訶責，猶恐其弗能堪，必徐察其情輸服與否，然後反覆慰諭，冀其速改。府君雅負倫鑒，頗自矜許，每以九方歅自喻，曰：『吾相士十得八九，非有異術，惟閲人多耳。』親串交遊往來中，一見輒能定其畢生遭際，並及於心地人品，俱歷歷如繪，聞者初若過神其説，久之皆有奇驗。今首揆金沙于公，方爲孝廉，府君器之特甚，喜其年少學識遠大，曰：『此殆如王沂公詠梅花時，安排早定也。』會少司農俞穎園先生爲女孫擇對甚嚴，每向府君誦韋誂語『愛其女，必以爲賢公侯妻』，府君曰：『吾意中有一良聟久矣，當爲婉曲贊成耳。』諸城劉文正公爲王樓山先生門下士，初釋褐，以所業就正府君。府君謂王曰：『吾賀子及門得偉器矣，此他日令僕才也。』後皆如府君言。在朝凡有薦剡，府君夙慕以人事君之義，尤必慎擇其人律身行己、能自樹立者，如京察自代，及保舉三品京堂、鴻博、經學、試差暨面陳奏薦之類，悉秉虚公，不欲人感，亦不令其人知之也。他若愛才汲引，篤於氣類，見相識中抱負未遇，輒致惋惜，提挈造就，情誼纏綿，晚進後生因府君餘論奬成者，指不勝屈。獨不喜士子標榜奔競，亟進取而事妄求。官翰林時，有《答應科目諸生詩四首》，辭旨警切，識者謂與昌黎《答李翊書》、柳州《答韋中立書》相表裏。親族孤貧者，撫養教勵，必底於成。舅祖石泉公遺二子，府君中表弟也，存恤教督之，俾潛心嚮學。外王父肅瞻公歿，舅氏厚菴公名金鼇，年在象勺，府君受遺言，撫之成立。幼嫻武藝，材力絶人，遂以侍衛出歷總戎、專閫，屢著邊勞，今任烏魯木齊提督。府君於從孫中，嘗許載、芬桂二人，資學可造，招致塾中，與汝誠等連業相師友，後芬桂與汝誠同舉甲子，載爲汝誠童子師，績學嗜古，以經學詞科徵試未售，府君屬望彌摯。壬申入翰林，爲詞館名宿，數枋文衡。昨聞遷擢閣學，府君爲之喜慰，仍寄言勖勵之。府君平日教人及汝誠等，必舉石徂徠投書澗，及范忠宣燈帳事相訓勉。爲文章不喜艱深鉤棘，以文從字順、各適職爲歸趨。時藝亦不苟，爲課草數十篇，悉本嘉、隆軌範，以清真雅正爲宗。其他韻語跋識，率取陶寫性靈，絶去雕飾，要以氣韻生動、詞條流逸爲上乘。尤耽吟詠，行住坐卧，未嘗偶廢，興會所至，出口便有佳句，然往往多散佚，或脱稿成什，逾時亦未能記憶。曩直禁廷，大司馬拙修嵇公愛讀府君詩，能通篇成誦。每以遺忘相叩，便於廣座朗吟高唱，一字不失，府君爲之解頤。書法晚歲益進，於雄厚蒼堅中，時露秀氣。嘗自謂：『俗書嫵媚，我不爲也。但能萬豪齊力，自能態度天成，所謂老樹著花無醜枝也。』喜臨摹唐宋諸大家，而於魯公書尤篤嗜，間效松雪體格。然不名一家，不屑屑於規仿，而諸家運筆之妙，悉見指端。嘗誦張伯英臨池學書，池水盡黑，使人耽之若是，未必，後之一段舉示汝誠等，曰：『能讀千賦則曉賦，能觀千劍則曉劍。純熟之至，乃見精能。』遇有佳紙，輒付裝池，作長卷素册，暇即隨手拈臨。歸田後，所書不下數千百種，有愛而相索者，即與之，又多爲人借觀賺去。府君曰：『我但作吾書，流傳愈廣愈妙耳。何必藏之吾篋耶？』府君所作書，尤宜於上石，鐫搨既成，墨彩焕發，展觀自喜，曰：『以此置閣帖中，亦何多讓。我二十年前無此本領，字學與年俱進，信然。』與人尺素，不苟落紙，緯以文義，辭采斐然，一箋一劄，從不假手於人。性喜勞勩，無一息自暇逸。『流水不腐，户樞不蠹。』府君自言所以爲養者如此。里居日與鄉鄰還往，慶弔必赴，有無相通，款洽敦睦，人人皆得致其情，下至街童走卒，不少忽慢，習處者胥若忘爲朝貴也。府君究心性命之學，嘗默識而躬行。曾作《九思箴》以訓孫輩。《箴》云：『淑慎爾身，君子其人。思則得之，云何勿思？爾有視聽，明聰則正。惟温而克，惟恭作肅。言忠庶可復也，事敬如執玉也。芻蕘可詢，言疑者愚。忘身及親，忿不可懲歟。逐臭者役，貪利者墨。其目惟九，惟思則一。其敬受之，循循焉聖訓是率。』因手繕屏間，用自觀省。病中令汝誠等暨門弟子列坐，聽常所奉格言聯語，如『自下則人莫能踰』，『謙之六爻皆吉』，『内省而心無所疚』，『恕乎終身可行』，『自待重，則一毫不肯苟且』，『爲學勤，必寸陰勿使怠荒』，『知足則遇自安，知不足則學日進』，『惟讓則步不失，惟不讓則仁可當』。每當寢疾，人來候問，輒與誦『啟予足，啟予手』數語。疾少差，則又曰：『吾若未即填溝壑，且仍誦「戰戰兢兢」三句矣。』府君服膺曾氏之學，獨於臨深履薄之訓，篤守弗諼。平日好引范堯夫『惟儉可以助廉，惟恕可以成德』、周元公『淡則欲心平，和則躁心釋』數語，又喜書趙清獻『無一事不可以告天』、司馬温公『無一事不可以對人』，至是每以詔汝誠等，蓋府君一生所得力，故於易簀前諄諄道之，自不覺其言之親切而有味也。府君所著香樹齋詩文各集，久已版行，而感誦聖恩，涓埃未有報稱，瓣香必祝，一飯不忘，散見集中者，猶可考知大旨所在。今天章敬壽貞珉，賜物襲藏遺篋，且沐優禮褒崇，增榮身後，而遠近聞府君之喪者，無論知與不知，皆爲悲悼，府君之盛德感人又如此。在府君遭際郅隆，疊膺敷錫，哀榮備極，存順没寧，復何所憾，而汝誠等迴憶趨庭面命耳提之語，邈不可追矣。嗚呼，痛哉。

謹按：公自康熙甲午中京兆試，越今甲子一周。重逢鄉薦之期，浙撫將具摺入奏，而公已不及待矣。易簀時，制軍鍾公方入覲，過禾候公，公口占絶句贈行曰：『予近易名典，君方述職時。平生不疚處，猶有故人知。』先是，上聞公疾，屢次垂詢病狀，並於摺中硃批云：『聞卿略抱疾，全痊愈否？』又云：『覽卿奏謝，聞今大愈，殊爲欣慰。』至是，遺摺上奉，上諭：『在籍加刑部尚書銜錢陳群，老成端謹，學問淵醇。自康熙年間通籍詞垣以後，久直内廷，洊歷卿貳，奉職恪勤。嗣因養痾予告，優游林下者二十餘年，爲東南縉紳領袖。前次屢次南巡，疊加授尚書銜，晉太子太傅，在籍食俸，並時以御製詩章寄令賡和。儒臣老輩中，能以詩文結恩遇、備商確者，沈德潛故後，惟錢陳群一人而已。前歲來京，見其精神强健，爲之欣慰。因賞給人參，俾資頤養，冀其壽躋大耋，尚可再赴闕廷，益承優寵。昨冬聞其忽爾抱疾，廑念良殷，曾於奏函内温垂諭詢，意其即可調理就痊，以副恩眷。今驟聞溘逝，深爲悼惜，著加恩晉贈太傅，入祀賢良祠，並於浙江藩庫内賞銀一千兩，經理喪事。應得卹典，仍著該部察例具奏。欽此。』尋賜祭葬如例，賜謚文端，入祀賢良祠。復蒙賜祭一壇，命翰林院撰擬祭文，將事實宣付國史館立傳。

並蒙賜詩誌惜，曰：『沈去錢存勢已孤，陡觀遺奏故人無。江南忽爾失二老，天子原非友匹夫。蒙邑應成蝶醒夢，香山那得鹿重扶。詩郵罷趁北風寄，郢堊憐亡爲質吾。』並御註云：沈德潛、錢陳群，皆耆年宿學。凡御製詩章，時命賡和。壬午南巡，兩人同舟迎駕，曾賜以詩，有『二老江浙之大老』句。德潛故已五年，今陳群又復溘逝，此後更無可與言詩之儒臣老輩矣。又云：『最喜其《和賜游香山詩》「鹿馴巖畔當童扶」之句。前歲春駐香山，陳群奏抵家摺適至，即得「香山適接還鄉信，即景尤思扶鹿人」二句，於摺内批答，隨續成全什以賜，並前此賜其歸里詩，有「更期百歲領三班」語，孰意竟虛所望乎。』又云：『每有御製詩，或於陳群奏事之便，檢録數十篇，寄令和韻。今後詩郵，不復可得矣。』又閱公所書《遊盤山詩册》，上有感而作七絶四首，中有『五古穆如蘇李詞，愛他更有頌中規』，又『雙杏依然人去矣，那堪對樹更尋芳』，又『今日吟成誰與寄，可憐老輩謝都休』等句，又御題公所書詩册二首，曰：『山莊往歲句郵諸，八十八翁必手書。惟爾因文妍妙義，其他賡韻率虛譽。徒觀遺蹟猶斐爾，暗引遐心一愴予。知己箇中誰復在，從今吟興欲爲疏。』其二曰：『弆置案頭偶閱諸，人何往矣祗存書。悉予字裏義袪藻，嘉彼行間規勝譽。兩册誰知成絶筆，此錢陳群所書《癸巳春巡幸天津御製詩》並其和韻之作，及秋以山莊詩寄和，而陳群已卧病，此實其絶筆也。一時偏識有開予。可憐老輩凋零盡，不啻晨星祇漸疏。』又四十四年，御製《懷舊詩》列公五詞臣中，御製序，並詩，謹刊列卷首。並賜沈德潛《懷舊詩》，起句云『東南稱二老，曰錢沈則繼。並以受恩眷，佳話藝林志。而實有優劣，沈踏錢爲粹』

等句。後上見公所書詩册，又題一律，仍用甲午元韻，有『明春安福艫中路，迎蹕遥愁識者疏』句。安福艫者，南巡御舟名。時已有旨，四十五年五次南巡。計第一次，公在刑部侍郎任，派令扈從，第二次，公迎於山左道中，三次、四次，公均迎於毘陵驛，至五次巡幸，而公已没，故於末句及之。追聖駕幸嘉興之煙雨樓，見公所書趙孟頫《耕織圖》詩屏，御題曰：『一讀錢家書趙句，愴然弗忍更徘徊。』四十六年，上閱公和韻詩册，再疊甲午詩韻曰：『曩年有作寄賡諸，望九人勤每手書。真蹟難重得致惜，誠心仍此鑒惟譽。及門題者復逝彼，題册詩逮此凡四首，其三曾命于敏中和韻，以其爲陳群之高弟子也。今并于敏中亦爲陳迹，彌覺感懷。遂令梁國治、董誥和之，書册後。撫案觀之更戚予。七字聊因識歲月，吟鬚無恙鬢霜疏。』四十九年，公長孫端於南巡時，恭進陳太夫人所畫《四子講德圖》，及公書《四子講德論》合卷。上閱畢發還，並蒙賜詩曰：『王褒四子講德論，賢母爲圖令子書。錢陳群之母畫《四子講德圖》，陳群補書《論》。卻憶石渠經秘弆，俾還香樹作家儲。一之爲甚其可再，其或有因益愴予。石渠向存陳書畫《四子講德圖》及陳群書《論》，乃陳群所進。此卷末陳群跋，載其母於五年曾畫此圖者再，更爲確證。因思内府既藏其一，不忍復留此卷，題什還之，俾其子孫世守，永作家珍，亦爲藝林增一段佳話也。觸目不堪懷舊處，南來老輩半彫疏。』其後凡駐蹕之所，及與詞臣聯句，或閱書畫册，觸處追感，久而愈篤，常曰故人、曰知己、曰香樹而不名，則公之品詣學術，德業文章，足以上結聖主知遇之恩，真史册所未有云。

十二月，葬公於武原生坊南化城之韋陀蕩。

乾隆四十五年，聖駕五次南巡，及四十九年六次南巡，經過嘉興，均由禮部奏請，遣官諭祭已故尚書錢陳群之墓。得旨遣祭如例。

賜進士及第、誥授光禄大夫、毓慶宫行走、太子少保、户部尚書常熟後學翁同龢頓首拜填諱。

應溥幼時，習聞衎石世父曾編纂文端公年譜，未有定本。先府君文稿，謹録公遺事十九則，亦有據年譜載入者。胞姪志澄於光緒十一年修補《香樹齋詩文集》，即有重纂年譜之志。應溥馳書告之曰：『昔文端公於子弟官縣令者，時時誥誡。集中所刊與弟曉村先生界及黄大令建中尺牘，皆爲官箴極則。而於黄大令則許以「謹慎清勤，愛民如子」，如能守此八字，夙夜不懈，然後於從政之暇，編纂遺訓，必爲先公所許。』志澄謹誌不敢忘。十年以來，勤加搜輯，於姊子沈庶常善登處，獲世父所纂殘稿，因得次第成編，郵寄都門。應溥再三校勘，不敢遺漏。竊念公一生德業，昭垂天壤，本不藉此以傳。而爲子孫者，兢兢業業，諷誦是編，感念純廟恩禮之重，勉效先公忠厚之貽，以裕後昆而承先志，此則應溥與志澄所當終身勿忘者也。光緒十有九年冬月，玄孫應溥謹記。

志澄嘗讀從祖衎石給諫《記事稿》，本生祖考《甘泉鄉人稿》，往往述及《文端公年譜》中語。檢公《香樹齋集》，則未見有年譜刊列，此外別無單行本，心竊疑之。初謂當年必有成書，日久佚亡殆盡耳。後見給諫所纂《錢氏世譜》，始知嘉慶、道光年間，惟存康熙丙寅至辛丑三十餘年事實，且多蠹毀，則所謂年譜者，蓋編纂未成之書也。志澄於此即有續纂之心，而年遠事湮，恐多舛漏，不敢鹵莽從事，遷延至今，忽忽二十餘年矣。昨歲有事吴門，表兄沈穀成庶常善登出示給諫所纂《文端公事實》手稿十餘紙，亟假歸，於公餘細讀之，見其中分列甲子，蓋亦編纂年譜而未成者也。採摭不多，而體例已具。志澄二十年來，日夜懸之心目而未獲者，一旦得之，喜可知矣。爰謹遵給諫初編之意，以《香樹齋集》爲主，參以《錢氏世譜》《蘀石齋集》《記事稿》《甘泉鄉人稿》，並尹文端、沈文慤、汪文端三公詩文集，袁氏《隨園詩話》，蔣氏《忠雅堂集》，及《嘉興府志》等書，片語單辭，莫不手爲摘録，按年排比，久而成帙，較給諫原稿增訂十之七八。第爲三卷，要皆節録各書中之原文，不敢稍參脱説，妄下一語。越十月而告成，郵請叔父閱定，而後付梓。謹將乾隆四十四年，高宗純皇帝《御製懷舊詩並序》敬録一通，刊登卷首，並將《國史列傳》《府志列傳》，于文襄、姚惜抱所撰《墓誌銘》，嵇文恭、袁簡齋所撰《神道碑》彙刊於年譜之前，行款大小，悉依《香樹齋集》，以歸一律。於是，公之集爲略備，而志澄得酬續纂之初心，實生平之厚幸。刻將竣，有病其蒐採未遍者，斯言良是。然時隔百數十年之久，中遭兵燹，若鄉先進張瓜田徵士，爲公總角至交，倡和最久，而《强恕齋集》訪求未得，遑論其他。明知公之嘉言懿行，在志澄見聞之外者必多，然公之年譜，至此已三編矣。前之不即付梓，未始非欲求詳備，而稍緩須臾，久竟散佚。志澄恐恐焉惟散佚之是懼，而簡陋所不敢辭。他年續有所獲，當輯爲補遺，庶幾得免挂漏之病。昔衎石從祖暨我本生祖考甘泉府君，每以整理先世文字爲己任，志澄敢不勉益加勉，以冀仰承先志歟。光緒十九年歲次癸巳，八月下澣，第三房支下五世孫志澄謹識於青浦官舍。

譜中公之子，入公口氣者，照原文統稱名，不入口氣者，本支稱府君，本生稱公，旁支稱先生。初見均列諱於下，再見不列諱，以昭誠敬。公孫以下，惟本支仍稱府君，餘均稱公孫某人，以免繁重而别支派。他若本支名諱見於文字中者，未缺末筆，謹遵父前子名之義焉。志澄謹誌。

錢陳群傳

錢陳群，字主敬，浙江嘉興人。父綸光，早卒。母陳，翼諸孤以長，語在《列女傳》。康熙四十四年，聖祖南巡，陳群迎駕吴江，獻詩。上命俟回蹕召試，以母陳病不赴。六十年，成進士，引見，上諭及前事，改庶吉士，授編修。雍正七年，世宗命從史貽直、杭奕禄赴陝西宣諭化導，陳群周歷諸府縣，集諸生就公廨講經，反覆深切，有聞而流涕者。使還，上諭奬爲『安分讀書人』。五遷右通政，督順天學政。乾隆元年，以母喪去官。服除，高宗命仍督順天學政，除原官。陳群以母陳夜紡授經圖奏上，上爲題詞。疏請增順天鄉試中額，上以官制有定，取者多，用者益遠，國家不能收科目取人之效，寢其議。

三遷内閣學士。陳群屢有建白，嘗疏請嚴治匿名揭帖，無論事鉅細，非據實首告而編造歌謡詩詞，匿名粘貼閭巷街衢，當下刑部依律治罪。疏請廣勸種植樹木，官地令官種，州郡吏種至千本以上，予紀録，受代時具册，備地方公用。民地令民種，至五六百本者，予扁額奬賞，成材後聽取用。疏請偏災蠲免分數，分别貧富，富者按例定分數蠲免，貧者被災幾分即蠲免幾分，使之相等。及敕詢州縣耗羡，疏言：『康熙間，州縣官額徵錢糧，收耗羡一二錢不等。陸隴其知嘉定縣，止收四分，清如隴其，亦未聞全去耗羡也。議者以康熙間無耗羡，非無耗羡也，特無耗羨之名耳。世宗出自獨斷，通計外吏大小員數，酌定養廉，而以所入耗羨按季支領。吏治肅清，民亦安業。特以有徵報支收之令，不知者或以爲加賦。皇上詢及盈廷，臣請稍爲變通，凡耗羨所入，仍歸藩庫，各官養廉及各州縣公項，如舊支給。其續增公用，名色不能畫一，多寡亦有不同，應令直省督撫明察，某件應動正項，某件應入公用，分别報銷。各省州縣自酌定養廉，榮悴不一，其有支絀者，應令督撫確察量增，俾稍寬裕。仍飭勿得耗外加耗，以致累民。則既無加賦之名，並無全用耗羨辦公之事，州縣各有贏餘，益知鼓勵。至於施從其厚，斂從其薄，古之制也。及此倉庾充裕、民安物阜之時，大臣悉心調劑，使養廉之入，不爲素餐，元氣培扶，帑藏盈溢，然後以三十年之通制國用。宋太祖能罷羨餘，臣固知皇上之聖，不必廷臣建白如張全操其人者，而德音自下也。』

七年，擢刑部侍郎。上令廷臣議州縣常平倉應行諸事，諸臣皆議歉歲減價，陳群疏言：『成熟之年，出陳易新，倉米必不及市米，而民以米值納倉，銀色當高於市易。擬令石減一錢二分，還倉時加穀四五升，以爲出入耗費。』

十七年，患反穀疾，連疏乞解職，許之。命其子編修汝誠侍行，且賜詩以寬其意。陳群進途中所作詩，上爲答和。時有僞爲孫嘉淦疏稿語謗上，上令窮治，陳群自家密疏請省株連，上嚴飭之，而事漸解。二十二年，上南巡，令在籍食俸。二十五年，上爲《橋梓圖》寄賜陳群。二十六年，偕江南在籍侍郎沈德潛詣京師祝皇太后七十壽，命與香山九老會，加尚書銜。上諭：

『明歲南巡，諸臣今年已赴闕，毋更遠迎。』二十七年，南巡，陳群偕德潛迎駕常州，上賜詩，稱爲『大老』。三十年，南巡，復迎駕。是歲陳群年八十，加太子太傅。賜其子汝器舉人，汝誠扈蹕，命從還省視。

三十一年，陳群復進其母陳畫册，册有綸光題句。上題詩以趙孟頫、管道升爲比。三十五年，上六十萬壽，命德潛至嘉興勸陳群毋詣京師，陳群獻竹根如意，上批劄云：『示姑僧紹之賜，恰致公遠之貢，文而有節，把玩良怡。今賜卿木蘭所獲鹿，服食延年，以俟清晤。』三十六年，上東巡，陳群迎駕平原，進《登岱祝釐頌》。是冬，復詣京師祝皇太后八十萬壽，命紫禁城騎馬，賜人葠，再與香山九老會。陳群進和詩有句云『鹿馴岩畔當童扶』，上賞其超逸，復爲圖賜之。南歸，以詩餞。

陳群里居，每歲上録寄詩百餘篇，陳群必賡和，親書册以進，體兼行草，屢蒙獎許。三十九年，卒，年八十九。上諭謂：『儒臣老輩中能以詩文結恩遇、備商榷者，沈德潛卒後惟陳群。』加太傅，祀賢良祠，謚文端。四十四年，上制懷舊詩，列五詞臣中。

子汝誠，字立之。乾隆十三年進士，改庶吉士，授編修，命南書房行走。四遷至侍郎，歷兵、刑、户諸部。再典試江南，上命寄諭尹繼善，招陳群遊攝山，父子可相見。汝誠試畢，迎陳群入試院，居數日乃還。三十年，乞養歸。四十一年，父喪終，授刑部侍郎，仍在南書房行走。四十四年，卒。

汝誠子臻，字潤齋。自兵馬司副指揮授河南鄧州知州，累遷江西糧道。左授山西平陽知府，復累遷直隸布政使。嘉慶二十一年，授江西巡撫。江西南昌諸府食淮鹽，而與福建、浙江、廣東三省毗連，私販侵引額。臻議疏綱額、緝私販。尋移山東巡撫。兖、曹、沂諸府民素悍，染邪教，盜甚熾。臻請就諸府增設參將以下官，上皆采其議。入覲，以衰老左授湖南布政使，休致。道光十九年，卒。

陳群詩純愨朴厚，如其爲人。賡唱既久，亦頗斅御制詩體。貳刑部十年，慎於庶獄，虛衷詳鞫。高宗嘗以于定國期之。汝誠繼貳刑部，奉陳群之教，持法明允。臻亦善治獄。在平陽，介休民被盜殺其母，攫釧去。民言姻家嘗貸釧，傭或竊釧逃，鄰家子左右之。縣捕三人，榜掠誣服。他日獲盜得釧，民乃言非其母物，獄不能決。臻微服訪得實。撫山東，清庶獄，雪非罪二十餘人，擒教訟者置於法。

《清史稿》卷三〇四列傳九十二